Zu diesem Buch

Wenn jemand auf einen Menschen schießt, gibt es die verschiedensten Motive. Wenn jemand auf einen Polizisten schießt, ist das Motiv fast immer das gleiche: Rache für ein Dienstvergehen. Das sagt sich jedenfalls Lieutenant Joe Leaphorn von der Navajo Tribal Police, als der Wohnwagen seines jungen Kollegen Jim Chee eines Nachts von mehreren Schrotladungen durchsiebt wird. Doch es sieht so aus, als stecke derselbe Täter hinter dem Anschlag, der schon zuvor drei Morde begangen hat. Die Knochenkügelchen, die Jim Chee in seinem Wohnwagen findet, deuten darauf hin. Und sie enthalten eine weitere bedrohliche Botschaft: Es ist ein Zauberer, der Jim Chee nach dem Leben trachtet.

Daß der Mörder über übernatürliche Kräfte verfügt, würde jedenfalls erklären, wie er es geschafft hat, in kürzester Zeit an drei verschiedenen Orten zuzuschlagen. Dilly Streib vom FBI hat allerdings noch eine andere Erklärung dafür: Der Mörder könnte ein Skinwalker sein. Denn Skinwalkers können fliegen.

Tony Hillerman, Jahrgang 1925, ist in Oklahoma aufgewachsen. Nach seiner Übersiedlung nach New Mexico hat er bald erkannt, wie lebendig die indianische Kultur der Navajos dort noch ist. Aus der Faszination an ihren Sitten, ihren Gebräuchen und ihrer Mythologie entstand 1970 Hillermans erster Kriminalroman, «Wolf ohne Fährte», der ihm ein legendäres Fehlurteil seiner New Yorker Agentin einbrachte: «Wenn Sie meinen, daß sich eine Überarbeitung überhaupt lohnt, dann werfen Sie wenigstens das ganze Indianerzeug raus.»

Tony Hillerman hat diesen Rat nicht befolgt und gilt deshalb heute als Großmeister des Ethnothrillers. Neben seinem Debüt «Wolf ohne Fährte» (Nr. 43022) liegt bei rororo thriller auch Jim Chees Einstand als Officer, «Tod der Maulwürfe» (Bd. 43269), vor. Im vorliegenden Roman, «Die Nacht der Skinwalkers», ermitteln Hillermans berühmte Navajo-Cops, Joe Leaphorn und Jim Chee, das erste Mal in einem gemeinsamen Fall.

Tony Hillerman

Die Nacht
der Skinwalkers

Deutsch von
Klaus Fröba

Rowohlt

rororo thriller
Herausgegeben von Bernd Jost

23.–25. Tausend September 1999

Neuausgabe
Veröffentlicht im Rowohlt Taschenbuch Verlag GmbH,
Reinbek bei Hamburg, Juni 1988
Copyright © 1988 by Rowohlt Taschenbuch Verlag GmbH,
Reinbek bei Hamburg
Die Originalausgabe unter dem Titel «Skinwalkers»
erschien 1986 bei Harper & Row Publishers, New York
Copyright © 1986 by Tony Hillerman
Umschlaggestaltung Walter Hellmann
(Illustration Britta Lembke)
Gesamtherstellung Clausen & Bosse, Leck
Printed in Germany
ISBN 3 499 43270 6

Anmerkung des Autors

Die Leser, die diesen Navajo-Krimi lesen, mit einer Landkarte des Großen Reservats neben sich, sollten wissen, daß der Ort Badwater Wash, sein Krankenhaus, seine Handelsniederlassung ebenso fiktiv sind wie die Menschen, die dort leben. Das gleiche gilt für Short Mountain. Ich verwende auch einen ungebräuchlichen Navajo-Begriff für den Schamanen/Medizinmann-Sänger, der «hataalii» ausgesprochen wird. Außerdem hat mich mein alter Freund Ernie Bulow mit Recht darauf hingewiesen, daß die Schamanen traditioneller Ausrichtung die Art und Weise, wie Jim Chee aufgefordert wird, den Blessing Way auszuüben – solche eine Einladung sollte mündlich, nicht brieflich gemacht werden –, ebenso ablehnen würden wie das Sandmalen von Chee auf der Erde unter freiem Himmel. Ein so heiliges und machtvolles Ritual sollte nur in einem Hogan vollzogen werden.

Ich widme das Buch Katy Goodwin, Ursula Wilson, Faye Bia Knoki, Bill Gloyd, Annie Kahn, Robert Bergman und George Bock. Ich widme es den Ärzten und Helfern, Navajos wie *belacani,* die sich um das Dinee kümmern und sorgen. Besonderen Dank sage ich Dr. Albert Rizzoli für seine freundliche Hilfe. Und ich möchte auch nicht versäumen, meinen Respekt vor dem Indian Health Service auszudrücken, dessen Wirken nicht immer und überall die verdiente Anerkennung findet.

Wir Navajos wissen, daß der Kojote immer dort draußen lauert, ein Stück weiter, als das Auge reicht, und daß er immer hungrig ist.

Alex Etcitty,
geboren für das Water Is Close People

I

Klackklack machte es, als die Katze durch die kleine Klappe am unteren Rahmen der Außentür schlüpfte. Das leise Geräusch genügte, Jim Chee aufzuwecken. Er hatte ohnehin nur zwischen Wachsein und Einschlafen geschwebt und war, während er sich unruhig auf der schmalen Pritsche hin und her wälzte, immer wieder unsanft gegen die Metallverstrebungen im Aluminiumaufbau seines Wohnwagens gestoßen. Als ihn das Geräusch jetzt hochschrekken ließ, merkte er, daß ihm das Laken verrutscht war und zerknüllt auf der Brust lag.

Noch halb betäubt von seinem Alptraum, er habe sich selbst in dem Lasso verfangen, mit dem er die Schafherde seiner Mutter bändigen wollte, damit die Tiere nicht abstürzten – irgendwohin in ein gefährliches Dunkel, zog er das Bettlaken glatt. Und daß er dabei ein paar besorgte Gedanken an die Katze verschwendete, das mußte noch etwas mit dem wilden Traum zu tun haben. Was hatte sie da draußen verjagt? Irgend etwas, was einer Katze angst macht – oder jedenfalls dieser Katze. Etwas, was auch für ihn bedrohlich war? Das bedrückende Gefühl dauerte nur einen Augenblick, dann war es verflogen. Es hatte dem glücklichen Gedanken Platz gemacht, daß Mary Landon bald kommen würde. Seine schlanke, blauäugige Mary Landon, seine bezaubernde Mary Landon. Sie wollte aus Wisconsin zurückkommen. Nur noch ein paar Wochen, dann hatte das Warten ein Ende.

Jim Chee, fest verwurzelt in den Traditionen der Navajos, schob den Gedanken beiseite. Alles hatte seine Zeit. An Mary Landon konnte er später denken. Jetzt war es naheliegender, an morgen zu denken – das heißt, da es schon nach Mitternacht war: an heute. Er und Jay Kennedy mußten losfahren und Roosevelt Bistie festnehmen. Bistie sollte wegen eines Tötungsdelikts angeklagt werden, vielleicht war es sogar Mord. Nichts, was besonders schwierig gewesen wäre, aber doch so unerfreulich, daß Jim Chee sich mit seinen Gedanken rasch wieder woanders festhakte. Er dachte noch einmal über die Katze nach. Was hatte sie in den Wohnwagen getrieben? Ein Kojote? Oder was sonst? Es mußte etwas sein, was die Katze für eine Bedrohung hielt.

Letzten Winter war sie hier aufgetaucht und hatte sich ein Stück weit östlich von Chees Wohnwagen, wo aus Unterholz, Findlingen und einem verrosteten Faß eine Art Schlupfloch entstanden war, ihren Bau eingerichtet. Sie war ihm eine vertraute Nachbarin geworden, freilich eine, die nie ihr Mißtrauen gegen ihn verlor. Chee hatte sich angewöhnt, ihr Essensreste draußen hinzustellen und sie damit durchzufüttern, solange ringsum alles verschneit war. Später, nach der Schneeschmelze, als schon die Trockenheit einsetzte, stellte er eine Büchse mit Wasser dazu. Aber das lockte auch andere Tiere an, Vögel vor allem, die das Gefäß oft umkippten.

Daher hatte Chee eines Nachmittags, als es gerade nichts Besseres zu tun gab, die Tür ausgehängt, aus dem unterem Rahmen ein Viereck in der richtigen Größe herausgesägt, ein Stück Sperrholz eingesetzt und mit Lederstreifen befestigt. Es war ein launischer Einfall gewesen, eigentlich nur, weil er sehen wollte, ob die mißtrauische Katze sich überhaupt darauf einließ. Falls sie sich daran gewöhnte, die Klappe zu benutzen, war nicht nur das Problem mit der Tränke gelöst, sondern sie konnte sich auch gleich mit dem Rudel Feldmäuse beschäftigen, das sich, wie Chee vermutete, in seinem Wohnwagen eingenistet hatte. Chee machte sich ein bißchen Vorwürfe, daß er überhaupt angefangen hatte, ihr Wasser hinzustellen. Ohne seine Einmischung hätte alles seinen natürlichen Lauf genommen. Die Katze hätte sich einen anderen Bau gesucht, weiter den Hügel hinunter, näher am San Juan, der immer Wasser führte. Aber nun hatte er die Katze von sich abhängig gemacht, und damit war er für sie verantwortlich.

Neugier, damit hatte es angefangen. Die Katze mußte mal jemandem gehört haben, das Halsband verriet es, und obwohl sie abgemagert war, eine lange Narbe über den Rippen trug und am rechten Hinterbein ein Stück Fell verloren hatte, sah man ihr an, daß es ein reinrassiges Tier war. Er hatte sie der Frau im Katzenladen in Farmington beschrieben: gelbbraunes Fell, kräftige Hinterbeine, runder Kopf mit ausdrucksvollen Augen – ein bißchen wie ein Rotluchs, auch nur mit einem Stummelschwanz. Und die Frau hatte gemeint, das müsse wohl eine Manxkatze sein.

«Ein typisches Haustier», hatte sie gesagt und mit deutlicher Mißbilligung erzählt: «Die Leute nehmen ihre Hauskatzen mit auf einen Ausflug, und dann passen sie nicht auf, lassen sie aus dem Wagen springen, und schon ist es passiert.» Sie hatte Chee vorgeschlagen, die Katze einzufangen und bei ihr vorbeizubringen. «Dann findet sich sicher jemand, der sich um das Tier kümmern kann.»

Chee war allerdings nicht sicher, ob ihm das gelungen wäre, er hatte es gar nicht erst versucht. Er war seinem Wesen nach zu sehr Navajo, um ohne zwingenden Grund auf ein Tier loszugehen. Aber er war neugierig, ob so eine Kreatur, die offensichtlich aus einer Zucht stammte und bei Weißen aufgewachsen war, noch genug natürlichen Jagdinstinkt besaß, um in der Welt der Navajos zu überleben. Und allmählich wandelte sich seine Neugier in staunende Bewunderung. Es dauerte nicht mal bis zum Sommer, da hatte die Katze aus ihren Blessuren und Narben so viel gelernt, daß sie nicht mehr den Präriehunden nachjagte, sondern sich auf kleine Nagetiere und auf Vögel beschränkte. Sie hatte gelernt, wann sie sich verstecken und wann sie Reißaus nehmen mußte. Sie hatte gelernt zu überleben.

Und sie war auch darauf gekommen, daß der Weg bis zur Wasserbüchse in Chees Wohnwagen weniger mühevoll war als der hinunter zum Fluß. Nach einer Woche ging sie schon durch die Klappe ein und aus, wenn Chee weg war. Und im Sommer gewöhnte sie sich an, auch dann zu kommen, wenn er da war. Zuerst hatte sie angespannt auf der untersten Stufe gelauert, bis er sich nicht mehr in der Nähe der Tür aufhielt. Sie hatte ihn, während sie trank, dauernd nervös beäugt und war, sobald er auch nur die geringste Bewegung machte, davongesaust. Aber jetzt, im August, nahm sie ihn ganz einfach nicht mehr zur Kenntnis. Nachts war sie allerdings bisher erst einmal hereingekommen, als ein Rudel Hunde sie aus ihrem Bau unter dem Wacholderbusch verjagt hatte.

Chee sah sich im Wohnwagen um. Es war viel zu dunkel, um die Katze zu entdecken. Er schob das Laken weg und schwang die Beine heraus. Durch das halbverhängte Fenster sah er den tiefstehenden Mond. Ein klarer Sternenhimmel, nur weit im Nordwesten ballten sich dunkle Gewitterwolken. Chee gähnte, reckte sich, ging zum Spülbecken und trank einen Schluck Wasser aus der hohlen Hand, es schmeckte schal. Feiner Staub lag in der Luft, wie seit Wochen schon. Am späten Nachmittag hatte das Gewitter über den Chuskas gehangen, aber es war nach Norden gezogen, rauf nach

Utah und Colorado, und hier um Shiprock war alles beim alten geblieben. Chee ließ das Wasser weiter laufen, schwappte sich eine Handvoll ins Gesicht. Die Katze mußte dicht vor seinen Füßen sein, vermutete er, hinter dem Abfalleimer. Er gähnte noch einmal. Was hatte sie zu ihm hereingetrieben? Vor ein paar Tagen hatte er die Spur eines Kojoten gesehen, unten am Fluß. Aber ein Kojote jagt nicht so nahe bei einer menschlichen Behausung, es sei denn, er wäre entsetzlich hungrig. Und Hunde hätte er im Gegensatz zu einem Kojoten bestimmt gehört. Vielleicht doch ein Kojote. Was denn sonst?

Chee stand vor dem Spülbecken, halb aufgelehnt, gähnte wieder. Zurück ins Bett. Morgen würde es ein ungemütlicher Tag werden. Kennedy hatte gesagt, er wolle um acht beim Wohnwagen sein, und der FBI-Mann war immer pünktlich. Dann kam die lange Fahrt in die Lukachukais, und dort mußten sie den Mann finden, der Roosevelt Bistie hieß, und ihn fragen, warum er einen alten Mann namens Dugai Endocheeney mit einem Schlachtermesser getötet hatte. Seit sieben Jahren war Chee nun schon bei der Navajo Tribal Police, seit dem Abschluß an der Universität von New Mexico, und er wußte inzwischen, daß er sich mit diesem Teil seiner Pflichten nie anfreunden würde. Die Art, wie sie es anpackten, ließ den Verwirrten mit der Heillosigkeit in ihren Köpfen nicht die leiseste Chance, je wieder zur Harmonie zurückzufinden. Das Bundesgesetz kannte seinen eigenen Weg, Bistie zu heilen. Man schleppte ihn vor Gericht, klagte ihn wegen eines Tötungsdelikts in der Reservation an und brachte ihn hinter Schloß und Riegel.

Allerdings, gab Chee in Gedanken zu, das meiste an seinem Job gefiel ihm. Das, was morgen kam, mußte er eben durchstehen. Er dachte an die schöne Zeit, als er in Crownpoint stationiert war, wo Mary Landon an der Grundschule unterrichtete. Seine Mary Landon – immer war sie dagewesen, immer hatte sie Zeit gehabt, ihm zuzuhören. Chee fühlte sich entspannt. Einen Augenblick noch, dann würde er wieder ins Bett kriechen. Durch den Vorhang sah er den blendenden Glanz der Sterne über dem nachtschwarzen Land.

Was lauerte dort draußen? Ein Kojote? Oder das Mädchen, das sie Shy Girl Beno nannten? Und auf dem Umweg über das Mädchen fielen ihm Welfare Woman und der Fall mit dem falschen Begay ein. Bei dem Gedanken an sie spielte ein amüsiertes Lächeln um seine

Lippen. Eigentlich hieß sie Irma Onesalt, Sozialarbeiterin in einem Stammesbüro, hart wie Sattelleder und schlau wie eine Schlange. Nie würde er ihr Gesicht vergessen, als sie erfuhr, daß der falsche Begay aus der Badwater-Klinik geholt und durch die halbe Reservation gekarrt worden war. Inzwischen war sie tot, jemand hatte sie erschossen. Aber das war unten im Süden passiert, weit weg vom Shiprock-Distrikt, außerhalb von Chees Zuständigkeit. Seltsam nur, daß ihr Tod ihn nicht daran hinderte, immer noch mit dem gleichen Vergnügen an den Fall mit dem falschen Begay zu denken. Wie man so hörte, würden sie wohl nie herausfinden, wer Welfare Woman erschossen hatte, weil praktisch jeder, der irgendwann mit ihr zu tun gehabt hatte, der Täter sein und ein einleuchtendes Motiv haben konnte. Chee konnte sich nicht erinnern, je einem verhaßteren Weibsbild begegnet zu sein.

Er reckte sich. Also – zurück ins Bett. Und auf einmal fiel ihm wieder die Alternative zu seiner Kojote-jagt-Katze-Theorie ein. Shy Girl und das Camp von Theresa Beno. Sie hatte sich, während er mit der Beno, deren Mann und der älteren Tochter sprach, dort draußen herumgetrieben, immer auf Abstand bedacht, aber sicher deshalb, weil sie mit ihm reden wollte. Das Mädchen, das überall nur die Schüchterne hieß, war von der Art der Beno-Frauen: schmales Gesicht, zierlicher Körperbau, hübsch. Er hatte Shy Girl, als er das Camp verließ, in einen grauen Chevy mit offener Ladefläche steigen sehen, und als er dann bei der Roundtop-Station hielt, weil er eine Pepsi trinken wollte, war sie auch dort eingebogen. Sie hatte abseits von den Tanksäulen im Wagen gesessen und zu ihm herübergeschaut. Und er, weil er es merkte, hatte gewartet. Aber sie war dann einfach davongefahren.

Chee ging vom Spülbecken zur Tür, starrte durchs Drahtgeflecht in die Dunkelheit hinaus und sog die trockene Luft dieses Augusts in sich ein. Shy Girl muß irgendwas über die Schafe gewußt haben, ging ihm durch den Kopf, und sie hat es mir sagen wollen. Aber sie wollte nur da mit mir reden, wo niemand sie dabei beobachten konnte. Es ist ihr Schwager, der die Schafe stiehlt. Sie weiß es. Sie will, daß man ihn erwischt. Sie ist hinter mir hergefahren und hat gewartet. Und jetzt wird sie gleich zur Tür kommen und mir, sobald ihr Mut groß genug ist, alles erzählen. Sie ist es, die sich da draußen herumtreibt, sie hat die Katze aufgescheucht.

Natürlich war es nur so eine alberne Idee, einer von diesen halb verschlafenen Einfällen. Chee konnte niemanden draußen entdecken. Nur die dunklen Umrisse der Wacholderbüsche waren da, und eine Meile flußaufwärts hatte jemand die Lichter an der Straßenmeisterei brennen lassen, oben bei der Navajo Nation Shiprock Agency. Und dahinter ein ferner Schimmer: der Lichtschein der Zivilisation über der schlafenden Stadt Shiprock. Er roch die staubgeschwängerte Luft und den eigentümlich süßen Duft von vergilbtem, moderndem Laub – ein Geruch, den Chee wie alle Navajos nur zu gut kannte und der bedrückende Erinnerungen an Kindertage weckte. An Pferde, die zum Skelett abmagerten, an Schafe, die verendeten, und an die Alten, in deren Gesichtern die Sorge zu lesen war. Erinnerungen an Tage, an denen sie nicht satt geworden waren. Und an denen jeder darauf geachtet hatte, mit dem ausgehöhlten Kürbis nicht mehr vom lauwarmen Wasser zu schöpfen, als er wirklich zum Trinken brauchte. Wieviel Zeit war schon seit dem letzten Regen vergangen? Ende April ein kurzer Schauer über Shiprock, und seither nichts mehr.

Nein, das schüchterne Mädchen, Theresa Benos Tochter, war nicht dort draußen. Vielleicht doch ein Kojote. Was auch immer, er würde sich jetzt wieder schlafen legen. Er ließ noch ein bißchen Wasser in die hohle Hand fließen, schlürfte es und merkte am Geschmack, daß das Reservoir auf dem Wohnwagendach fast leer sein mußte. Höchste Zeit, es auszuspülen und frisches Wasser nachzufüllen. Und dann fiel ihm wieder Kennedy ein. Chee hatte dieselben Vorurteile gegen das FBI wie die meisten Polizisten im Außendienst, aber dieser Kennedy schien eine Spur besser zu sein als die anderen. Und durchtriebener. Was gar nicht so schlecht war, denn er blieb wohl für längere Zeit in Farmington, und das bedeutete womöglich eine dauernde Zusammenarbeit zwischen Chee und...

In diesem Augenblick bemerkte er die Gestalt in der Dunkelheit. Sie mußte sich durch eine hastige Bewegung verraten haben. Vielleicht lag es auch daran, daß Chees Augen mittlerweile besser an das Nachtlicht gewöhnt waren. Eine Gestalt, nicht mehr als ein schwarzer Schatten in der Finsternis der Nacht, kaum weiter als drei Meter vor dem Fenster, unter dem Chee schlief. Eine menschliche Gestalt. Zierlich? Vielleicht doch das Mädchen aus Theresa Benos Camp. Aber warum blieb es so stumm da draußen stehen, wenn es doch gekommen war, weil es mit ihm reden wollte?

Das gleißende Licht und der Knall waren eins. Ein weißgelber

Blitz, der sich tief in Chees Pupillen brannte. Und ein schriller Schall, der bis ins Trommelfell drang und dort widerhallte. Und dann noch einmal. Und noch einmal. Und wieder. Instinktiv hatte Chee sich auf den Boden geworfen. Er spürte die Krallen der Katze, als sie in panischem Schrecken über seinen Rücken zur Türklappe flüchtete.

Dann Stille. Chee kam hoch, saß einen Augenblick und überlegte, wo seine Pistole war. Sie hing am Gürtel im Wandschrank. Auf Händen und Knien kroch er hin. Er konnte noch immer nichts sehen und hören, vor seinen Augen tanzte der Widerschein aus grell-weißem Licht, in seinen Ohren schrillte der Explosionsknall. Er riß die Tür zum Wandschrank auf, tastete blind nach oben, bis seine Finger das Holster fanden, die Pistole herausziehen und sie spannen konnten. Dann saß er mit dem Rücken zum Wandschrank da, wagte kaum zu atmen und wartete darauf, daß das blendende Licht vor seinen Augen verebbte. Ganz allmählich begann er, seine Umgebung wieder zu erkennen. Noch war die offene Tür nicht mehr als der Umriß eines dunkelgrauen Vierecks in einer Fläche aus zerfließender Finsternis. Nachtschwärze kam durch das Fenster über dem Bett gekrochen. Und es war ihm, als reihten sich unter dem Fenster ein paar kreisrunde Löcher aneinander – Löcher, die da nicht hingehörten, kaum auszumachen, nur eine Spur heller als die Dunkelheit ringsum.

Erst jetzt merkte er, daß das Bettlaken auf dem Boden lag und daß die Schaumgummimatratze gegen seine Knie lehnte. Aber er hatte das Zeug nicht von der Schlafpritsche heruntergrissen. Die Katze? Ausgeschlossen. Der Widerhall in seinen Ohren verklang, irgendwo in der Ferne hörte Chee einen Hund bellen, die Schüsse mußten ihn aufgeschreckt haben. Schrotgeschosse. Aus einer schweren Flinte. Drei Schüsse. Oder waren es vier gewesen?

Der Schütze, wer immer es gewesen war, lauerte wohl noch draußen und wartete darauf, daß Chee herauskäme. Oder er dachte darüber nach, ob vier Schüsse durch die Aluminiumwand auf Chees Bett auch wirklich genug wären. Das Flimmern vor Chees Augen hatte aufgehört, er starrte wieder auf die Löcher in der Wand. Es waren riesige Löcher, so groß, daß eine Faust hineingepaßt hätte. Eben eine Schrotflinte. Das erklärte auch den höllischen Lärm und das gleißende Licht. Chee war sich klar, daß es ein Fehler wäre, jetzt durch die Tür nach draußen zu gehen. So saß er da, immer noch den Rücken gegen den Wandschrank gelehnt, hielt die Pistole umklammert und wartete. Das Gebell eines zweiten Hundes, auch weit entfernt. Ein Luftzug wehte durch den Wohnwagen, es roch nach verbranntem Schießpulver, nach moderndem Laub und nach dem Schlamm, den der Fluß ans Ufer gespült hatte. Die Feuerkreise vor Chees Augen waren verloschen, Nacht umfing ihn wieder. Er sah jetzt, daß die Matratze zerfetzt war, die Wucht der Geschosse hatte sie von der Pritsche geschleudert. Und durch die Löcher, die in die dünne Aluminiumwand gerissen waren, konnte er den bleich zuckenden Schein der Blitze am Horizont sehen, da, wo sich weit im Nordwesten das Gewitter austobte. In der Mythologie der Navajos galten Blitze als Zeichen für den Zorn des *yei*: sie symbolisierten den Groll, den das Heilige Volk die Erde spüren ließ.

2

Lieutenant Joe Leaphorn war früh ins Büro gekommen. Kurz vor der Morgendämmerung war er aufgewacht, hatte eine Weile reglos dagelegen, warm neben sich Emmas Hüfte gespürt, ihren Atemzügen gelauscht und einem dumpfen Gefühl der Verlorenheit nachgesonnen. Schließlich war ihm klargeworden, daß er sie einfach zwingen mußte, zum Arzt zu gehen. Er selbst würde sie hinbringen, keine Ausreden gelten und sich keinen Aufschub mehr abhandeln lassen. Er gestand sich ein, daß er Emmas Widerstreben, zu einem Arzt der *belacani* zu gehen, nur wegen seiner eigenen Ängste hingenommen hatte. Denn er wußte, was der Arzt ihm sagen würde. Und daß dann auch der letzte Funke Hoffnung erlöschen mußte. «Ihre Frau hat die Alzheimersche Krankheit», würde er sagen und ihn Mitgefühl in seiner Miene lesen lassen, bevor er erklärte, was Leaphorn sowieso schon wußte. Es war unheilbar. Jener Teil des Gehirns, in dem die Erinnerung eines Menschen gespeichert ist und der sein soziales Verhalten bestimmt, erfüllte allmählich seine Funktion nicht mehr, das war das herausragende Merkmal der Krankheit. Bis der Kranke, so jedenfalls erklärte es sich Leaphorn, schließlich vergaß, weiterzuleben. Die Krankheit tötete ihr Opfer schrittweise, woraus er den Schluß zog, daß Emmas Sterben schon begonnen hatte. So hatte er dagelegen, sie neben sich atmen gehört und um sie getrauert. Dann war er aufgestanden, hatte das Kaffeewasser aufgesetzt, am Küchentisch gesessen und gewartet, bis hinter den hoch aufragenden Felswänden, nach denen die kleine Stadt Window Rock hieß, der Himmel hell wurde. Agnes hatte ihn gehört, vielleicht, als das Wasser im Bad lief, oder sie hatte den Kaffee gerochen, und so war sie zu ihm in die Küche gekommen, schon gewaschen und gekämmt, in einem mit roten Rosen bedruckten Kleid.

Leaphorn mochte Agnes, er war, als Emmas Kopfschmerzen und ihre Vergeßlichkeit schlimmer wurden, froh und erleichtert gewesen, als sie zu ihnen zog und, wie Emma sagte, bleiben wollte, bis sie wieder gesund wäre. Aber Agnes war Emmas Schwester, und beide waren – wie alle in der Yazzie-Familie – tief in der Tradition der Navajos verhaftet. Sie waren jedoch aufgeklärt genug, als daß sie fest damit rechneten, daß er, wenn Emma starb, eine andere Frau aus der Familie heiratete. Aber gelegentlich kam der Gedanke vielleicht auf. Und das bedrückte ihn, wenn er mit Agnes allein war.

Er hatte also seinen Kaffee ausgetrunken und war durch das Dämmerlicht des frühen Morgens zum Dienstgebäude der Tribal Police gegangen. Jeder Schritt hatte ihn ein Stück weiter weggeführt von der fruchtlosen Sorge um seine Frau und ein Stück näher hin zu einem Problem, das er zu lösen hoffte. Eine Weile wollte er in dieser ruhigen Stunde am Morgen, in der noch kein Telefon läutete, damit verbringen, sich endgültig darüber klarzuwerden, ob es zwischen den drei Mordfällen, mit denen er zu tun hatte, einen Zusammenhang gäbe. Dem äußeren Anschein nach war das einzige, was sie einander ähnlich machte, Leaphorns tiefe Ratlosigkeit. Sein Navajo-Blut – alles in ihm, sein ganzes Denken und Fühlen, lehnte sich dagegen auf, einen Zusammenhang zu konstruieren. Aber der Gedanke, daß es ihn eben doch gäbe, ließ ihn seit Tagen nicht mehr los. Der Fall war so voller Widersprüche und so verwickelt, daß Leaphorn den Versuch, das Problem zu lösen, fast wie eine willkommene Flucht aus der dauernden Sorge um Emmas Krankheit empfand. Heute morgen, nahm er sich vor, mußte er bei der Lösung des Rätsels einen entscheidenden Schritt weiterkommen. Er würde den Telefonhörer neben die Gabel legen, sich vor die Karte der Navajo-Reservation stellen, auf die Nadeln starren, mit denen er Tatorte zu markieren pflegte, und seine Gedanken zwingen, sich in ein Schema strenger Logik einzuordnen. Vorausgesetzt, es war ringsum still und Leaphorn hatte ein wenig Zeit, dann lag ihm nichts so sehr wie dieser Prozeß geordneten Denkens, bei dem es galt, hinter scheinbar zufälligen Ereignissen den logischen Zusammenhang zu finden.

Im Eingangskorb lag eine Notiz.

Von: Captain Largo, Shiprock.
An: Lieutnant Leaphorn, Window Rock.
Heute morgen, 2 Uhr 15, wurden drei Schüsse in den Wohnwagen von Officer Jim Chee abgefeuert, begann die Notiz. Leaphorn las sie rasch. Keine Beschreibung eines Verdächtigen, kein Hinweis auf ein Fahrzeug. Chee war unverletzt. Und am Schluß stand: *Chee sagt aus, er könne keine Angaben zu einem möglichen Motiv machen.*

Leaphorn las den letzten Satz noch einmal. Zum Teufel, dachte er. Klar, daß Chee so etwas sagen mußte. Aber es war nun mal logisch, daß niemand auf einen Cop schießt, wenn er kein Motiv dafür hat. Wie es eben auch logisch ist, daß der Cop, auf den geschossen wurde, das Motiv ganz genau kennt. Bloß, die Logik sagt auch, daß das Motiv meistens kein günstiges Licht auf das Verhalten des Polizisten wirft, also fällt ihm am besten nichts dazu ein. Leaphorn schob den Zettel beiseite. Sobald die normale Bürozeit begonnen hatte, würde er Largo anrufen und hören, ob es in der Sache irgend etwas Neues gäbe. Aber jetzt wollte er über die drei ungeklärten Todesfälle nachdenken.

Er schwang den Stuhl herum und schaute auf die Karte der Reservation, die fast die ganze Breite der Wand hinter ihm bedeckte. Drei Nadeln markierten die Fälle, um die es ging. Eine nicht weit von Window Rock, eine weiter oben, an der Grenze zwischen Arizona und Utah, und eine im Nordwesten, im menschenleeren Gebiet am Big Mountain. Die Nadeln bildeten ein Dreieck, dessen Schenkel ungefähr gleich lang waren, jeder Tatort lag vom anderen rund 120 Meilen entfernt. Und während er so auf die Karte starrte, ging Leaphorn durch den Kopf, daß aus dem Dreieck beinahe ein Rechteck geworden wäre, dann nämlich, wenn der Mann mit der Schrotflinte Chee getötet hätte. Dann hätte er es mit vier ungeklärten Mordfällen zu tun gehabt. Er wischte den Gedanken weg. Die Sache mit Chee war kein ungeklärter Fall. Die Dinge lagen viel einfacher. Sie mußten nur herausfinden, wo der Officer Dreck am Stekken hatte. Ein Dienstvergehen mußten sie aufdecken – und den Mann finden, mit dem Chee, bevor er ihn einsperren ließ, anscheinend ziemlich unsanft umgesprungen war. Es war – anders als die Fälle, die sich hinter den drei Nadeln verbargen – kein Verbrechen, bei dem das Motiv fehlte.

Das Telefon läutete, der Diensthabende im Wachraum meldete sich. «Tut mir leid, Sir, aber es geht um die Frau aus dem Rat von Cañoncito, Sie wissen schon, Councilwoman.»

«Haben Sie ihr nicht gesagt, daß ich erst ab acht da bin?»

«Sie hat Sie kommen sehen», antwortete der Diensthabende. «Sie ist schon unterwegs zu Ihnen.»

Nicht nur das, sie schob schon Leaphorns Tür auf.

Und nun saß ihm Councilwoman – füllig, mit einem mächtigen Busen, etwa in Leaphorns Alter und ungefähr so groß wie er – im hölzernen Lehnstuhl am Schreibtisch gegenüber. Sie trug eine altmodische, purpurn eingefärbte Bluse und hatte ein großes silberfarbenes Tuch aus weichem Wollstoff um die Schultern geschlungen. Die Nacht hatte sie im *Window Rock Motel* verbracht, unten am Highway, ließ sie Leaphorn wissen. Gestern nachmittag, gleich nach einer Versammlung ihrer Leute im Gemeindehaus in Cañoncito, war sie losgefahren, den ganzen Weg bis hierher. Die Leute in Cañoncito waren nämlich durchaus nicht zufrieden mit der Navajo Tribal Police. Die Art, wie man ihnen Polizeischutz gewährte, gefiel ihnen nicht, denn es gab einfach keinen. Und so war sie heute morgen hergekommen, um mit Lieutenant Leaphorn darüber zu reden, aber da war alles verschlossen gewesen, gerade ein, zwei Leute, die überhaupt Dienst taten. Eine halbe Stunde hatte sie draußen im Wagen warten müssen, bis man ihr endlich aufgeschlossen hatte.

Ungefähr fünf Minuten brauchte sie, um ihm das zu erläutern. Und während der Zeit konnte Leaphorn darüber nachdenken, daß sie in Wirklichkeit hergefahren war, um an der heute beginnenden Versammlung des Tribal Council teilzunehmen. Und daß der Stammeszweig in Cañoncito schon lange mit der zentralen Stammesverwaltung unzufrieden war, schon seit 1866, als die Leute aus der Internierung in Fort Stanton heimkehrten. Und daß Councilwoman wohl selber wußte, wie unfair ihre Erwartung war, nachts mehr als den Mann am Funkgerät und den Diensthabenden im Polizeibüro vorzufinden. Und daß sie ihm dieselben Beschwerden schon mindestens zweimal vorgetragen hatte. Ganz zu schweigen davon, daß sie ihr Auftauchen im Morgengrauen sicher nur deshalb so betonte, weil sie Leaphorn klarmachen wollte, daß Navajos in amtlicher Funktion – und darüber hinaus alle guten Navajos – tunlichst auf den Beinen sein sollten, sobald der neue Tag graute, damit sie, wie es sich gehörte, die aufgehende Sonne mit Gebeten und mit einer Handvoll Pollenstaub preisen konnten.

Endlich schwieg Councilwoman. Leaphorn wartete, wie es bei den Navajos Brauch war, auf ein Zeichen, ob sie schon fertig wäre oder nur eine Denkpause eingelegt hätte. Councilwoman schüttelte seufzend den Kopf.

«Kein Navajo-Polizist, nicht einer», sagte sie. «Keiner, in der ganzen Cañoncito-Reservation nicht. Nur einer von der Laguna Police läßt sich manchmal blicken. Manchmal!» Wieder eine Pause, Leaphorn wartete.

«Dann sitzt er in dem Häuschen an der Straße rum und rührt keinen Finger. Wenn er überhaupt da ist.» Councilwoman wußte genau, daß sie ihm das alles schon einmal gesagt hatte. Darum machte sie sich nicht mehr die Mühe, ihm während ihres Lamentos in die Augen zu blicken, statt dessen studierte sie die Karte, die hinter ihm hing.

«Da kann man anrufen, sooft man will. Keiner geht ran. Hilft auch nichts, wenn man hinläuft und an die Tür klopft. Ist ja keiner da.» Sie löste den Blick von der Karte und sah Leaphorn schweigend an. Das Zeichen, daß sie fertig war.

«Euer Polizist in Cañoncito ist Officer des Bureaus of Indian Affairs», sagte Leaphorn. «Er ist ein Laguna, aber im Dienst gehört er zum BIA. Er arbeitet nicht für die Lagunas, sondern für euch.» Leaphorn setzte ihr auseinander, was er ihr schon zweimal erklärt hatte: daß nämlich der Rechtsausschuß im Tribal Council beschlossen hatte, keinen eigenen Polizeiposten der NTP in Cañoncito einzurichten, sondern sich auf Amtshilfe durch das BIA abzustützen. Und das, weil der Stammeszweig der Cañoncito in einer Reservation in der Nähe von Albuquerque lebte, weit von der Großen Reservation entfernt, und weil es dort unten eben nur noch zwölfhundert Navajos gab. Daß Councilwoman selber zum Rechtsausschuß des Tribal Council gehörte, ließ Leaphorn unerwähnt. Sie hörte ihm geduldig zu, wie es die Höflichkeit der Navajos verlangte, aber ihre Augen wanderten dabei wieder über die Karte.

«Nur zwei Sorten von Nadeln», stellte sie fest, als Leaphorn fertig war, «das ist alles, im ganzen Cañoncito-Gebiet.»

«Die stammen noch aus der Zeit, ehe der Tribal Council die Zuständigkeit an das Bureau of Indian Affairs übergeben hat», stellte Leaphorn klar, wobei er hoffte, daß ihm die nächste Frage, die nach der Bedeutung der Nadeln, erspart bliebe. Es waren, soweit es um das Cañoncito-Gebiet ging, lauter Nadeln in verschiedenen Abstufungen von Rot, mit denen Leaphorn Festnahmen markierte, bei denen Alkohol eine Rolle spielte, oder in Schwarz, nach Leaphorns Code das Zeichen für Anzeigen wegen Hexerei. Andere Rechtsverletzungen waren im Cañoncito-Gebiet praktisch nie vorgekommen. Leaphorn glaubte nicht an Zauberer und Hexen, aber in der Großen Reservation gab es Leute, die behaupteten, drunten bei den Cañoncitos wäre jeder ein Skinwalker.

«Und weil der Council nun mal so entschieden hat», fügte Leaphorn hinzu, «kümmert sich das BIA um das Cañoncito-Gebiet.»

«Nein», widersprach sie, «das tut das BIA eben nicht.»

Eine Weile ging das so weiter, bis fast der ganze Morgen vertan war und Councilwoman endlich das Büro verließ. Gleich nach ihr erschien ein sommersprossiger Weißer, der sich als Geschäftsmann vorstellte, ihm gehörte die Firma, die die gesamte Versorgung für das Navajo-Rodeo übernommen hatte. Er verlangte angemessene Bewachung seiner Mustangs, Sattelstiere und Lassokälber während der Nacht. Und ehe er sich's versah, war Leaphorn in einen Wust von administrativen Entscheidungen, Aktennotizen und amtlichen Vermerken verheddert, die alle etwas mit dem Rodeo zu tun hatten – ohnehin eine Veranstaltung, die jeder Polizist in Window Rock wie die Beulenpest fürchtete. Er mußte einen Haufen Anordnungen treffen, um die Flut, die drei Tage lang über die Stadt hereinzubrechen drohte, wenigstens einigermaßen zu steuern – eine Flut aus weißen und indianischen Cowboys, Machotypen die einen wie die anderen, aus Groupies, Trunkenbolden, Dieben, Hochstaplern, Texanern, Schwindlern, Fotografen und schlichten Touristen, und bevor er damit fertig war, läutete das Telefon.

Es war der Präfekt der Internatsschule von Kinlichee, er berichtete, daß Emerson Tso seinen Schwarzbrennerladen wieder aufgemacht hätte. Tso verkaufte sein Gesöff nicht nur denen, die sich die Mühe machten, zu ihm zu kommen, er brachte den Schülern das Zeug auch bereitwillig nachts in die Schlafsäle. Der Präfekt verlangte, daß Tso für immer hinter Schloß und Riegel verschwände. Leaphorn, der Whiskey so abgrundtief wie die Hexerei haßte, versprach, sich Tso noch heute vorführen zu lassen. Er sagte es derart grimmig, daß der Präfekt nur verwirrt danke schön murmelte und aufhängte.

Und so fand Leaphorn endlich kurz vor Mittag Zeit, über die drei ungeklärten Mordfälle und die Frage eines Zusammenhangs nachzudenken. Aber vorher nahm er den Hörer ab und legte ihn neben die Gabel. Er ging zum Fenster und schaute hinaus. Das schmale Asphaltband der Navajo Route 27, gesäumt von den weitläufigen Backsteingebäuden, in denen die Bürokratie seines Stammes Quartier genommen hatte. Hinter dem Ort die aufragenden Sandsteinfelsen. Und am Augusthimmel dunkle Gewitterwolken, die sich zu ballen begannen, aber sie würden wohl in diesem trockenen Sommer wieder nicht hoch genug steigen, um ihnen den ersehnten Regenguß zu bescheren. Und während er das alles sah, verbannte er den Tribal Council, das Rodeo und die Schwarzbrennerei aus seinem Kopf. Dann setzte er sich wieder, schwang den Stuhl herum und studierte die Karte.

Überall in der Tribal Police kannte man Leaphorns Karte, manche hielten sie für den Ausdruck seiner Verschrobenheit. Er hatte sie auf eine Korkplatte gezogen und hinter seinem Schreibtisch an der Wand aufgehängt. Es war die vom südkalifornischen Automobilklub herausgegebene «Indian Country»-Karte, die als besonders detailgetreu galt und wegen ihres großen Maßstabs allgemein beliebt war. Das Besondere an Leaphorns Karte war die Art, wie er sie benutzte.

Sie war mit Hunderten bunter Nadeln gespickt, jede Farbe stand für ein bestimmtes Vergehen oder Verbrechen. Und es gab Hunderte handschriftlicher Vermerke, alle von Leaphorn persönlich hingeschrieben, in Kürzeln, die für jeden Außenstehenden rätselhaft bleiben mußten. Für ihn aber bedeutete jedes Kürzel ein Stück von dem Wissen, das er während seines Lebens in der Reservation und während der vielen Jahre im Polizeidienst zusammengetragen hatte. Das winzige *t* zum Beispiel, westlich von Three Turkey Ruins, markierte den Treibsand in der Auswaschung Tse Des Zygee. Das *e* neben der Straße nach Oljeto an der Grenze zu Utah (und neben Dutzenden anderer kleiner Straßen) kennzeichnete Stellen, an denen man mit Erdrutschen als Folge von Regenstürmen rechnen mußte. Die vielen kleinen *c*, neben denen die Initialen einer Familie eingetragen waren, bezeichneten die Berghänge, an denen gewöhnlich während des Sommers die Camps für die Schafherden zu finden waren. Unzählige solche Merkzeichen waren über die Karte verstreut. *H* stand für Orte, an denen man Fälle von Hexerei gemeldet hatte, und *s* war das Zeichen für Schwarzbrennerei.

Die handschriftlichen Vermerke waren dauerhaft eingetragen, die Nadeln dagegen wanderten mit der Ebbe und Flut menschlichen Fehlverhaltens. Die blauen steckten da, wo man Vieh gestohlen hatte, sobald der Dieb irgendwann auf einer abgelegenen Straße mit einer Wagenladung Färsen erwischt worden war, verschwand wieder eine der blauen Nadeln aus Leaphorns Karte. Wie grelle Leuchtpünktchen nahmen sich die roten und pinkfarbenen Nadeln aus, mit denen Leaphorn Straftaten im Zusammenhang mit Alkohol markierte. Zog er eine von ihnen heraus, bedeutete das, daß zugleich das Schicksal irgendeines Schwarzbrenners besiegelt war. Das Rot in allen Schattierungen leuchtete wie ein schimmernder Schandfleck rund um die Ortschaften am Rand der Reservation und entlang der Einfallstraßen. Es gab Nadeln, deren Farben Notzuchtverbrechen markierten, Überfälle, Gewalttaten in einer Familie, solche, bei denen es um Körperverletzung ging, und auch harmlosere, und überall da, wo jemand die Beherrschung verloren hatte, steckte nicht weit entfernt oder direkt daneben eine der roten Nadeln. Zu jenen Verbrechen, die eher im Leben der Weißen eine Rolle spielten – Einbrüche, Vandalismus und Banküberfälle, kam es nur selten und meist, wie Leaphorns Nadeln deutlich auswiesen, in den Randbezirken der Reservation. Aber was Leaphorn im Augenblick interessierte, waren nur die Nadeln mit dem braunen Kopf und dem weißen Punkt, die die drei ungeklärten Mordfälle markierten.

Morde waren in der Reservation nicht üblich. Wenn jemand gewaltsam zu Tode kam, dann gewöhnlich durch einen Unfall: Betrunkene, die frontal in ein Auto liefen, sich in einer Kneipe den Schädel einschlugen oder im Alkoholnebel zu Hause aufeinander losgingen. Keine vorsätzliche Gewalt, eher eine Verkettung unglücklicher Umstände. Braune Nadeln mit einem weißen Kopf verschwanden meistens nach ein, zwei Tagen wieder von Leaphorns Karte.

Aber die drei Nadeln, um die es jetzt ging, steckten schon seit Wochen, und sie hatten sich nicht nur in die Korkplatte unter der Karte gebohrt, sondern auch in Leaphorns ganzes Denken. Eine der Nadeln steckte schon seit fast zwei Monaten.

Irma Onesalt war der Name des Opfers. Leaphorn hatte die Nadel vor fünfundvierzig Tagen neben die Straße zwischen Upper Greasewood und Lukachukai gesteckt. Ein Geschoß vom Kaliber 30-06. Waffen mit diesem Kaliber hingen bei jedem dritten Kleinlaster in der Halterung unter der Heckscheibe. Es sah so aus, als hätte praktisch jeder eine 30-06, wenn er nicht gerade eine 30-30 bevorzugte. Manche hatten auch von beiden Kalibern eine. Irma Onesalt, im Bitter Water Clan und für das Towering House People geboren, Tochter von Alice und Homer Onesalt, einunddreißig Jahre alt, Angestellte im Navajo Office of Sozial Service, wurde tot im Fahrersitz ihres Wagens gefunden – ein zweitüriger Datsun, der sich überschlagen hatte und auf dem Dach liegengeblieben war. Der Schuß war durch die Windschutzscheibe gedrungen, hatte Irma Onesalt das Kinn zerschmettert und die Kehle durchbohrt und war schließlich im Türrahmen steckengeblieben. Es gab auch eine Zeugin, allerdings wußte sie nicht viel und konnte nur vage Aussagen machen, eine Schülerin aus dem Toadlena-Internat, die auf dem Heimweg zu ihren Eltern gewesen war. Sie hatte einen Mann gesehen, einen alten Mann, sagte sie, der in einem Wagen mit offener Ladefläche saß, und der Kleinlaster hatte nach ihren Angaben ungefähr da geparkt, wo der Schütze sich aufgehalten haben mußte. Das ließ den Schluß zu, daß Irma Onesalt, nachdem sie tödlich getroffen war, die Kontrolle über ihren Wagen verloren hatte. Leaphorn, der die Tote gesehen hatte, hielt das für eine naheliegende Schlußfolgerung.

Die zweite Nadel, zwei Wochen später, markierte den Mord an Dugai Endocheeney, geboren im Mud People und für den Streams Come Together Clan, fünfundsiebzig oder siebenundsiebzig Jahre alt, je nachdem, welchen Angaben man mehr trauen wollte. Er war im Schafspferch hinter seinem Hogan am Nokaito Bench erstochen worden, nicht weit von der Stelle, an der der Chinle Creek in den San Juan mündet, das Schlachtermesser steckte noch in der Leiche. Dilly Streib, der für den Fall zuständige FBI-Agent, hatte gemeint, es gäbe einen deutlichen Zusammenhang zwischen den beiden Fällen. «Die Onesalt hatte keine Freunde und Endocheeney keine Feinde. Also ist jemand dabei, das Ganze von links und rechts aufzurollen. Er nimmt sich die Guten und die Schlechten vor, bis nur noch der Rest in der Mitte übrigbleibt.»

Leaphorn hatte genickt. «Der Durchschnitt.»

Und Streib hatte ihn grinsend gewarnt: «Kann nicht lange dauern, bis er hinter Ihnen her ist. Und zwar, wenn er mit denen aufräumt, die 'ne Menge Feinde haben.»

Delbert L. Streib war kein typischer FBI-Mann. Leaphorn, der an einem Kurs an der FBI Academy teilgenommen und sein halbes Leben lang den Laufburschen für die Bundespolizei gespielt hatte, hielt ihn für schlauer als die meisten anderen. Ein Mann von rascher, zupackender Intelligenz, was ihn allerdings in den Jahren von J. Edgar Hoover gehörig in Mißkredit gebracht und zur Versetzung ins Indianergebiet geführt hatte. Aber bei aller Intelligenz – die Morde an der Onesalt und an Endocheeney, die ja in seine Zuständigkeit fielen, stellten ihn vor ein Rätsel, genau wie Leaphorn.

Nach einem Blick auf Leaphorns Karte hatte er gemeint, das, was der Lieutenant als «Nadel zwei» bezeichnete, müßte eigentlich die dritte Nadel sein. Und vielleicht hatte er recht damit. Leaphorn hatte sich entschieden, die «Nadel drei» zum Fall Wilson Sam zu stecken, geboren im One Walks Around Clan und für das Turning Mountain People, ein Mann von siebenundfünfzig Jahren, der Schafherden besaß, gelegentlich aber auch einen Job bei den Straßenarbeiten am Arizona Highway annahm. Ein Schaufelblatt hatte ihn im Genick getroffen, der Schlag war so heftig gewesen, daß der Tod auf der Stelle eingetreten sein mußte. Nur hinsichtlich der Todeszeit tappte man im dunkeln. Sams Neffe hatte den Hirtenhund des Toten gefunden, das Tier saß am Klippenrand über dem Chilchinbito Canyon, hatte sich heiser geheult und war vor Durst zu Tode erschöpft. Wilson Sams Leiche hatte man unten in der Schlucht gefunden, offensichtlich hatte der Mörder sie bis zu den Klippen geschleift und hinuntergestoßen. Nach dem Ergebnis der Autopsie war die Tatzeit etwa die gleiche wie beim Mord an Endocheeney. Blieb also die Frage: wer war zuerst ermordet worden? Das konnte sich jeder zusammenreimen, wie er wollte. Es gab auch hier wieder keine Zeugen, keine Anhaltspunkte, kein offensichtliches Motiv. Es gab eigentlich überhaupt nichts, abgesehen von der Annahme des Coroners über die Tatzeit. Wenn er damit recht hatte, dann war es freilich schwer vorstellbar, daß ein und derselbe Mann ungefähr zur gleichen Zeit Endocheeney und Sam getötet hatte, den einen am Nokaito Bench und den anderen nicht weit vom Chilchinbito Canyon.

«Es sei denn, wie hätten es mit einem Skinwalker zu tun», hatte Streib düster vor sich hin gemurmelt. «Vorausgesetzt, daß ihr Indianer recht habt und Skinwalker wirklich fliegen können und Pickups mit Turboantrieb fahren und was weiß ich.»

Leaphorn war bei Frozzeleien nicht empfindlich, aber er verzieh es weder Streib noch jemand anderem, Witze über Zauberei und Geister in Menschengestalt zu machen. Er hatte nicht mitgelacht.

Wenn er jetzt daran zurückdachte, konnte er immer noch nicht lachen. Er seufzte, kratzte sich hinterm Ohr und stemmte sich aus dem Bürosessel hoch. Das Hinstarren auf die Karte hatte ihn auch heute nicht weitergebracht als in all den Wochen vorher. Eine Nadel gehörte sozusagen nach Window Rock, die Spur der beiden anderen führte mitten in die Wildnis.

Das erste Opfer war eine Frau, noch in jüngeren Jahren, eine Intellektuelle, die sich mit Bürokram beschäftigte. Die beiden anderen waren Männer, die sich um ihre Herden kümmerten, Navajos von altem Schrot und Korn, die wahrscheinlich kaum Englisch konnten. Man hatte sie da ermordet, wo sie zu Hause waren. Hatte Leaphorn es mit Verbrechen zu tun, die getrennt zu betrachten waren? Manches sprach dafür. Im Window Rock-Fall ging es offensichtlich um vorsätzlichen Mord, so selten das auch in der Reservation vorkommen mochte. Natürlich konnte das auch in den anderen Fällen so sein, aber es sah nicht danach aus. Wer Mord plant, greift nicht zur Schaufel. Und auch das Schlachtermesser war nicht gerade eine typische Mordwaffe für einen Navajo.

Leaphorn betrachtete die Sache so, als gäbe es keinen Zusammenhang: er kam zu keinem brauchbaren Ergebnis. Er versuchte es andersherum, nahm die Fälle als Trio: wieder dasselbe. Er probierte zunächst, den Mord an der Onesalt isoliert zu sehen, zog dabei alles in Erwägung, was sie über die Frau wußten. Ein Weib, das mit allen Wassern gewaschen war. Jeder hütete sich, etwas Böses über eine Tote zu sagen, aber über Irma wußte keiner etwas Gutes zu sagen. Sie war übereifrig, streitbar und ungeduldig. Sie eckte überall an. Es gab, soweit sie in Erfahrung bringen konnten, keinen Mann in ihrem Leben. Sogar im engsten Kreis schien nur einer wirklich um sie zu trauern, ein Lehrer in Lukachukai, der als junger Bursche bei der Familie ein und aus gegangen war und offenbar sehr an Irma hing. Solche Typen hielt Leaphorn in einem Mordfall von vornherein für verdächtig. Aber dieser hier kam nicht in Frage, er hatte zur Tatzeit achtundzwanzig Schülern mathematische Formeln eingepaukt.

Die Post wurde hereingebracht. Ohne sich in seiner Konzentration stören zu lassen, mit den Gedanken immer noch bei Irma Onesalt, sah Leaphorn den Stapel flüchtig durch. Obenauf zwei Telexe vom FBI. Das erste vermittelte weitere Details in der Sache mit Jim Chee, Leaphorn las es rasch. Nicht viel Neues. Chee hatte nicht versucht, den Täter zu verfolgen. Er blieb dabei, daß er keine Ahnung habe, wer es gewesen sein könnte. Rings um den Wohnwagen gab es Spuren von Joggingschuhen, Größe sieben. Man hatte sie knapp hundert Meter weit verfolgen können, bis zu einer Stelle, an der offenbar der Wagen des Täters gestanden hatte. Spuren von abgefahrenen Reifen. Und eine Ölspur, die auf einen größeren Schaden am Fahrzeug schließen ließ.

Leaphorn legte das Telex mit mürrischer Miene beiseite. Es blieb dabei: kein Motiv. Aber es mußte eines geben. Wenn jemand versucht, einen Cop aus dem Hinterhalt umzulegen, gibt's immer ein Motiv. Bloß, das war meistens für den Betroffenen nicht angenehm. Na schön, Chee war Captain Largos Mann, also sollte der herausfinden, wie und wann der Officer jemanden so gereizt hatte, daß der auf Mord sann.

Das zweite Telex enthielt die Mitteilung, daß Jay Kennedy vom FBI-Büro in Farmington heute einen gewissen Roosevelt Bistie aufspüren und im Zusammenhang mit der Mordsache Dugai Endocheeney vernehmen wollte. Man war auf zwei Zeugen gestoßen, die Bisties Wagen zur Tatzeit an Endocheeneys Hogan gesehen haben wollten. Und ein anderer Zeuge hatte gehört, wie der Fahrer dieses Wagens gesagt hatte, er werde Endocheeney umbringen. Jeder Officer, der irgendeine Information über besagten Roosevelt Bistie beisteuern konnte, wurde gebeten, mit Jay Kennedy Kontakt aufzunehmen.

Leaphorn sah noch auf der Rückseite nach, aber da stand nichts mehr. Er wandte sich zur Karte um und zog im Geiste die Nadel für den Mordfall Endocheeney heraus. Blieben zwei Fälle, aus dem Dreieck war eine Linie geworden. Eigentlich nur zwei Punkte – und nichts, was sie verband. Daß er sich in die Idee verrannt hatte, es müsse einen Zusammenhang geben, das schien in der Tat der Haken bei der ganzen Geschichte zu sein. Immerhin, zwei ungeklärte Fälle waren verdammt besser als drei. Und vielleicht stellte sich ja heraus, daß Bistie auch Wilson Sam umgebracht hatte. Gar nicht so weit hergeholt. Es waren Männer vom gleichen Schlag, es konnte in ihrem Leben eine Menge gegeben haben, was sie verband. Leaphorn fühlte sich um vieles besser. Allmählich schien wieder Ordnung in die Dinge zu kommen.

Das Telefon läutete.

«Heute haben's die Politiker auf Sie abgesehen, Lieutenant», sagte der Diensthabende. «Dr. Yellowhorse möchte Sie sprechen.»

Leaphorn suchte in Gedanken fieberhaft nach einem vernünftigen Grund, mit dem er sich vor dem Gespräch drücken konnte. Yellowhorse war ein Councilman, er repräsentierte die Badwater-Region, außerdem war er Mitglied im Rechtsausschuß, und Arzt war er auch. Er hatte die Badwater-Klinik gegründet und fungierte dort als Chefarzt.

Es fiel ihm nichts ein, wie er den Kerl abwimmeln konnte. «Er soll raufkommen», sagte er.

«Ich glaube, er ist schon oben», antwortete der Diensthabende.

Leaphorns Bürotür schwang auf.

Dr. Bahe Yellowhorse war ein Mann wie ein Kleiderschrank. Er trug den in der Reservation üblichen breitkrempigen schwarzen Hut mit einem Band in Silber und Türkis, in dem eine Truthahnfeder steckte. Links und rechts hing ihm hinter den Ohren ein Büschel Haare herunter, um das nach Sioux-Manier ein rotes Band geschlungen war. Ein fünf Zentimeter breiter, mit Halbedelsteinen besetzter Gürtel hielt die Jeans, auf der altsilbernen Schnalle prangte das Symbol von Father Sun, um den sich Rainbow Man krümmte.

«*Ya-tah*», grüßte Yellowhorse mit einem Grinsen, das festgefroren aussah.

«*Ya-ta-hey*», antwortete Leaphorn. «Leider habe ich...»

«Ich bin unterwegs zum Rechtsausschuß», fiel ihm Yellowhorse ins Wort und machte es sich im Lehnstuhl bequem. «Wir haben da heute nachmittag eine Sitzung. Und meine Leute möchten, daß ich ein bißchen Druck mache. Damit endlich was unternommen wird, um den Burschen zu kriegen, der Hosteen Endecheeney getötet hat.»

Yellowhorse fingerte eine Packung Zigaretten aus der Tasche seines blauen Baumwollhemds, als ob er Leaphorn Gelegenheit geben wollte, in der Zwischenzeit etwas zu sagen. Aber Leaphorn sagte nichts. Old Man Endocheeney hatte oben im Grenzland von Utah und Arizona gelebt, einer von Tausenden, die dort weit verstreut hausten und die alle zur Badwater-Region gehörten. Trotzdem hatte

Leaphorn nicht die Absicht, den Fall mit dem Councilman Bahe Yellowhorse zu erörtern.

«Wir arbeiten an der Sache», sagte er.

«Das heißt, Sie haben noch keine konkreten Fortschritte gemacht», stellte Yelowhorse fest. «Haben Sie überhaupt schon was rausgefunden?»

«Die Sache fällt in die Zuständigkeit des FBI», sagte Leaphorn. Anscheinend war es ihm heute bestimmt, den Leuten dauernd Dinge zu erklären, die sie sowieso schon wußten. «Wenn auf Bundesgebiet ein Kapitalverbrechen begangen wird, so ...»

Yellowhorses braune Pranke fuhr hoch. «Sparen Sie sich das, ich weiß, wie die Dinge geregelt sind. Aber die von der Bundespolizei finden einen Dreck raus, wenn ihr Burschen ihnen nicht auf die Sprünge helft. Wissen Sie nun, wer Endocheeney umgebracht hat, oder nicht? Ich muß meinen Leuten irgendwas sagen können, wenn ich wieder zu Hause bin.»

Er lehnte sich zurück, zog eine Zigarette aus dem Päckchen, stupste ein paarmal den Filter gegen den Daumennagel und sah Leaphorn herausfordernd an.

Leaphorn überlegte. Auf der einen Seite erinnerte er sich an die alte Regel, die man ihnen auf der Polizeiakademie beigebracht hatte: was es auch sei und wer dich auch fragt, sag keinem irgendwas. Auf der anderen Seite gab es die schlichte Vernunft. Yellowhorse konnte einem manchmal mit seiner Fragerei den Nerv töten, aber sein Interesse war legitim. Ganz abgesehen davon, daß Leaphorn eine gewisse Bewunderung für den Mann empfand und großen Respekt vor seiner Leistung hatte. Bahe Yellowhorse war für das Doloo Dinee geboren, das Blue Bird People seiner Mutter; väterlicherseits gab es keinen Clan, denn sein Vater war ein Oglala Sioux. Yellowhorse hatte die Gründung der Badwater-Klinik größtenteils aus der eigenen Tasche finanziert. Natürlich, ein paar andere Geldgeber hatten ihn kräftig unterstützt, die Kellog-Stiftung zum Beispiel, und auch staatliche Gelder waren geflossen. Aber soweit Leaphorn unterrichtet war, hatte Yellowhorse sein ganzes Vermögen in das Projekt gesteckt, und vor allem eine Menge Energie.

«Sie können Ihren Leuten mitteilen, daß wir im Mordfall Endocheeney einen Verdächtigen haben», sagte Leaphorn. «Zeugen haben ihn zur fraglichen Zeit am Hogan gesehen. Er soll heute abgeholt und verhört werden.»

«Haben Sie auch den richtigen Mann erwischt?» fragte Yellowhorse. «Einen, der ein Motiv hat?»

«Wir haben ja noch nicht mit ihm gesprochen», antwortete Leaphorn. «Aber er soll gesagt haben, daß er Endocheeney umbringen will. Also können Sie davon ausgehen, daß er ein Motiv hatte.»

Yellowhorse zuckte die Achseln. «Und was ist mit den anderen Morden? Ich hab die Namen vergessen.»

«Da wissen wir noch nichts», sagte Leaphorn. «Vielleicht besteht ein Zusammenhang.»

«Der Verdächtige...» Yellowhorse schob die Zigarette zwischen die Lippen, zündete sie mit einem silbernen Feuerzeug an und sog den Rauch ein. «Auch einer von meinen Leuten?»

«Er lebt oben in den Lukachukais. Weit weg von Ihrem Gebiet.»

Yellowhorse sah Leaphorn gespannt an, er wartete auf weitere Informationen. Vergeblich. Er sog wieder den Zigarettenrauch ein, hielt ihn eine Weile in der Lunge, schnaubte Kringel durch die Nase. Er nahm die Zigarette aus dem Mund und führte sie zwischen den Fingern nach vorn. Es sah fast so aus, als wolte er damit auf Leaphorn deuten, aber er führte die kränkende Geste nicht zu Ende. Bei den Navajos ist es nicht üblich, mit dem Finger auf einen anderen zu zeigen.

«Mit der Religion habt ihr Burschen es nicht besonders, was? Das Bundesgericht hat euch die Tour gründlich vermasselt. Jetzt müßt ihr weggucken, wenn einer Peyote kaut.»

Ein dunkelroter Hauch huschte über Leaphorns Gesicht. «Wir haben seit Jahren keinen mehr festgenommen, bloß weil er Mescalin nimmt», sagte er. Er war noch ein junger Mann gewesen, als der Tribal Council das unselige Gesetz erließ, mit dem der Gebrauch von Halluzinogenen verboten wurde – ein Gesetz, das ganz offensichtlich gegen die Native American Church gerichtet war, weil dort das Kauen von Peyotekakteen zum sakralen Ritus gehörte. Er persönlich war mit dem Gesetz nie einverstanden gewesen und hatte die Feststellung des Bundesgerichts begrüßt, daß das Gesetz indianische Grundrechte verletzte. Er wollte an die Sache nicht erinnert werden, und schon gar nicht in dieser penetranten Art, wie Yellowhorse das versuchte.

«Wie steht's denn so mit der Navajo-Religion?» bohrte Yellowhorse weiter. «Hat sich die Tribal Police wieder ein paar neue Verordnungen einfallen lassen?»

«Nein», sagte Leaphorn.

Yellowhorse nickte. «Hab ich auch nicht angenommen. Aber unter euern Cops ist einer, der scheint zu denken, es wär so. Drüben in Shiprock sitzt der Bursche.»

Yellowhorse sog an seiner Zigarette. Leaphorn, der Navajo, wartete. Yellowhorse wartete auch. Aber Leaphorn hielt es länger aus.

«Ich arbeite als Hellseher, mit einer Kugel», fuhr Yellowhorse schließlich fort. «Hab 'ne besondere Gabe dafür, hab ich schon als Junge gehabt. Aber richtig praktiziert hab ich's erst in den letzten Jahren. Die Leute kommen deswegen zu mir in die Klinik. Ich sag Ihnen, was bei ihnen nicht stimmt. Und wie man sie heilen kann.»

Leaphorn sagte nichts. Yellowhorse rauchte, atmete den Rauch aus, sog wieder an der Zigarette.

«Wenn sie mit Holz rumgespielt haben, das vom Blitzschlag abgerissen wurde, oder sich zu lange bei einem Grab rumgetrieben haben oder mit einem bösen Geist in Berührung gekommen sind, dann sag ich ihnen, was ihnen helfen kann, das Lied vom Gipfel der Berge oder der Gesang des Sieges über die Feinde oder was weiß ich. Wenn's natürlich um einen Gallenstein geht, oder wenn die Mandeln raus müssen, oder wenn sie 'n paar Streps eingefangen haben und Antibiotika brauchen, dann weise ich sie in die Klinik ein. Das kostet nichts, obwohl die American Medical Association damit bestimmt nicht einverstanden ist. Ich verlang nichts. Und die Leute da draußen wissen, daß es so ist. Darum kommen sie auch, sonst könnten wir uns gar nicht um sie kümmern. Sie würden vielleicht zu irgendeinem anderen Doktor rennen, aber in die Klinik kämen sie nicht. Und daß sie kommen, macht's überhaupt erst möglich, einen Haufen Fälle früh genug zu erkennen, Diabetes, Grünen Star, Hautkrebs und Blutvergiftungen und Gott weiß was alles.»

«Ich hab davon gehört», sagte Leaphorn. Und ihm fiel ein, was er sonst noch gehört hatte: daß Yellowhorse oft die Geschichte erzählte, wie seine Mutter da draußen im menschenleeren Land an einem kleinen Schnitt in der Fußhaut gestorben war. Die Wunde hatte sich entzündet, und weil es eben keine medizinische Versorgung gab, war sie schließlich brandig geworden. Und so war Yellowhorse als Waise aufgewachsen, in einem Waisenhaus der Mormonen, bis ihn jemand, der im Landmaschinengeschäft eine Menge Geld gemacht hatte, adoptiert und zum Erben eingesetzt hatte.

Und mit dem Geld hatte er seine Klinik aufgebaut, womit der Kreis der Ereignisse geschlossen war.

«Klingt alles gut, was Sie mir erzählen», sagte Leaphorn. «Es gibt keine verdammte Verordnung, die Ihnen das verbietet.»

«Einer Ihrer Cops scheint das aber zu glauben», behauptete Yellowhorse. «Er redet den Leuten ein, daß ich ein Schwindler bin und daß sie nicht zu mir kommen sollen. Wie ich höre, will der Bastard angeblich selber ein *yataalii* sein. Vielleicht sieht er 'ne Konkurrenz in mir. Jedenfalls will ich von Ihnen wissen, ob das, was er tut, gesetzmäßig ist. Und wenn nicht, will ich, daß es aufhört.»

«Ich werd mich darum kümmern», versprach Leaphorn. Er langte nach einem Notizblock. «Wie heißt er?»

«Sein Name ist Jim Chee», sagte Yellowhorse.

3

Roosevelt Bistie sei nicht zu Hause, sagte ihnen seine Tochter. Er sei gestern nach Farmington gefahren, um irgendeine Medizin zu besorgen, und habe vorgehabt, die Nacht bei seiner anderen Tochter in Shiprock zu verbringen und heute morgen heimzukommen.

«Wann erwarten Sie ihn zurück?» fragte Jay Kennedy. Die unbarmherzige Sonne über der Hochlandwüste der Reservation hatte ihm das blonde Haar fast weiß gebleicht, seine Haut begann sich zu schälen. Er hielt den Blick auf Chee gerichtet, der seine Frage übersetzen sollte. Bisties Tochter sprach wahrscheinlich so gut wie Kennedy und Chee Englisch, aber heute hatte sie sich offenbar vorgenommen, nur Navajo zu verstehen. Sie kam Chee ein bißchen verwirrt vor, vielleicht lag es daran, daß hier oben in der Einöde nicht oft sonnengebräunte blonde Männer auftauchten.

«Eine typische *balacani*-Frage», sagte Chee auf navajo zu ihr. «Ich werde ihm erklären, daß du's nicht weißt, sondern abwartest, bis er zurück ist. Wie krank ist er?»

«Sehr krank, glaube ich», antwortete Bisties Tochter. «Er war bei einem Hellseher, unten bei Two Story, und der hat ihm gesagt, daß er einen Gesang braucht, das Lied vom Gipfel der Berge. Ich glaube, mit seiner Leber stimmt was nicht.» Sie machte eine nachdenkliche Pause. «Was wollt ihr Polizeileute von ihm?»

Chee wandte sich an Kennedy. «Sie sagt, sie erwartet ihn zu keiner bestimmten Zeit. Entweder fahren wir zurück, dann treffen wir ihn vielleicht unterwegs. Oder, wenn wir hier warten, werd ich sie schon mal fragen, ob sie weiß, wo der alte Mann damals vor – wann war das noch mal? – vor zwei Wochen gewesen ist.»

«Augenblick.» Kennedy winkte Chee zum Geländewagen hinüber und senkte die Stimme zu einem Flüstern. «Ich vermute, sie versteht ein bißchen Englisch, wir müssen vorsichtig sein mit dem, was wir reden.»

Chee nickte. «Wundern würde es mich nicht.» Er ging zurück zu Bisties Tochter.

«Vor zwei Wochen?» fragte sie. «Mal überlegen. Zu dem Hellseher ist er am zweiten Montag im Juli gegangen. Das war an dem Tag, als ich runter zum Handelsposten Red Rock wollte. Ich wasch da meine Wäsche, er hat mich mitgenommen. Und dann...» Sie dachte nach, Chee hatte Zeit, sie zu mustern. Eine kräftig gebaute junge Frau, bekleidet mit einem «I-love-Hawaii»-T-Shirt und Jeans und Boots. Nach innen gestellte Füße, wie bei einer Ente. Chee fiel ein, was sein Soziologieprofessor an der Universität von New Mexico gesagt hatte: daß bei allem medizinischen Fortschritt die schiefen Zähne immer noch das Erkennungsmerkmal für die Abstammung aus den untersten sozialen Schichten wären. Bei den Weißen war's das schiefe Gebiß, bei den Navajos waren es die Geburtsfehler, um die sich niemand gekümmert hatte. Das heißt, um fair zu sein, bei den Navajos, bis in deren Einsamkeit der Indian Health Service nicht vorgedrungen war. Bisties Tochter verlagerte das Gewicht auf den linken Fuß. «Nun, das muß dann 'ne Woche später gewesen sein, ungefähr vor vierzehn Tagen. Er hat den kleinen Lastwagen genommen. Ich wollt nicht, daß er losfährt, weil's ihm nicht gut ging. Das Essen kam ihm immer wieder hoch. Aber er gab nicht nach, weil er sich mit jemandem treffen wollte, irgendwo am Mexican Hat oder am Montezuma Creek.» Sie wies mit dem Kopf ins Ungewisse nach Norden. «Oben bei Utah.»

«Hat er gesagt, warum?»

«Sag mir erst mal, was ihr von ihm wollt», verlangte Bisties Tochter.

Chee wandte sich wieder an Kennedy. «Sie sagt, Bistie wäre vor zwei Wochen losgefahren, um jemanden oben an der Grenze nach Utah zu treffen.»

«Aha», machte Kennedy. «Die Zeit stimmt. Und der Ort auch.»

«Ich werd dir jetzt gar nichts mehr erzählen», sagte Bisties Tochter, «jedenfalls nicht, bevor du mir sagst, weshalb ihr meinen Vater sprechen wollt. Warum sieht eigentlich das Gesicht von dem *belacani* so komisch aus?»

«Das kommt von der Sonne, das ist bei den Weißen so», antwortete Chee. «Da oben am Mexican Hat ist vor zwei Wochen jemand ermordet worden. Vielleicht hat dein Vater was beobachtet und kann uns mehr darüber erzählen.»

Bisties Tochter stand wie erstarrt. «Ermordet?»

«Ja», bestätigte Chee.

Bisties Tochter drehte sich um. «Ich sag nichts mehr, ich geh jetzt ins Haus.» Und das tat sie dann auch.

Chee und Kennedy berieten sich. Chee schlug vor, sie sollten noch eine Weile warten, und Kennedy meinte, gut, auf eine Stunde käme es nicht an. Sie saßen im Geländewagen, ließen die Füße aus den Wagenfenstern hängen und tranken in kleinen Schlucken aus den Pepsidosen, die ihnen Bisties Tochter vorhin, als sie angekommen waren, gegeben hatte. «Das Zeug ist ja warm», stellte Kennedy fest, es klang, als könnte er's gar nicht fassen. Chee war mit seinen Gedanken weit weg. Er dachte an die Schrotladung, die seine Schaumgummimatratze aufgerissen und zerfetzt hatte, ungefähr da, wo normalerweise seine Nieren gewesen wären. Und er dachte darüber nach, wer ihn töten wollte. Und warum. Den ganzen Tag ging ihm das schon durch den Kopf – das und gelegentlich ein paar sehnsüchtige Gedanken an Mary Landon, die nun bald nach Crownpoint zurückkommen wollte. Geholfen hatte ihm weder das eine noch das andere. Vielleicht war's besser, über warme Pepsi-Cola nachzudenken. Für ihn hatte der Geschmack nichts Verblüffendes, er war ihm vertraut, und er weckte Erinnerungen. Warum mußte bei den Weißen eigentlich immer alles eiskalt oder kochend heiß sein? Chee war ungefähr zwölf gewesen, als er zum erstenmal eine Dose mit einem gekühlten Getränk an die Lippen gesetzt hatte. Am Handelsposten bei Teec Nos Pos war das gewesen, der Schulbusfahrer hatte jedem aus der Baseballmannschaft so eine Dose spendiert. Chee erinnerte sich, wie er unterm Vordach im Schatten gestanden und das kalte Zeug getrunken hatte. Und mitten in die schöne Erinnerung hinein schob sich wieder der Gedanke, daß jemand mit einer Schrotflinte ihn heute nacht um ein Haar umgebracht hätte. Jemand, der vielleicht jetzt oben am Bergkamm hinter

Bisties Hogan lauerte und den Gewehrlauf auf Chees Rücken richtete.

Ein unbehaglicher Gedanke. Chee krümmte die Schultern. Er nippte an der Coladose und versuchte, sich wieder an der Frage festzuhaken, warum die Weißen das Zeug immer eiskalt haben wollten. Geringerer Energieverbrauch, weniger Molekularbewegungen, rätselte er herum, bis er auf einmal in Gedanken wieder den Knall der Schrotflinte hörte und den grellen Lichtblitz sah. Wem hatte er etwas getan? Womit hatte er jemanden so gereizt?

Auf einmal empfand er fast quälend den Wunsch, darüber zu reden. «Kennedy, was halten Sie von der Geschichte heute nacht?»

«Sie meinen, daß jemand Sie als Zielscheibe benutzen wollte?» Während der Fahrt von Shiprock in die Berge hatten sie schon zwei- oder dreimal darüber gesprochen, und Kennedys Antwort blieb jedesmal dieselbe, wenn auch mit anderen Worten. «Zum Teufel, ich hab keine Ahnung. Wenn's um mich ginge, würd ich mir 'ne Menge Fragen stellen. Wem ich die Frau ausgespannt habe. Oder ob da kürzlich einer entlassen wurde, den ich geschnappt hatte.»

«Die Leute, die ich einbuchte, sind meistens viel zu blau, um sich später daran zu erinnern, wer sie geschnappt hat», sagte Chee. «Ist ihnen auch egal. Wenn die soviel Geld hätten, wie ein paar Schrotladungen kosten, würden sie davon die nächste Flasche kaufen. Die haben alle schon viel Schlängelwasser geschluckt.» Und was war da noch? Ach so. Nein, er hatte keinem die Frau ausgespannt.

«Schlängelwasser?» fragte Kennedy.

«Ist nur ein Scherz hier aus der Gegend», behauptete Chee. «Unten in Gallup wohnt 'ne Lady, die hat einen Strich auf die Straße gemalt. An dem schlängeln sich die Betrunkenen lang, wenn die Cops sie aus dem Bau lassen. Daher kommt der Ausdruck.» Dabei wollte er's lieber belassen. Tatsächlich klang der Ausdruck so ähnlich wie ein ziemlich derbes Wort aus der Navajo-Sprache für Penis, und die Leute benutzten das Wortspiel manchmal für zotige Späße. Aber er hatte früher schon mal Pech mit dem Versuch gehabt, Kennedy ein Wortspiel zu erklären, bei dem die Navajo-Worte für Rodeo und Hühnchen eine Rolle spielten. Damals hatte Kennedy nicht mal eine Miene verzogen.

«Wie gesagt, ich wür mir 'ne Menge Fragen stellen», wiederholte Kennedy. «Wenn einer auf einen Cop schießt...» Er zuckte die Achseln und ließ den Rest in der Luft hängen.

Captain Largo war heute morgen in seinem Büro nicht so höflich gewesen. «Wenn irgendwo auf einen Polizisten geschossen wird», hatte er vor sich hin geknurrt, «dann hat der Polizist sich das nach meiner Erfahrung selber eingebrockt.» Er saß, während er das sagte, am Schreibtisch, die Ellbogen aufgestützt, die Finger zu einem Zeltdach geformt, und musterte Chee eindringlich. Chee dachte sich zunächst nichts bei der Bemerkung, erst später, als er schon im Dienstwagen saß, begann der Ärger darüber in ihm zu rumoren. Diesmal kam die Reaktion schneller, er fühlte, daß ihm das Blut in die Wangen schoß.

«Hören Sie», sagte er scharf, «ich kann's nicht leiden...»

In dem Augenblick hörten sie den Wagen, der rumpelnd und mit keuchendem Motor den Weg heraufkam.

Kennedy langte nach der Jacke, die auf dem Sitz lag, und nahm die Pistole aus dem Holster. Er zog die Jacke an und steckte die Waffe in die Tasche. Chee starrte auf den Weg. Ein älterer GMC mit offener Ladefläche kroch auf der Fahrspur zwischen den Wacholderbüschen hoch. In der Halterung an der hinteren Windschutzscheibe hing ein halbautomatischer Karabiner vom Kaliber 30-30. Der Wagen rollte langsam aus. Hinter dem Lenkrad saß ein hagerer alter Mann, der schwarze Hut mit der breiten Krempe war ihm fast bis ins Genick gerutscht. Er blieb sitzen, bis der Motor den letzten Schnaufer getan hatte, schaute neugierig zu ihnen herüber und stieg dann aus.

Chee stand wartend neben dem Geländewagen. «*Ya-ta-hey.*»

Bistie erwiderte den Gruß bedächtig, richtete den Blick erst auf Chee, dann auf Kennedy.

«Ich bin der Sohn von Tessie Chee, geboren für das Red Forehead People. Jetzt arbeite ich in der Navajo Tribal Police für das Dinee.» Chee wies, wie es bei den Navajos Brauch war, mit einer Mundbewegung auf Kennedy. «Dieser Mann ist Officer beim FBI. Wir sind hergekommen, weil wir mit dir reden müssen.»

Roosevelt Bistie musterte sie immer noch, während er den Zündschlüssel einsteckte. Er war ein großgewachsener Mann, Alter und Krankheit hatten ihn ein wenig gebeugt. Die seltsame Kupferfärbung seiner Gesichtshaut verriet das fortgeschrittene Stadium einer Gelbsucht. «Polizei?» fragte er mit dünnem Lächeln. «Dann hab ich den Scheißkerl also doch erwischt?»

Chee brauchte einen Augenblick, bis er begriff, daß es wie ein Geständnis klang.

«Was hat er getan?» fragte Kennedy dazwischen. «Hat er...?»

Chee machte eine abwehrende Handbewegung. «Erwischt?» fragte er den alten Mann. «Womit?»

Bistie guckte verblüfft. «Ich hab auf den Kerl geschossen. Mit dem Gewehr da. Ist er tot?»

Kennedy runzelte die Stirn. «Was hat er gesagt?»

«Auf wen hast du geschossen?» fragte Chee weiter. «Und wo?»

«Oben am Mexican Hat, nicht weit vom San Juan», antwortete Bistie. «Er war einer vom Mud Clan, den Namen hab ich vergessen.» Er grinste. «Ist er tot? Ich dachte schon, ich hätt vorbeigeschossen.»

Chee nickte. «Ja, er ist tot.» Er drehte sich zu Kennedy um. «Ein komischer Vogel. Er sagt, daß er mit seinem Gewehr Old Man Endocheeney erschossen hat.»

«Erschossen?» platzte Kennedy heraus. «Und was ist mit dem Schlachtermesser? Er kann ja wohl nicht...»

Chee unterbrach ihn. «Vielleicht versteht er ein paar Worte Englisch. Wir sollten ihn mitnehmen und versuchen, noch mehr aus ihm rauszubringen. Er soll uns an Ort und Stelle zeigen, was passiert ist.»

Kennedy wurde sogar unter dem Sonnenbrand noch rot. «Wir haben ihm noch nicht die Rechte vorgelesen. Er steht nicht unter Verdacht, jemanden erschossen...»

«Bis jetzt hat er noch nichts auf englisch gesagt», unterbrach ihn Chee zum zweitenmal. «Nur wenn er Englisch mit uns redet, hat er das Recht, bis zur richterlichen Vernehmung die Aussage zu verweigern.»

Bistie hatte durchaus nicht die Absicht, sich in Schweigen zu hüllen. Auf der langen, staubigen Fahrt aus den Lukachukais hinunter nach Shiprock, dann nach Westen, auf Arizona zu, und schließlich nach Norden, zur Grenze nach Utah, redete er über alles mögliche.

«Navajo oder nicht», knurrte Kennedy vor sich hin, «wir lesen ihm besser die Rechte vor.» Und das tat er dann, Chee übersetzte das Ganze in Navajo.

Kennedy schien erleichtert. «Besser spät als überhaupt nicht. Aber wo gibt's denn auch so was? Der Verdächtige kommt anspaziert und erzählt einem freiweg, er hätte den Kerl erschossen.»

«So was gibt's, wenn er's nicht war», meinte Chee.

«Eben. Wenn er ihn in Wirklichkeit mit dem Schlachtermesser erstochen hat», sagte Kennedy grimmig.

«Was redet der weiße Mann dauernd für einen Scheißdreck über ein Messer zusammen?» fragte Bistie.

«Das erklär ich dir später», antwortete Chee. «Du hast uns noch nicht gesagt, warum du ihn erschossen hast.»

Und das tat Bistie auch jetzt nicht. Statt dessen erzählte er haarklein alle Einzelheiten. Wie er extra nachgesehen hatte, ob die 30-30 auch wirklich geladen wäre. Und das Visier überprüft hatte, weil er nicht mehr mit der Waffe geschossen hatte, seit er im letzten Winter auf der Jagd gewesen war. Und von der langen Fahrt zum Mexican Hat erzählte er. Und wie er dort nach dem Mann aus dem Mud Clan herumgefragt hatte. Und wie er dann zum Hogan hochgefahren war, als gerade die Gewitterwolken aufzogen. Und wie er das Gewehr genommen und gespannt hatte. Und daß er am Hogan niemanden angetroffen, sich aber gedacht hatte, der Mann aus dem Mud Clan könnte nicht weit sein, weil sein Pickup neben dem Blockhaus geparkt war. Und wie er schließlich Hämmern gehört und gesehen hatte, daß der Mann aus dem Mud Clan lose Bretter auf einem Schuppendach festnagelte, nicht weit vom Hogan, bei einem ausgetrockneten Wasserlauf. Bistie beschrieb, wie er dagestanden hatte, den Mann aus dem Mud Clan über Kimme und Korn im Visier, und wie der sich umgedreht und zu ihm zurückgeschaut hatte – gerade in dem Augenblick, als Bistie den Zeigefinger am Abzug krümmte. Und wie, als der Pulverdampf verflogen war, der Mann nicht mehr auf dem Dach gestanden hatte.

Bistie ließ nichts aus, erzählte jede Kleinigkeit, alles in der richtigen Reihenfolge und bis in die unwichtigsten Details hinein. Aber warum er es getan hatte, darüber sagte er nichts. Chee fragte ihn noch einmal danach, aber Bistie saß bloß da und schwieg verbissen. Und Chee verzichtete darauf, ihn zu fragen, warum er in drei Teufels Namen unbedingt jemanden erschossen haben wollte, der in Wirklichkeit erstochen worden war. Denn Chee war eine ganz andere Frage eingefallen, während Roosevelt Bistie mit seiner ruhigen, bestimmten Altmännerstimme all den Unsinn erzählte.

«Du warst heute nacht in Shiprock? Im Haus deiner Tochter? Sag mir ihren Namen und wo sie wohnt.»

Er schrieb den Namen und die Adresse in sein Notizbuch und dachte darüber nach, daß Old Man Bistie vom Haus seiner Tochter nicht länger als zehn Minuten bis zum Wohnwagen gebraucht hätte.

«Was schreiben Sie da auf?» wollte Kennedy wissen.

Chee brummelte nur und wandte sich an Bistie. «Hast du eine Schrotflinte?»

Da es kein entsprechendes Navajo-Wort gibt, mußte Chee das englische Wort «Schrotflinte» benutzen. Kennedy horchte auf. «He, worum geht's hier eigentlich?» fragte er.

«Nein, nur ein Gewehr», schob Bistie seine Antwort dazwischen.

«Es geht darum, wer versucht hat, Jim Chee zu erschießen», sagte Jim Chee.

4

Jähes Hochschrecken aus dem Schlaf. Gegen die Nacht hob sich ein Rechteck ab, einen Schimmer heller als das Schwarz draußen. Die Tür des Sommerhogans stand offen. Unendlich fern, am östlichen Horizont, der noch trügerische Schein des nahenden Morgens. Hatte der Junge eben geschrien? Jetzt war alles still. Kein Lufthauch, nicht einmal das leise Summen eines Insekts. Es mußte wohl die Angst gewesen sein, die tief schlummernde, immerwährende Angst, die stärker gewesen war als der Schlaf. Staub lag in der Luft, man konnte die Trockenheit riechen, die Dürre, an der die Schafe eingingen und die Hoffnung der Menschen verkümmerte. Ein anderer Geruch mischte sich dazwischen. Vielleicht das Öl. Der kleine Lastwagen verlor jeden Tag mehr davon. Drüben im Hof, neben der Hecke, wo er geparkt stand, war der Boden schon schwarz und hart vom tropfenden Öl. Bei jeder Fahrt verlor der Motor eine viertel Gallone. Und die Gallone kostete fast fünf Dollar. Aber das Geld für eine Reparatur fehlte erst recht. Alle Ersparnisse waren bei der Geburt des Jungen draufgegangen, die Wochen im Krankenhaus hatten sie aufgezehrt. Anenzephalie hatte der Arzt es genannt. Und im Krankensaal, der so kühl aussah und so streng nach der Medizin des weißen Mannes roch, hatte die Frau im weißen Kittel neben dem Bett des Jungen gestanden und ihnen das Wort auf ein Stück Papier geschrieben. «Eine seltene Krankheit», hatte sie gesagt, «aber an zwei Fälle in der Reservation erinnere ich mich, der eine liegt schon fast zwanzig Jahre zurück. Es kann eben jeden treffen, auch einen Navajo.»

Was hieß das: Anenzephalie? Es hieß, daß Boy Child, der Sohn, nicht lange zu leben hatte. «Sehen Sie selbst», hatte die Frau gesagt und Boy Childs spärliches Haar zurückgestrichen. Und sie hatten es gesehen, der Kopf des Kindes war flach wie eine Platte. «Das Gehirn ist nicht ausgebildet», hatte sie gesagt, «und ohne Gehirn kann das Kind nicht lange leben. Ein paar Wochen, mehr nicht. Wir kennen die Ursache der Krankheit nicht, wir wissen so gut wie nichts darüber.»

Es gab eben Dinge, die die *belacani*-Ärzte nicht wußten. Alles hatte seine Ursache, und darum mußte es auch etwas geben, was man dagegen tun konnte, etwas, was die Ursache auslöschte und so die Harmonie in Boy Childs schmalem, so zerbrechlich wirkenden Kopf wiederherstellte. Der Skinwalker war an allem schuld. Warum er es getan hatte, das blieb wohl für immer im Dunkel des unbegreiflichen Bösen verborgen. Darum mußte der Skinwalker sterben. Sein Gehirn mußte verlöschen, damit Boy Childs Gehirn wachsen konnte. Und schnell mußte es geschehen. Schnell, sehr schnell.

Den bösen Zauberer töten. Die Angst wuchs zur Panik, der Magen verkrampfte sich, Schweiß näßte das Laken über der Brust. Die Schrotflinte, die Schüsse durch das dünne Aluminium des Wohnwagens, direkt auf das Bett, dahin, wo der Zauberer schlief – hätte das nicht ausreichen müssen? Aber es war schwierig, einen Skinwalker zu töten. Dieser hatte es wohl irgendwie geahnt, er war rechtzeitig aus dem Bett geflohen, der Knochen hatte ihn nicht getroffen.

Boy Child wurde unruhig. Schlaf war für ihn immer nur ein rasches Hinabsinken in Bewußtlosigkeit. Die Ruhe, die ihn dann umfing, dauerte selten länger als eine Stunde. Danach begann wieder das leise Wimmern. Als flehte er um die Hilfe derer, die ihn liebten, aus deren Fleisch er geboren war. Da war es wieder, dieses Wimmern. Nichts sonst in der Dunkelheit der Nacht, nur das leise, wimmernde Flehen, wie von einem neugeborenen, hilflosen Tier. Helft mir, hieß es. So helft mir doch endlich!

An Schlaf war nicht mehr zu denken. Für lange Zeit nicht mehr. Boy Child schien jeden Tag schwächer zu werden. Er schleppte sein Leben jetzt schon länger dahin, als die *belacani*-Frau im Krankenhaus vorhergesagt hatte. Da blieb keine Zeit für den Schlaf. Jede Minute war wichtig, um irgendeinen Weg zu finden, wie der, von dem das Hexenwerk ausging, sein Leben verlieren konnte. Er war ein Polizist, so einen zu töten, war nicht einfach. Und er war ein Skinwalker, der wie alle Skinwalker über unheimliche Fähigkeiten verfügte. Er konnte durch die Lüfte fliegen, sich schnell wie der Wind bewegen, sich in einen Hund verwandeln, in einen Wolf, in irgendein Tier. Und dennoch mußte es einen Weg geben, ihn zu töten.

Das Rechteck der offenen Tür wurde heller. Ihn töten. Aus dem Dunkel formten sich Ideen, wie es gelingen konnte. Hoffnungen. Zweifel. Und am Schluß immer wieder die Einsicht, daß es so eben doch nicht ging. Manche Ideen scheiterten einfach an der Unmöglichkeit, sie auszuführen. Andere, weil sie einem Selbstmord gleichgekommen wären. Und was hätte der Tod des Skinwalkers Boy Child genutzt, wenn der einzige Mensch, der das Kind vor dem Verhungern bewahren konnte, selbst starb? Der Skinwalker mußte sterben, aber unter der Bedingung des eigenen Überlebens – jede andere Möglichkeit war untauglich.

Drüben im Pappkarton, in dem er gebettet lag, wimmerte Boy Child vor sich hin. Ununterbrochen, leise, eintönig. Ein monotoner Laut, wie von einem Tier. Dann ein Luftzug, nur ein schmeichelnder Hauch. Dawn Girl erwachte, die Vorbotin des Tages. Und in diesem Augenblick war auf einmal die Idee da. Die Idee, wie es geschehen konnte. Verblüffend einfach. Und dennoch sicher. So würde der Zauberer, den sie Jim Chee nannten, endlich sein Leben verlieren.

5

Lieutenant Joe Leaphorn lenkte den Dienstwagen unter den Schatten der Silberolive am Rand des Parkplatzes, stellte den Motor ab, lehnte sich bequem zurück und überlegte, wie er die Sache mit Officer Jim Chee angehen sollte. Chees Wagen stand – zusammen mit anderen Streifenwagen – draußen vor der Einfahrt zum Dienstgebäude der Navajo Tribal Police: Patrol Car 4. Leaphorn wußte, daß Chee den Wagen 4 fuhr, er wußte so gut wie alles über Chee. Heute morgen um neun Uhr zehn hatte er sich Chees Personalakte hochbringen lassen und sie Wort für Wort gelesen. Denn ein paar Minuten vorher hatte Dilly Streib bei ihm angerufen.

«Schlechte Neuigkeiten», begann Streib, «Kennedy hat Roosevelt Bistie aufgespürt. Der sagt, er hätte Endocheeney erschossen.»

Leaphorn reagierte sofort. «Erschossen? Nicht erstochen?»

«Erschossen», wiederholte Streib. «Angeblich ist er zu Endocheeneys Hogan gefahren. Der hatte gerade was am Schuppendach rumgebastelt. Bistie schoß auf ihn. Endocheeney verschwand – ich nehme an, er fiel runter. Und Bistie fuhr nach Hause.»

«Was halten Sie davon?»

«Kennedy schien nicht den geringsten Zweifel zu haben, daß Bistie die Wahrheit sagt. Sie haben vor seinem Haus auf ihn gewartet, er kam angefahren, und wie er gesehen hat, daß zwei Cops rumstehen, hat er ihnen erzählt, er hätte auf Endocheeney geschossen.»

«Spricht Bistie Englisch?»

«Navajo», antwortete Streib.

«Wer war denn von uns dabei? Ich meine, als Übersetzer?» Was Streib ihm da erzählte, klang verrückt. Möglicherweise handelte es sich nur um ein Mißverständnis.

«Augenblick.» Leaphorn hörte Papiere rascheln, dann war Streib wieder dran. «Officer Jim Chee. Kennen Sie ihn?»

«Ja, ich kenne ihn.» Wobei sich Leaphorn allerdings wünschte, den Officer besser zu kennen.

«Na gut, ich schick Ihnen die Akte. Hab mir schon gedacht, daß die Sache interessant für Sie ist. Nimmt 'ne komische Wendung.»

«Ja, danke», sagte Leaphorn. «Warum wollte Bistie Endocheeney töten?»

«Hat er nicht gesagt. Hat sich keine Silbe entlocken lassen. Er scheint zunächst angenommen zu haben, er hätte den Mann nicht getroffen, jedenfalls war das Kennedys Eindruck. Um so mehr hat's ihn gefreut, daß der Bursche tatsächlich tot ist. Aber was er eigentlich gegen ihn hatte... Kein Wort hat er darüber gesagt.»

«Chee hat ihn vernommen?»

«Sicher. Denk ich doch. Kennedy spricht ja kein Navajo.»

«Noch was: hat Chee von Anfang an mit Kennedy zusammengearbeitet? Ich meine, war er die ganze Zeit mit dem Fall beschäftigt?»

«Augenblick.» Es raschelte wieder, dann kam die Antwort: «Hier haben wir's schon. Ja, es war Chee.»

«Danke», sagte Leaphorn, «ich warte dann auf die Akte.»

Danach wählte er die Nummer der Registratur und ließ sich von dort Chees Personalakte bringen. Während er darauf wartete, zog er die Schreibtischschublade auf, kramte nach einer Nadel mit weißem Punkt im braunen Kopf und steckte sie zurück an die Stelle, die schon vorher den ungeklärten Endocheeney-Fall markiert hatte. Einen Augenblick lang verweilte sein Blick auf der Karte, dann langte er noch einmal in die Schublade, nahm noch eine braunweiße Nadel heraus und steckte sie in das *p* von Shiprock. Jetzt waren es vier Nadeln. Eine nördlich von Window Rock, eine im Grenzgebiet zu Utah, eine am Chilchinbito Canyon und eine drüben in New Mexico. Und jetzt gab es so etwas wie einen Zusammenhang, wenn auch vage und mit vielen Ungewißheiten. Chee hatte den Mord an Endocheeney untersucht, bevor der Mordanschlag auf ihn verübt worden war. Hatte Chee irgend etwas in Erfahrung gebracht, was Endocheeneys Mörder gefährlich werden konnte? Aber was er sich auch durch den Kopf gehen ließ, es brachte ihn kein Stück weiter.

Ich werde alt, dachte Leaphorn, es geht jedes Jahr ein Stück weiter abwärts. Der Gedanke bedrückte ihn nicht, aber er trieb ihn an, hetzte ihn vorwärts. Die Zeit lief ihm davon, und es gab noch so viel zu tun, ehe es zu spät war. Leaphorn lachte grimmig in sich hinein. Lauter Gedanken, die nicht zu einem Navajo paßten. Er war wohl schon zu lange mit den weißen Männern zusammen.

Er griff zum Telefon, rief Captain Largo in Shiprock an und sagte ihm, daß er gern mit Jim Chee reden wollte.

«Was hat er denn nun schon wieder angestellt?» fragte Largo. Als Leaphorn ihm erklärte, worum es ging, schien Largo erleichtert zu sein.

Die kürzeste Strecke von Window Rock nach Shiprock führt über Crystal und Sheep Springs, 120 Meilen über den Bergrücken der Chuska Mountains. Leaphorn, der sich gewöhnlich streng an die Geschwindigkeitsbegrenzungen hielt, fuhr heute viel zu schnell. Die Nerven, dachte er.

Und nun saß er hier auf dem Parkplatz in Shiprock, und die innere Anspannung hatte immer noch nicht nachgelassen. Die Kumuluswolken hatten sich heute über den Chuskas besonders hoch getürmt, ein hoffnungsvolles Zeichen für den ersehnten Regen. Aber hier unten flimmerte der Asphalt unter der sengenden Augustsonne. Mittags um eins wolle er da sein, hatte er Largo gesagt, und Largo hatte ihm versprochen, dafür zu sorgen, daß Chee dann im Büro wäre. Jetzt war es noch nicht mal halb eins, Largo saß wahrscheinlich irgendwo beim Lunch. Leaphorn überlegte, ob er auch etwas essen sollte, einen Hamburger oder einen Burgerchef drüben am Highway. Aber dann merkte er, daß er eigentlich gar keinen Hunger hatte, sondern mit seinen Gedanken bei Emma war – bei ihr und bei der Verabredung mit dem Neurologen vom Indian Health Service im Krankenhaus in Gallup.

«Bitte, Joe», hatte Emma gesagt, «du weißt, wie ich darüber denke. Was können die schon für mich tun. Es sind ganz einfach Kopfschmerzen. Ich bin eben nicht in *hozro*. Ich brauche einen Gesang, dann geht's mir wieder besser. Was kann der *belacani* für mich tun? Soll er mir etwa den Schädel aufsägen?» Und dann hatte sie gelacht, so wie sie immer nur lachte, wenn er mit ihr darüber sprechen wollte, wie sie gesund werden könnte. «Die würden mir ja doch nur den Kopf aufschneiden und allen Wind rauslassen», hatte sie lächelnd gesagt. Er hatte auf sie eingeredet, und sie hatte abgewinkt, wie immer. Und dann war sie auf einmal ernst geworden, das heißt, das Lächeln war jedenfalls nicht mehr dagewesen, und sie hatte gefragt: «Was glaubst du denn, was mir fehlt?»

«Es ist die Alzheimersche Krankheit», hätte er antworten müssen, aber die Worte kamen ihm nicht über die Lippen. So war es nur bei einem Murmeln geblieben: «Ich weiß auch nicht. Aber ich mach mir Sorgen.» Und sie hatte gesagt: «Ich will nicht, daß irgendein Doktor mir im Kopf rumstochert.»

Er hatte sich trotzdem den Termin beim Neurologen geben lassen. Aber vielleicht, dachte er, während sein Atem sekundenlang schwerer ging, vielleicht hatte Emma recht? Sie konnte zu einem gehen, der in sie hineinhorchte, zu einem, der aus der Hand las – oder aus der Kristallkugel, Yellowhorse behauptete ja, daß er sich darauf verstünde. Dann hätten sie ihr gesagt, welcher Gesang ihr helfen konnte, und er hätte nach einem Sänger gesucht, der die Zeremonie vollziehen konnte, und die Verwandten hergerufen, weil sie mithelfen mußten, den Segen für Emma zu erbitten. Und wenn er's recht bedachte: Wäre es denn schlimmer für sie gewesen, als wenn die Ärzte in Gallup ihr sagten, daß sie auch kein Mittel gegen den schleichenden Tod wüßten, der sie bedrohte?

Was würde ihr denn Yellowhorse sagen, mal angenommen, sie gingen zu ihm? Wußte er überhaupt genug über Yellowhorse, um das abzuschätzen? Was wußte er eigentlich?

Er wußte, daß Yellowhorse sein Erbe in die Badwater-Klinik gesteckt hatte und sein Leben dafür aufopferte. Einer, der von seiner Aufgabe besessen war. Er wußte, daß er sich ausländische Ärzte und Schwestern in die Klinik geholt hatte, Flüchtlinge aus Vietnam, Kambodscha, El Salvador und Pakistan, weil er sich die Gehälter für amerikanisches Krankenhauspersonal nicht leisten konnte. Die finanziellen Mittel schienen kleiner zu sein als der Glaube an die Sache. Und er wußte, daß Yellowhorse ein geschickter Politiker war. Aber er kannte ihn trotzdem nicht gut genug, um abzuschätzen, welche Art der Behandlung er in Emmas Fall vorschlagen würde. Würde er sie zu einem Sänger schicken oder zu einem Neurologen?

Drüben an der Polizeistation wurde die Tür geöffnet, drei Männer in der khakifarbenen Sommeruniform der Navajo Tribal Police kamen heraus. Einer von ihnen war George Benaly, der vor langer Zeit draußen bei Many Farms unter Leaphorn Dienst getan hatte. Den nächsten kannte Leaphorn nicht, es war ein gedrungener junger Bursche mit einem fröhlichen Grinsen unter dem dünnen Schnurrbart. Der dritte mußte Jim Chee sein. Obwohl er die Hutkrempe tief ins Gesicht gezogen hatte, erkannte Leaphorn ihn nach dem Foto aus der Personalakte wieder. Ein schmales Gesicht über einem schlanken Körper, der sich nach unten zu verjüngen schien – der «Tuba City Navajo», wie die Anthropologen den Typ mit den breiten Schultern und den schmalen Hüften nannten. Ein Athabaskane in Reinkultur: groß, schlank, schmale Hüften, aus solchen Burschen wurden später hagere alte Männer mit schrumpeliger Haut. Leaphorn selbst entsprach mehr dem «Checkerboard-Typ», einer Mischrasse aus Navajo- und Pueblo-Blut, wenn man den Anthropologen glauben durfte. Eigentlich hielt Leaphorn nicht viel von dieser Theorie, aber er berief sich jedesmal darauf, wenn Emma ihn drängte, mehr auf sein Gewicht zu achten und den Gürtel enger zu schnallen.

Die drei Officer gingen, anscheinend ins Gespräch vertieft, zu den Streifenwagen. Der Gedrungene schien Leaphorns Wagen nicht bemerkt zu haben. Benaly hatte kurz hergesehen, aber nicht reagiert. Nur Chee war offenbar sofort aufgefallen, daß jemand in dem geparkten Wagen saß. Vielleicht hatte der Mordanschlag seine Sinne zusätzlich geschärft, aber Leaphorn vermutete, daß Chee zu denen gehörte, die von Natur aus wachsam sind.

Benaly und der Gedrungene stiegen in ihre Streifenwagen und fuhren los. Chee nahm irgendwas vom Rücksitz und kam langsam zum Dienstgebäude zurückgeschlendert. Kein Zweifel, er hatte gemerkt, daß Leaphorn ihn beobachtete. Leaphorn entschloß sich, nicht bis zu Largos Rückkehr zu warten, er konnte später mit dem Captain reden.

Auf Leaphorns Vorschlag nahmen sie Chees Streifenwagen für die Fahrt zum Wohnwagen. Chee fuhr, er war offenbar nervös. Der Wohnwagen stand im Schatten eines Baumwollgehölzes, nur ein paar Schritte vom Nordufer des San Juan entfernt. Ein verbeultes und verschrammtes altes Ding, fast schrottreif. Leaphorn sah sich um. Der Platz war wie geschaffen für jemanden, der – anders als Leaphorn – die nächtliche Gesellschaft von Moskitos liebte. Flüchtig nahm er die drei Einschußlöcher in der Aluminiumverkleidung, über die Chee inzwischen schmale Streifen Metallfolie geklebt hatte, in Augenschein. Drei Löcher in fast regelmäßigem Abstand von ungefähr einem halben Meter. Ein paar Zentimeter über Hüfthöhe. Sauber placiert, wenn man jemanden töten wollte, der im Bett lag, vorausgesetzt, man wußte, wo so ein Bett gewöhnlich im Wohnwagen steht.

«Sieht nicht nach einem Zufall aus.» Leaphorn sagte es mehr zu sich selbst.

«Nein», bestätigte Chee, «ich glaube, jemand hat sich was dabei gedacht.»

«Bei so einem Wohnwagen... Ist es schwierig rauszufinden, wo da das Bett steht? Und wie hoch über dem Boden?»

«Sie meinen, wohin einer zielen muß?» fragte Chee zurück. «Nein, das ist ein Standardmodell. Ich hab ihn gebraucht in Flagstaff gekauft, da standen drei von der Sorte rum. Die sehen einer wie der andere aus, und die Betten bringen sie anscheinend immer an der gleichen Stelle an.»

«Wir werden uns trotzdem mal umhören», meinte Leaphorn, «vielleicht wissen die Leute, die solche Dinger in Farmington oder in Gallup oder in Flag verkaufen, irgendwas.» Er warf Chee einen raschen Blick zu. «Kann ja sein, daß da ein angeblicher Kunde auf den Hof spaziert ist und sich genau nach diesem Modell erkundigt hat. Und dann hat er einen Zollstock genommen und sorgfältig ausgemessen, wohin er mit der Schrotflinte zielen muß, wenn er einen Navajo-Polizisten umbringen will.»

Chees verschlossene Miene weichte auf, der Anflug eines Lächelns erschien. «Soviel Glück hab ich normalerweise nicht.»

Leaphorn tastete nach der Metallfolie über dem vordersten Einschußloch. Wieder ein rascher Blick zu Chee.

«Reißen Sie's ruhig ab», sagte Chee, «ich hab noch mehr von dem Zeug.»

Leaphorn löste den Streifen Metallfolie, untersuchte die scharfen Ränder der Einschußstelle, bückte sich und sah durch das Loch nach innen. Ein paar Kleidungsstücke, Blumen, ein frischer Kopfkissenbezug. Leaphorn vermutete, daß der alte Bezug völlig zerfetzt war. Ein Junggeselle, der sein Kopfkissen bezog. Erstaunlich, fand Leaphorn. Ein ordentlicher junger Mann.

«Sie haben bei der Sache eine Menge Glück gehabt», sagte Leaphorn. Er sagte es gegen seine Überzeugung, denn sooft Glück im Spiel zu sein schien, machte ihn das skeptisch, wie er überhaupt allem mißtraute, was der normalen Wahrscheinlichkeit widersprach. «Im Protokoll steht, Ihre Katze hätte sie aufgeweckt. Sie halten eine Katze?»

«Nicht direkt, sie ist mehr eine Nachbarin», sagte Chee, «lebt da draußen.» Er deutete ein Stück den Fluß hinauf, auf eine abschüssige Stelle mit Wacholdergebüsch. Leaphorns Blick war immer noch auf das Einschußloch gerichtet, er maß es mit den Fingern aus. «Da draußen unter den Wacholderbüschen», sagte Chee, «und wenn irgendwas los ist, was ihr angst macht, kommt sie rein.»

«Wie?»

Chee zeigte ihm die Klappe in der Tür. Leaphorn beugte sich hinunter. Die Klappe sah nicht so aus, als wäre sie erst nach den nächtlichen Schüssen eingebaut worden. Leaphorn spürte, daß Chee seine mißtrauischen Gedanken ahnte.

«Wer hat versucht, Sie umzubringen?» fragte er.

«Keine Ahnung», antwortete Chee.

«Weibergeschichten?» hakte Leaphorn nach. «So was kann einem manchmal Ärger einbringen.»

Chees Miene war eisig. «Nein, nichts dergleichen.»

«Es könnte ja was Harmloses sein. Vielleicht gibt's ein Mädchen, mit dem Sie ein bißchen zu oft gesprochen haben. Und der Freund hat das falsch verstanden und verrückt gespielt.»

«Ich habe selber ein Mädchen», sagte Chee beherrscht.

«So? Dann haben Sie sich das also schon alles gründlich durch den

Kopf gehen lassen, wie?» Leaphorn deutete auf die Löcher in der Wohnwagenwand. «Na gut, um meinen Hintern geht's ja nicht.»

«Ich hab's mir gründlich durch den Kopf gehen lassen», sagte Chee, und die Geste, mit der er die Hände ausbreitete, verriet den Ärger über die eigene Ratlosigkeit. «Nichts. Absolut gar nichts.»

Leaphorn hatte ihn genau beobachtet. Und wenn er allmählich überzeugt war, daß Chee die Wahrheit sagte, dann lag es vor allem an dieser letzten Geste. «Wo haben Sie heute nacht geschlafen?»

«Da draußen.» Chee zeigte auf die Böschung. «Im Schlafsack.»

«Da draußen, wie die Katze.» Leaphorn, zog ein Päckchen Zigaretten aus der Tasche, hielt es Chee hin und nahm selbst eine. «Was halten Sie von der Sache mit Roosevelt Bistie und Endocheeney?»

«Komische Geschichte, völlig verfahren. Bistie...» Chee stockte. «Warum gehen wir nicht rein und trinken einen Kaffee?»

Leaphorn nickte. «Ja, warum nicht.»

Der Kaffee stand noch vom Frühstück auf der Warmhalteplatte. Leaphorn, durch zwei Jahrzehnte im Polizeidienst an miserablen Kaffee gewöhnt, fand, daß er nicht viel schlechter schmeckte als das übliche Zeug. Er war wenigstens warm. Er trank in kleinen Schlucken, während Chee auf der Schlafpritsche saß und ihm sagte, was er von Roosevelt Bistie hielt.

«Ich glaube, er hat uns nichts vorgemacht. Er war nicht einmal überrascht, daß wir bei ihm auftauchten. Und daß Endocheeney tot ist, das hat ihn anscheinend wirklich gefreut. Und dann die ganze Geschichte... Wie Endocheeney auf dem Dach saß und er auf ihn geschossen und gedacht hat, er hätte ihn erwischt. Hat überhaupt nicht daran gezweifelt, bis er wieder zu Hause war. Und auch dann ist er nicht zurückgefahren, um sich davon zu überzeugen. Obwohl er sich ja denken konnte, daß Endocheeney nicht noch mal Zielscheibe für ihn stehen würde.» Chee zuckte die Achseln und fuhr kopfschüttelnd fort: «Die Erleichterung darüber, daß Endocheeney tot ist – das war nicht gespielt. Nein, ich glaub nicht, daß er so eine Geschichte einfach erfinden kann. Er hätte gar keinen Grund dazu gehabt. Hätte ja auch sagen können, daß er nichts damit zu tun hat.»

«Na schön. Und nun erzählen Sie mir noch mal genau, was er geantwortet hat auf Ihre Frage, warum er Endocheeney töten wollte», bat Leaphorn.

«Das habe ich Ihnen doch schon gesagt.»

«Dann sagen Sie's eben noch mal.»

«Er hat gar nichts geantwortet. Hat die Lippen zusammengepreßt und finster geguckt und geschwiegen.»

«Und was halten Sie davon?»

Chee hob die Schultern. Draußen zog eine Gewitterwolke vorbei, der Lichtschein, der durchs Wohnwagenfenster fiel, verfärbte sich grau, durchs Moskitogitter wehte ein kühler Windhauch. Aber Leaphorn ahnte, daß es trotzdem nicht regnen würde, er hatte es aus den Wolken lesen können. So deutlich, wie er jetzt in Chees Gesicht las, daß der Officer vor seinen eigenen Gedanken erschrak. Leaphorn lächelte grimmig. Jetzt kommen wir also an den entscheidenden Punkt, dachte er.

«Zauberei?» fragte er. «Ein Skinwalker?»

Chee antwortete nicht. Leaphorn nippte am abgestandenen Kaffee. Chee zuckte die Achseln, und schließlich sagte er zögernd: «Das wäre jedenfalls eine Erklärung dafür, warum Bistie nicht darüber reden will.»

«Richtig», meinte Leaphorn und wartete.

«Natürlich kann es auch andere Erklärungen geben», fuhr Chee fort. «Zum Beispiel, daß er jemanden in seiner Familie schützen will.»

«Richtig», sagte Leaphorn noch einmal. «Sobald er uns sagt, warum er's getan hat, kennen wir auch das Motiv des Burschen, der mit dem Schlachtermesser zugestochen hat. Sein Bruder oder sein Cousin. Sein Sohn, sein Onkel... Was haben wir denn so alles in der Verwandtschaft?»

«Er ist im Streams Come Together Dinee und für das Standing Rock People geboren. Mütterlicherseits drei Tanten und vier Onkel. Von seiten seines Vaters zwei Tanten und fünf Onkel. Außerdem hat er drei Schwestern und einen Bruder, zwei Töchter und einen Sohn. Seine Frau ist gestorben. Praktisch ist er mit jedem, der nördlich von Kayenta wohnt, verwandt oder verschwägert, da muß ich nicht mal die Clansbrüder und -schwestern mitrechnen.»

«Fällt Ihnen noch ein Grund ein, warum er nicht reden will?»

«Vielleicht Scham», sagte Chee. «Inzest. Oder er hat einem Verwandten etwas Böses angetan. Irgendwas, was mit Hexerei zu tun hat.»

Leaphorn spürte, daß Chee so wenig an diese dritte Möglichkeit glaubte wie er selbst.

«Wenn es um Zauberei geht, wer ist dann der Skinwalker?»

«Endocheeney», antwortete Chee.

Leaphorn nickte nachdenklich. «Wenn Sie recht haben, hat also Bistie einen Zauberer getötet. Oder es jedenfalls versucht.» An diese Möglichkeit hatte er selbst schon gedacht. Keine abwegige Theorie, nur kaum zu beweisen. «Haben Sie versucht, was über Endocheeney rauszubringen? Oder von Bistie was zu erfahren?»

«Aus dem war nichts rauszubringen. Ich hab auch die Leute oben im Grenzgebiet zu Utah über Endocheeney ausgefragt. Hat nichts gebracht.» Chee sah den Lieutenant gespannt an.

Er weiß, was ich von Hexerei halte, dachte Leaphorn. «Mit anderen Worten, die Leute wollen nichts sagen. Und was ist mit der anderen Sache, mit Wilson Sam? Gibt's da was?»

Chee zögerte. «Sie meinen, die beiden Fälle hätten was miteinander zu tun?»

Leaphorn nickte. Chee hatte es sofort erfaßt. Ein heller Kopf, der Junge.

«Der Fall liegt nicht in unserer Zuständigkeit», sagte Chee. «Der Tatort gehört zum Territorium von Chinle.»

«Das weiß ich. Trotzdem, sind Sie dort gewesen? Haben Sie sich umgesehen? Ein bißchen rumgehorcht?»

Chee druckste verlegen. «Ja, an meinem freien Tag», gab er zu. «Kennedy und ich kamen in der Endocheeney-Sache nicht weiter, und da hab ich gedacht...»

Leaphorn unterbrach ihn mit erhobener Hand. Chee war also dort gewesen. Und Leaphorn hätte es an seiner Stelle genauso gemacht. Zwei Morde kurz hintereinander, das war Rechtfertigung genug. «Ist ja in Ordnung. Haben Sie irgendwas entdeckt, was auf einen Zusammenhang hindeutet?»

Chee schüttelte den Kopf. «Keine Verbindung zwischen den Familien oder den Clans. Endocheeney hat Schafe gezüchtet und früher, als er jünger war, von Zeit zu Zeit für die Santa Fe-Eisenbahn gearbeitet. Gleisbau. Sie wissen ja, was da für Gesindel zusammenkommt. Die Sozialhilfe hat ihm Verpflegungsgutscheine gegeben, und manchmal hat er sich ein paar Dollar mit dem Verkauf von Brennholz verdient. Wilson Sam war auch Schafzüchter. Außerdem hatte er einen Gelegenheitsjob bei den Straßenbauarbeiten, da unten bei Winslow. Er war ein Mann in den Fünfzigern, und Endocheeney war Mitte Siebzig.»

«Haben Sie mal bei den Leuten, mit denen Sie über Endocheeney gesprochen haben, Sams Namen erwähnt? Nur mal, um zu sehen...» Seine Handbewegung schien alle Möglichkeiten einzuschließen.

Chee nickte. «Ohne Erfolg. Die beiden haben wohl keine gemeinsamen Bekannten gehabt. Endocheeneys Leute haben Sam nicht gekannt und umgekehrt.»

«Und Sie? Haben Sie einen von den beiden gekannt? Vielleicht ganz entfernt? Oder aus einem dienstlichen Anlaß?»

«Nein», sagte Chee, «das ist nicht die Sorte Leute, die mit der Polizei zu tun hat. Trunkenheit, Diebstahl und so was – da ist nichts.»

«Keine gemeinsamen Freunde?»

Chee lachte. «Nicht mal gemeinsame Feinde, soweit ich weiß.»

Leaphorn kam das Lachen ungekünstelt vor. «Gut», sagte er, «sprechen wir noch mal über die andere Sache. Über die Schüsse auf Ihren Wohnwagen.»

Chee erzählte noch einmal, was vorgefallen war. Und während er redete, kam die Katze durch die Klappe in den Wohnwagen gehuscht.

Gleich hinter der Tür erstarrte sie, duckte sich und hielt die tiefblauen Augen lauernd auf Leaphorn gerichtet. Eben eine Katze, war Leaphorns erster Gedanke. Groß, mit gelbbraunem Fell und ausdrucksvollen Augen. Dann fielen ihm die kräftigen Hinterbeine, das nachgewachsene, etwas hellere Stück Fell an der linken Kopfseite und die Narbe an der Flanke auf. Eine entlaufene Hauskatze, vermutete er, wahrscheinlich von einem dieser *belacani*-Touristen.

Währenddessen hörte er mit einem Ohr zu, was Chee erzählte. Largo hatte ihn schon telefonisch unterrichtet, und das schriftliche Protokoll hatte Leaphorn auch gelesen, sogar zweimal. Wenn Chee jetzt irgend etwas erzählt hätte, was davon abwich, wäre ihm das sofort aufgefallen. Einen Teil seiner Aufmerksamkeit konnte er also der Katze widmen. Sie saß immer noch mit gekrümmten Buckel bei der Tür, schien sich noch nicht schlüssig zu sein, ob sie dem Fremden trauen könnte. Das Geräusch der Klappe, überlegte Leaphorn, mochte tatsächlich laut genug gewesen sein, um jemanden mit einem leichten Schlaf aufzuwecken.

Die Katze sah schlank und geschmeidig aus. Nicht wie ein Haustier, sondern wie die Tiere, die draußen in der Wildnis lebten. Wenn es mal eine Hauskatze gewesen war, dann hatte sie sich inzwischen gut an ihre neue Umgebung angepaßt. Sie hatte gelernt, eine neue

Harmonie zu finden und zu überleben. Das machte sie den Navajos ähnlich.

Chee war mit seinem Bericht fertig, etwas Neues hatte er nicht gesagt. Nichts, was vom schriftlichen Protokoll abwich. Der Metallrahmen des Stuhls drückte hart gegen Leaphorns Rippen. Der Lieutenant fühlte sich müde. Viel müder, als er sein sollte, nachdem er eigentlich noch nichts getan hatte, außer von Window Rock hierher zu fahren. Chee war ein smarter Bursche, das sagten alle, vor allem Largo schätzte ihn so ein. Und inzwischen auch Leaphorn. Ein smarter Bursche mußte doch mindestens eine Ahnung haben, wer darauf aus war, ihn zu töten. Und warum? Wenn er also nicht dumm war, was dann? Log er?

«Als es hell wurde, haben Sie sich draußen umgesehen. Was haben Sie festgestellt?» fragte Leaphorn.

«Ich habe drei leere Geschoßhülsen gefunden.» Chees Blick sagte etwas anderes: Das weißt du doch längst, Lieutenant. «Kaliber zwölf. Spuren von Schuhen mit Gummisohlen, ziemlich klein, Größe sieben, fast neu. Sie führten den Hang hinauf, bis hierher zum Fahrweg. Da drüben auf der Anhöhe war ein Wagen geparkt. Abgefahrene Reifen. Hat eine Menge Öl verloren.»

«Hat der Schütze hierher denselben Weg genommen?»

«Nein», antwortete Chee. Das war die Frage, die er sich auch gleich gestellt hatte. «Hierher ist er am Flußufer langgegangen und dann den Hang hochgestiegen.»

«Also ungefähr da, wo die Katze ihren Bau hat?»

«Richtig», bestätigte Chee.

Leaphorn wartete schweigend, und es dauerte lange, bis Chee hinzufügte: «Ich hatte irgendwie den Eindruck, daß da unten etwas passiert sein müßte. Irgendwas, was die Katze aus dem Bau getrieben hat. Also hab ich mich da mal umgesehen.» Er machte eine wegwerfende Handbewegung. «Hab nicht viel gefunden. Spuren auf dem Boden, als ob jemand hinter dem Wacholdergebüsch gekauert hätte. Da unten liegt eine Menge Abfall rum, die Leute laden alles mögliche Gerümpel ab. Das hier, das hab ich gefunden.» Er zog die Brieftasche heraus, klappte sie auf und gab Leaphorn ein Stück gelbes Papier: die Verpackung von einem Streifen Fruchtkaugummi. «Sieht ziemlich neu aus, hat wohl noch nicht lange da draußen gelegen.» Er zuckte verlegen die Achseln. «Viel ist es nicht, ich weiß.»

Es war wirklich nicht viel. Und wie es ihnen weiterhelfen sollte, konnte Leaphorn sich erst recht nicht vorstellen. Im Gegenteil, das Stück gelbes Papier machte er so richtig deutlich, wie wenig nützliche Anhaltspunkte es in diesem Fall gab. «Immerhin was», sagte Leaphorn.

Er versuchte sich die Gestalt vorzustellen, die da unten hinter den Wacholderbüschen gekauert und Chees Wohnwagen beobachtet hatte. Schmächtig, die große Schrotflinte in der einen Hand, die andere Hand langte in die Tasche nach einem Streifen Kaugummi. Bedächtig und ohne Erregung. Jemand, der erledigen will, was er sich vorgenommen hat. Jemand, der umsichtig vorgeht und sich Zeit nimmt. Er weiß nicht, daß im Gebüsch eine Katze kauert. Er ahnt nicht, daß er sie mit seiner Ruhe und Gelassenheit allmählich dazu bringt, ihren angeborenen Instinkt zu überwinden, sich nicht länger ins schützende Dunkel zu ducken, sondern in panischer Angst zu fliehen. An einen Ort, der sicherer zu sein schien. Leaphorn mußte lächeln, als ihm klarwurde, wie trügerisch ein Instinkt sein kann.

«Viel wissen wir nicht über ihn. Oder über sie», sagte Chee. «Kaut Kaugummi. Mit Fruchtgeschmack. Und ist –» er suchte nach dem richtigen Wort – «ist kaltblütig.»

Ich weiß noch etwas, dachte Leaphorn. Daß nämlich Jim Chee schlau genug ist, sich den Kopf darüber zu zerbrechen, was die Katze erschreckt haben mochte. Er schielte zu dem Tier hinüber, es saß immer noch mit krummen Buckel in der Nähe der Klappe. Sein Blick traf sich mit den blauen Augen der Katze, und das schien der Moment zu sein, in dem die Katze sich entschied. Zwei Menschen auf so engem Raum mit ihr zusammen, das war zuviel. Klackklack machte es, sie huschte durch die Klappe davon und war verschwunden. Wieder fand Leaphorn bestätigt, daß das Geräusch laut genug war, um jemanden mit leichtem Schlaf zu wecken. Vor allem, wenn der Schlafende nervös war. Hatte Chee einen Grund gehabt, nervös zu sein? Leaphorn rückte sich im Stuhl zurecht, suchte nach einer bequemeren Sitzposition.

«Sie haben das Protokoll in der Wilson-Sam-Sache gelesen», sagte er. «Und Sie sind rüber nach Arizona gefahren. Wann war das? Erzählen Sie mal.»

Vier Tage nach dem Mord war Chee an den Tatort gefahren. Er hatte nichts Wesentliches festgestellt, was nicht auch schon im Protokoll gestanden hätte. Und was dort stand, war spärlich genug. Ein Brunnen, aus dem Wilson Sam seine Schafe tränkte, war ausgetrocknet. Also war er losgegangen, um anderswo Wasser für seine Herde zu finden. Als die Dunkelheit hereinbrach, war er zurückgekommen. Am nächsten Morgen war einer von den Yazzies, in deren Familie Sam hineingeheiratet hatte, der Sohn seiner Schwägerin, aufs Weideland gekommen, um nach Sam zu sehen. Er hatte den Hund jaulen gehört, das Tier saß südlich der Greasewood Flats an einer Auswaschung, die zum Tyende Creek hinunterführt, und bewachte seinen toten Herrn. Der junge Mann war sofort zum Handelsposten Dennehotso gefahren, hatte die Polizei angerufen und dann, wie ihm aufgetragen wurde, dafür gesorgt, daß niemand den Tatort betrat. Kurz vor Mittag war ein Officer aus Chinle gekommen. Er hatte festgestellt, daß Sams Schädel eingeschlagen war, dicht über dem Nacken. Die Schaufel, die man in der Nähe gefunden hatte, war die Tatwaffe, das hatte die Autopsie ergeben. Die Verwandten konnten übereinstimmend bestätigen, daß es nicht Sams Schaufel war. Die Leiche war ein Stück weit den Hang hinuntergestürzt – oder hinuntergerollt worden, in dieselbe Richtung, in die sich auch der Mörder entfernt hatte.

«Als ich dort war, habe ich immer noch ein paar brauchbare Spuren gefunden», sagte Chee. «Am Tag vor dem Mord hatte es einen kurzen Schauer gegeben, sogar der Wasserlauf war feucht. Der Mörder hat Cowboystiefel mit abgetragenen Absätzen und verstärkten Spitzen getragen, Größe zehn. Ziemlich gewichtiger Bursche, mindestens zwei Zentner. Kann natürlich auch sein, daß er was Schweres getragen hat. Er hat sich noch eine Weile bei dem Toten aufgehalten und neben ihm auf dem Boden gekniet.» Chee sah nachdenklich vor sich hin. «Er muß ziemlich lange da gekniet haben, den Spuren nach, auf beiden Knien. Ich hatte erst gedacht, die Abdrücke stammten von einem unserer Leute. Aber Gorman sagt, dem Officer, der als erster am Tatort war, seien schon dieselben Spuren aufgefallen.»

«Gorman?»

«Ja», bestätigte Chee, «damals hatte er drüben in Chinle eine Urlaubsvertretung übernommen. Jetzt ist er wieder hier. Sie müssen ihn heute mittag gesehen haben, als wir zu dritt auf den Parkplatz gekommen sind. Der Stämmige, das war Gorman.»

«War der Mörder ein Navajo?» fragte Leaphorn.

Chee sah ihn überrascht an. «Ja», antwortete er nach kurzem Zögern, «ein Navajo.»

«Hört sich an, als ob Sie in dem Punkt sicher wären. Wieso?»

«Tja, das ist merkwürdig. Ich weiß, daß es ein Navajo war. Aber wieso ich so sicher bin, darüber hab ich mir noch gar keine Gedanken gemacht.» Er zählte die Gründe, so wie sie ihm einfielen, an den Fingern auf. «Er ist um den Toten herumgegangen, nicht über ihn weggestiegen, obwohl das einfacher gewesen wäre. Auf seinem Weg bergab hat er sorgfältig darauf geachtet, nicht in den feuchten Wasserlauf zu treten. Und als er zur Straße zurückgegangen ist, hat er sich an einer Stelle im Gras die Füße abgetreten. Navajos tun das, wenn eine Schlange ihren Weg kreuzt. Oder ist das bei den Weißen etwa auch Brauch?»

«Kaum», gab Leaphorn zu. Nicht über jemanden wegzusteigen, das ist die Angewohnheit von Leuten, die in einem Hogan ohne unterteilte Räume leben, wo alle Familienmitglieder auf dem Boden schlafen. Und jemand, der selbst eine Schafherde hält, tritt eben nicht in eine Auswaschung, die Wasser führt. Und die Sache mit den Schlangen... Leaphorn erinnerte sich, daß seine Mutter ihm das beigebracht hatte: wenn man einer begegnet ist und sich nicht gründlich die Füße abstreift, dann folgt einem die Schlange bis nach Hause. Er hielt allerdings nicht mehr viel von solchen Bräuchen. Seine Zweifel hatten ungefähr zu der Zeit begonnen, als seine Großmutter ihm weismachen wollte, kleine Jungen könnten geisteskrank werden, wenn sie zuguckten, wie Hunde urinieren.

«Und Endocheeneys Mörder? War das auch ein Navajo? Vielleicht derselbe?»

«Da gab's kaum Spuren am Tatort», sagte Chee. «Der Tote lag ungefähr hundert Meter vom Hogan entfernt, die ganze Familie hatte sich um ihn herum versammelt. Und der Boden war trocken, es hatte keinen Regen gegeben.»

«Sagen Sie mir trotzdem, was Sie vermuten? Derselbe Täter?»

Chee dachte nach. «Schwer zu sagen. Aber wir haben bei allen Familienmitgliedern das Schuhwerk untersucht. Demnach konnte nur eine Art von Spuren dem Mörder zugeordnet werden: Stiefel mit einer Gummikappe und einem kleinen Loch in der rechten Schuhsohle.»

«Also ein anderer Täter oder andere Schuhe», schloß Leaphorn. Den Spuren nach handelte es sich in allen drei Fällen um verschiedene Täter. Oder sogar in allen vier Fällen, wenn er die Sache mit der Onesalt dazurechnete. Verworren und ohne erkennbare Logik, dachte er kopfschüttelnd. Und dann versuchte er wieder das Rätsel zu lösen, das Chee ihm aufgab. Ein tüchtiger Bursche. Und trotzdem wollte er nicht mal die leiseste Ahnung haben, wer auf ihn geschossen hatte, und warum? War das glaubwürdig? Leaphorns Rücken schmerzte, das passierte ihm neuerdings häufig, wenn er zu lange saß. Er wuchtete sich hoch, ging zum Fenster über dem Spülbecken und sah hinaus. Irgendwas knirschte unter seinem Stiefel, er beugte sich hinunter und fand ein Stück Schrotkorn.

Er zeigte es Chee. «Noch ein Überrest von vorgestern nacht?»

«Vermutlich», sagte Chee. «Ich hab ausgefegt, aber die Dinger haben zum Teil in der Matratze gesteckt und sind erst nach und nach rausgekugelt. Überall stecken die.»

Überall, bloß nicht in Jim Chee, dachte Leaphorn. Trotzdem, es fiel ihm immer noch schwer, an einen glücklichen Zufall zu glauben. «Gibt's nicht vielleicht doch irgend etwas, was auf einen Zusammenhang zwischen dem Mord an Endocheeney und Sam hindeuten könnte? Denken Sie nach! Gar nichts? Und auch nichts, was einen der beiden Mordfälle in Zusammenhang bringen könnte mit dem, was hier passiert ist?» Er zeigte auf die drei Einschußlöcher.

«Ich hab schon darüber nachgedacht», sagte Chee. «Da ist nichts.»

«Wurde bei einem der anderen Fälle der Name Irma Onesalt erwähnt?»

«Die Frau, die bei Window Rock erschossen wurde? Nein.»

«Ich habe vor, Largo zu bitten, daß er Sie von allen anderen Aufgaben freistellt, damit Sie noch einmal in den Mordfällen Endocheeney und Sam ermitteln können. Ich will, daß Sie mit jedem reden, den Sie auftreiben können. Über alles, was von Belang sein könnte. Ob die Leute einen Fremden gesehen haben, ob er mit ihnen geredet hat, vielleicht einen Hinweis, was für ein Fahrzeug er hatte. Finden Sie einfach alles raus, was es rauszufinden gibt. Bleiben Sie so lange dran, bis wir wenigstens eine Ahnung haben, was dahinterstecken könnte. Einverstanden?»

«Natürlich», sagte Chee, «von mir aus gern.»

«Und dann noch mal zu Ihrer eigenen Sache: gibt's da irgendwas, was Sie bisher nicht erwähnt haben? Vielleicht, weil es einfach nicht in ein FBI-Protokoll paßt?»

Chee nagte an der Lippe. Es schien etwas zu geben, aber er war sich wohl nicht sicher, ob es sich lohnte, darüber zu reden.

«Ich weiß nicht genau», sagte er schließlich. «Ich hab was gefunden, heute morgen. Aber ich glaub nicht, daß es irgendeine Bedeutung hat.» Er zog noch einmal die Brieftasche heraus und streckte Leaphorn einen kleinen runden Gegenstand hin. Es war ein elfenbeinfarbenes Kügelchen, offenbar aus einem Knochen geschnitzt.

«Wo lag das?»

«Auf dem Boden unter der Schlafpritsche. Ist wahrscheinlich runtergefallen, als ich das Bett frisch bezogen habe.»

«Und was halten Sie davon?» fragte Leaphorn.

«Ich hab nie irgendwas besessen, was mit solchen kleinen Kugeln verziert war. Ich kenn auch niemanden, der so was hat. Keine Ahnung, wie das Ding in meinen Wohnwagen kommt.»

«Und auch nicht, warum es hier rumliegt?» fragte Leaphorn.

«Nein, auch nicht.»

Wenn jemand an Zauberei glaubt, wie Chee das offensichtlich tut, dann muß ihm etwas zu dem Kügelchen einfallen, dachte Leaphorn. Er muß wissen, daß man mit einem Stückchen Menschenknochen Zauberer tötet. Denn das Unheil, das es zu bannen gilt, hat etwas mit dem *chindi* zu tun – mit dem bösen Geist eines Verstorbenen, von dem ein Lebender berührt worden ist. Und wenn jemand sich die Schrotladung selbst stopft – oder auch, wenn er sich nur die kleine Mühe macht, den Verschluß noch einmal zu öffnen, ist es nicht schwierig, zwischen die Bleikügelchen eine andere Kugel zu mischen. Eine, die aus einem Menschenknochen geschnitzt wurde.

6

Der Südwestwind peitschte mit heißem, trockenem Atem die Fahrspur, auf der Chees Geländewagen stand. Chee war auf der Schotterstraße zum Handelsposten Badwater Wash unterwegs gewesen, als ihm plötzlich die Idee kam, anzuhalten und rückwärts auf den ausgefahrenen Seitenweg zu stoßen, bis unters knorrige Astwerk einer Zypresse. Der richtige Platz für jemanden, der Schatten suchte und viel sehen wollte. Der Blick reichte bis weit ins Tal, ein gutes Stück die Strecke hinunter, auf der Chee gekommen war. Er saß da und wartete gespannt, ob ihm jemand gefolgt wäre.

«Lieutenant Leaphorn hat mich gebeten, dich auf die Mordfälle anzusetzen», hatte Captain Largo zu ihm gesagt. «Ich bin einverstanden.» Largos Hände hielten keinen Augenblick still, das war immer so, wenn er redete. Sie kramten in Akten, schafften Ordnung in der obersten Schreibtischschublade, langten nach dem Hut und fuhren glättend über eine Falte im Filz. «Ich glaube allerdings nicht, daß das viel Zweck hat. Wir sollten das dem FBI überlassen. Das FBI wird die Fälle nicht lösen und wir auch nicht, aber die Burschen vom FBI werden dafür bezahlt. Und wenn wir nicht verdammtes Glück haben, tun wir ihnen nicht mal einen Gefallen. Ganz davon abgesehen, daß deine normale Arbeit liegenbleibt.»

«Ja, Sir.» Chee war nicht sicher gewesen, ob Largo überhaupt einen Kommentar erwartete, aber es konnte nichts schaden, ihm recht zu geben.

«Ich glaube, Leaphorn denkt, daß die Schüsse auf dich etwas mit einem der Mordfälle zu tun haben. Oder mit beiden. Er hat das nicht ausdrücklich gesagt, aber ich glaube, er vermutet so was. Was denkst du darüber?»

Chee zuckte die Achseln. «Ich seh keine Anhaltspunkte dafür.»

«Eben.» Largo nickte, seine Miene drückte deutlich aus, was er von Leaphorns Theorien hielt. «Es sei denn, du verschweigst mir was.» Das Fragezeichen war unüberhörbar.

«Ich verscheige Ihnen nichts», sagte Chee.

«Es wäre nicht das erste Mal.» Aber Largo hakte nicht weiter nach. «Tatsächlich bin ich nur deshalb mit Leaphorns Vorschlag einverstanden, weil ich möchte, daß du am Leben bleibst. Es genügt, daß jemand versucht hat, dich umzubringen.» Er deutete auf die Akte, die vor ihm auf dem Schreibtisch lag. «Guck dir das an. Und das ist nur der Anfang. Stell dir vor, wie dick das Ding wäre, wenn der Kerl dich wirklich umgebracht hätte.» Seine ausgebreiteten Arme schienen anzudeuten, welche Berge von Akten dann auf ihn zugekommen wären. «Damals in den Siebzigern, als sie einen von unseren Leuten drüben in Crownpoint umgelegt haben, waren die Akten nach zwei Jahren noch nicht abgeschlossen.»

«Ja, ich verstehe», sagte Chee.

«Was ich tatsächlich sagen will, ist folgendes: Kümmere dich um die Sache mit Endocheeney und Wilson Sam, aber sieh vor allem zu, daß du dich weit draußen im Busch rumtreibst, wo der Bursche, falls er's noch mal versucht, dich nicht so leicht erwischt. Irgendwann wird er sich beruhigt haben, und so lange mußt du eben vorsichtig sein.»

«Mach ich», sagte Chee, und er meinte es auch so.

Und wenn er schon mal draußen sei, fuhr Largo fort, könnte er auch gleich was Vernünftiges tun. Da war zum Beispiel die Sache mit der Raffinerie drüben am Montezuma Creek. Die Jungens hatten Ärger, jemand klaute ihnen laufend Benzin aus den Tanks. Außerdem gab's Beschwerden von Touristen, daß ihnen an den Parkplätzen die Autos ausgeraubt würden. Und so ging es weiter, die Litanei wollte gar kein Ende mehr nehmen. Für Chee war es der Beweis, daß menschliche Schwächen in Utah genauso verbreitet sind wie im New Mexico-Distrikt, in dem er normalerweise arbeitete. «Hier sind die Unterlagen», sagte Largo, suchte Kopien aus verschiedenen Akten zusammen und heftete sie in einen Ordner. «Das mit den Autodiebstählen muß aufhören. Die Touristen machen eine Menge Wirbel deswegen, und irgendwann kriegen sie ganz oben Wind davon, und dann machen die Wirbel. Sieh zu, daß du das erledigen kannst. Und, wie gesagt, sei vorsichtig, hörst du?»

Darum parkte Chee jetzt unter der Zypresse und suchte mit den Augen die Strecke ab, die er gekommen war. Es gab keine andere Straße. Falls ihn jemand verfolgte, mußte er hier entlangkommen. Der Mann mit der Schrotflinte. Oder die Frau mit der Schrotflinte. Die einzige andere Möglichkeit wäre gewesen, sich mit einem Boot den San Juan hinuntertreiben zu lassen und dann einen der Trampelpfade zu nehmen, die die weit verstreuten Hogans miteinander verbanden. Badwater Wash lag so einsam, daß niemand aus purem Zufall hier vorbeikam.

Doch es gab keine Staubwolke über der Straße, abgesehen von den halb verwehten Schwaden, die der Wind vor sich hertrieb. Weit im Süden, über der Black Mesa, ballten sich die ersten Abendwolken. Da unten zuckten Blitze, und der Wind frischte zum Sturm auf, aber es regnete nicht, soweit Chee das aus dreißig Meilen Entfernung abschätzen konnte. Er beobachtete die Wolken, wie sie sich türmten und auflösten und rasch weitertrieben. Eine Weile freute er sich an dem Farbenspiel, das von dunklem Blau bis zu drohendem Grau reichte, aber auf einmal waren andere Gedanken da, düster wie der Gewitterhimmel. Er konnte nicht mehr zählen, wie viele Stunden er schon an der Frage herumgegrübelt hatte, wer ihm nach dem Leben trachtete. Er spürte, wie niedergeschlagen es ihn machte, daß er seine Gedanken immer wieder um dieselbe Frage kreisen ließ und doch keinen Schritt weiter kam. Als ob er vor einem riesigen Spiegel stünde und nach Fingerabdrücken suchte – vergeblich, weil es sie nicht gab. Aber da war noch etwas anderes, etwas, was ihn viel mehr bedrückte. Er jagte ein Phantom, das Bosheit und Haß und Wahnsinn symbolisierte, und er ertappte sich immer häufiger dabei, in Gedanken sogar alten Freunden und guten Bekannten zu mißtrauen.

Und dann war da noch Lieutenant Leaphorn. Chee konnte sich nicht beklagen, der Mann war ihm – mehr als erwartet – entgegengekommen. Aber der Lieutenant hatte ihm von Anfang an nicht getraut und traute ihm immer noch nicht. Das mit der kleinen Knochenkugel hatte Leaphorn überhaupt nicht in den Kram gepaßt. Chee hatte, als er ihm das Ding gab, in seinem Gesicht Mißtrauen und sogar Verachtung gelesen.

Die Navajo Tribal Police war eine kleine Truppe, in der nicht einmal 120 Officers Dienst taten. Und in diesem exklusiven Zirkel hatte Leaphorns Name einen besonderen Klang, der Lieutenant war so etwas wie eine lebende Legende. Jeder kannte seine Wut auf die Schwarzbrenner – eine Abneigung, die Chee durchaus teilte. Und jeder wußte, daß Leaphorn überhaupt kein Verständnis aufbrachte für alles, was mit Zauberei zusammenhing. Es war ihm unbegreiflich, wie jemand daran glauben konnte, er mochte die Geschichten über Skinwalkers und über den Fluch des Bösen nicht, er lehnte den Glauben an die Heilung durch rituelle Gesänge ab und verabscheute das Raunen über Navajo-Wölfe.

Um Leaphorns Skepsis gegen alles Übersinnliche rankten sich Gerüchte. So wurde von einem Fall erzählt, der sich vor langer Zeit ereignet hatte, als Leaphorn gerade erst zur Navajo-Polizei gekommen war. Es ging um einen Skinwalker, der angeblich im Checkerboard-Gebiet sein Unwesen trieb. Leaphorn hatte dem Gerede keinen Glauben geschenkt. Und dann hatte der Bursche drei Zauberer ermordet und sich, als man ihn zu lebenslanger Haft verurteilte, in der Zelle das Leben genommen. Und die Leute munkelten natürlich sofort, das alles wäre Leaphorns Schuld, weil er eben nicht an Hexerei glaubte. Es hieß auch, er sei ein Nachkomme des großen Chee Dodge, der die Theorie vertreten hatte, der Glaube an Skinwalkers habe ursprünglich nichts mit der Navajo-Kultur zu tun, sondern sei erst während der Internierung in Fort Sumner aus fremden Kulturkreisen übernommen worden. Klar, daß Leaphorn seinem großen Vorfahren bereitwillig glaubte, sagten die Leute.

Was Chee betraf – er hielt beides für zutreffend, die Geschichte aus der Zeit im Checkerboard-Gebiet und das Gerücht über Leaphorns Abstammung. Immerhin, der Lieutenant hatte das Kügelchen aus Menschenknochen behalten.

«Ich werd mir das ansehen und ins Labor geben», hatte er gesagt. «Mal sehen, ob's wirklich aus Knochen geschnitzt ist. Und aus was für 'ner Art Knochen.» Er hatte ein Blatt aus dem Notizbuch gerissen, die Kugel darin eingewickelt, Chee lange angesehen und schließlich gefragt: «Können Sie sich erklären, wie das Ding in den Wohnwagen gekommen ist?»

«Hört sich sicher komisch an», hatte Chee geantwortet, «aber Sie wissen ja, man kann den Verschluß an einem Schrotgeschoß öffnen und so eine Kugel unter die Ladung mischen.»

Über Leaphorns Gesicht war ein Lächeln gehuscht. Ein verächtliches Lächeln? «Also läuft's darauf hinaus, daß ein Zauberer den Knochen abgeschossen hat? Soviel ich weiß, verwenden die gewöhnlich ein Blasrohr.» Und die Art, wie er dazu durch die Lippen schnaubte, war eindeutig gewesen.

Chee hatte rasch genickt und gehofft, daß Leaphorn den roten Hauch auf seinen Wangen nicht bemerkte.

Wenn er jetzt daran zurückdachte, ärgerte er sich immer noch. Zum Teufel mit Leaphorn. Sollte er doch glauben, was er wollte. Zauberei kam schon in der Schöpfungsgeschichte der Navajos vor, der Glaube daran prägte ihre Kultur und bestimmte die Philosophie des Dinee. Wenn auf der Ostseite dessen, was uns sichtbar umgibt, das Gute wohnt, die Harmonie und alles Reine, dann muß im Westen das Übel lauern, das Chaos, das Böse. Chee glaubte, ähnlich wie aufgeklärte Christen, nicht an den Wortlaut der Schöpfungsgeschichte seines Volkes, aber die Metapher, die sich darin verbarg, war das Fundament seiner religiösen Überzeugung, und er liebte die Poesie der Erzählung. Es ging nicht darum, ob es wirklich Adams Rippe gewesen war oder wie weit sich das Schilfrohr erstreckt hatte, durch das das Heilige Volk gewandert war, um in die Welt auf der Oberfläche der Erde zu gelangen. Chee glaubte nicht an die Bilder, sondern an die Wahrheiten, die sie vermitteln wollten.

Zum Teufel mit Leaphorns Zweifeln. Chee ließ den Motor an

und steuerte den Wagen über das holperige Stück Fahrweg auf die Straße zurück. Er wollte noch vor Mittag bei Badwater Wash sein.

Aber ganz konnte er Leaphorn doch nicht aus seinen Gedanken verbannen. «Übrigens, es liegt eine Beschwerde gegen Sie vor», hatte der Lieutenant gesagt und ihm erzählt, worüber sich der Arzt aus der Badwater-Klinik beklagte. «Yellowhorse behauptet, sie mischen sich in seine religiösen Praktiken ein.» Leaphorns Miene schien zu sagen, daß er der Beschwerde keine große Bedeutung beimaß. Aber daß der Lieutenant die Sache überhaupt erwähnte, konnte wohl nur heißen, daß Chee sein Verhalten gegenüber Yellowhorse gefälligst ändern sollte.

«Ich sage den Leuten, daß Yellowhorse ein Schwindler ist», hatte Chee in förmlichem Ton geantwortet. «Bei jeder Gelegenheit weise ich darauf hin, daß sein ganzes Getue mit der Kristallkugel nur dazu dient, Patienten in seine Klinik zu locken.»

«Ich hoffe, Sie vertreten solche Ansichten nur privat, nicht etwa während Sie im Dienst sind.»

«Es kann auch schon mal während der Dienstzeit vorgekommen sein. Warum auch nicht?»

Auf einmal sah Leaphorn nicht mehr so aus, als fände er das Ganze eher spaßig. «Weil es gegen die Dienstvorschriften ist.»

«Wieso denn das?»

Und Leaphorn sagte: «Ich nehme an, das wissen Sie selber. Wir haben nicht zu beurteilen, was unsere Schamanen tun, ebensowenig wie die Regierung über die Predigt eines christlichen Priesters entscheidet. Egal, was Yellowhorse für sich in Anspruch nimmt, von mir aus kann er behaupten, er wäre ein Medizinmann oder einer, der aus der Hand liest, oder ein Prediger der Native American Church oder meinetwegen der Papst, die Navajo-Polizei geht das jedenfalls nichts an. Er begeht keine Ordnungswidrigkeit und verletzt kein Gesetz.»

«Ich bin ein Navajo», wandte Chee ein. «Und wenn ich sehe, wie jemand, der gar nicht an unsere Religion glaubt, sie dazu mißbrauchen will...»

«Was richtet er denn für Schaden an?» fragte Leaphorn. «Soweit ich verstanden habe, empfiehlt er den Leuten, zu einem *yataalii* zu gehen, wenn sie einen zeremoniellen Gesang brauchen. Und wenn's um einen Fall geht, der ärztliche Behandlung erfordert, Diabetes zum Beispiel, weist er sie ins Krankenhaus ein.»

Chee hatte keine Antwort gegeben. Wenn Leaphorn sich blind stellen wollte, konnte er natürlich nicht sehen, daß es um ein Sakrileg ging. Aber dafür hatte der Lieutenant wohl kein Gespür. Er war ein Zyniker, genau wie Yellowhorse.

«Ich höre, Sie bezeichnen sich selber als *yataalii*», hatte Leaphorn gesagt. «Sie sollen den Gesang zur Beschwörung des Bösen zelebriert haben.»

Chee hatte nur stumm genickt.

Und Leaphorn hatte ihn angesehen und seufzend gemeint: «Am besten, ich bespreche das alles mit Largo.»

Das bedeutete, daß Chee eine Diskussion mit Captain Largo bevorstand, und der Captain würde ihm, wenn er nicht großes Glück hatte, klipp und klar befehlen, sich künftig alle Bemerkungen über Yellowhorse und dessen Schamanismus zu verkneifen. In dem Fall blieb ihm nichts anderes übrig, als sich zu fügen. Aber jetzt mußte er sich auf die Straße konzentrieren, sie wurde immer schlechter.

Für die Navajo Tribal Police lag Badwater noch in dem Teil der Reservation, der zum Staat Arizona gehörte. Ortskundige wußten allerdings, daß der Handelsposten in Wirklichkeit schon auf dem Territorium von Utah lag, nicht viel mehr als zehn Meter nördlich einer Grenzlinie, die nur auf dem Papier gezogen war. Die Leute witzelten darüber, daß Old Man Isaac Ginsberg, der hier die erste Verkaufs- und Tauschstation eingerichtet hatte, im Winter nicht in der Kammer hinter dem Laden gehaust hätte, sondern in einen Steinhogan hundert Meter weiter südlich umgezogen wäre, weil er die Kälte in Utah nicht ertragen konnte. Kaum jemand war in der Lage, den Handelsposten auf der Karte genau zu markieren. Er lag in einer schmalen Schlucht, eingezwängt zwischen bizarre, steil aufragende Felswände aus blauschwarzem Gestein, in das sich ein rötlicher Schimmer mischte. So einen Punkt auf der Karte genau festzulegen, wäre eine Mühe gewesen, die niemand lohnend fand.

Ursprünglich hatten die Hirten ihre Herden hierher zur Tränke getrieben. In der riesigen trockenen Einöde der Casa del Eco Mesa gab es nicht viele Orte, an denen man genug gutes Wasser fand. Sooft hier oben Regen fiel, löste er Gips und andere Mineralien aus dem sandigen Boden, und wenn dann in den ausgetrockneten Bachbetten endlich wieder Wasser floß, war es so bitter, daß selbst das Schlangenkraut verkümmerte und die Salzzedern eingingen. Deshalb zogen die Quellen von Badwater Wash alles, was hier oben kreuchte und fleuchte, wie ein Magnet an, auch Schlangen, Skorpione und giftige Spinnen. Es hieß, halbwilde Ziegen hätten den Navajos den Weg zu den Quellen gewiesen, Tiere, die aus zusammengestohlenen Herden davongelaufen waren, und als die Hirten nach ihnen suchten, fanden sie das Wasser. Danach kamen die Schafhirten. Und schließlich die Geologen, die ein ergiebiges, wenn auch nicht sehr tief reichendes Anetholfeld orteten. Das Öl brachte dem Hochland vorübergehend das, was man eine Blütezeit nennt, und eine Menge Schmutz und Staub dazu. Ein paar Überreste zeugten noch von dem kurzen Boom, die kleine Raffinerie am Montezuma Creek, die weit übers Plateau verstreuten Stahlgerippe der automatischen Pumpen und ein Netz von Fahrspuren voller Schlaglöcher und Auswaschungen.

Irgendwann in dieser Zeit, als sie hier oben das Öl aus dem kargen Boden holten und dafür den Dreck in die Einsamkeit brachten, war Isaac Ginsberg hergezogen. Er hatte rote Sandsteinquader aufeinandergetürmt, den Handelsposten errichtet, den Navajo-Namen Afraid of His Wife angenommen und war gestorben. Die Frau, um die es bei seinem neuen Namen ging, war eine gewisse Lizzie Tonale aus dem Mud Clan. Sie hatte Ginsberg in Flagstaff geheiratet, den jüdischen Glauben angenommen und ihrem Mann so lange zugesetzt, bis er mit ihr ausgerechnet in diesen hintersten Winkel der Einöde zog. Angeblich hatte sie sich den Ort ausgesucht, weil sie hier einigermaßen sicher sein konnte vor dauernden Verwandtenbesuchen. Und wenn das stimmte, dann hatte sie durchaus vernünftig gehandelt, denn irgendwo anders wäre der Handelsposten innerhalb eines Monats bankrott gewesen. Es gehörte sich nicht, einen Verwandten wegzuschicken, der dringend ein paar Dosen Gemüse oder Benzin oder Bargeld brauchte, Lizzie Tonale mußte sich entscheiden, ob sie ihr Ansehen oder ihr Vermögen verlieren wollte. Was immer an der Geschichte dran sein mochte, jedenfalls hatte die Witwe Tonale-Ginsberg noch zwanzig Jahre lang erfolgreich ihren Mann gestanden, geschäftstüchtig und im übrigen fest in ihrem neuen Glauben verwurzelt. Das Geschäft hatte sie ihrer Tochter Sarah vererbt, dem einzigen Kind aus der Ehe mit Isaac Ginsberg. Chee war erst zweimal mit Sarah zusammengetroffen, aber das genügte, um zu verstehen, warum man sie Iron Woman nannte.

Die letzte Kehre der Bergstrecke lag hinter ihm, er lenkte den

Geländewagen auf den holprigen Boden der Handelsstation. Unter dem Vordach erkannte er die stämmige Gestalt von Iron Woman. Chee parkte den Wagen unter einer Tamarinde, versuchte ihn so zu bugsieren, daß möglichst viel von der Karosserie im spärlichen Schatten stand, und wartete. So hatte er es von Kind auf gelernt, es war eine der ungeschriebenen Regeln in einem Volk, in dem man Zurückhaltung schätzte und die Privatsphäre des anderen achtete. «Man geht nicht einfach bei Fremden in den Hogan», hatte seine Mutter ihn gelehrt, «du könntest in etwas hineinplatzen, was nicht für deine Augen bestimmt ist.»

Daher war es für Chee selbstverständlich, im Wagen sitzen zu bleiben und zu warten. Dadurch hatten die Bewohner von Badwater Wash Zeit, sich mit dem Gedanken vertraut zu machen, daß ein Polizist zu ihnen kommen wollte, sie konnten sich ordentlich herrichten oder was immer es sonst zu tun gab, wenn man einen Besucher nach den Regeln der Navajos empfangen wollte.

Und während er schwitzend hinter dem Lenkrad saß, beobachtete er im Rückspiegel, was sich bei Badwater Wash tat. Iron Woman hatte eine andere Frau bei sich aufgenommen, ein zierliches Persönchen, das wegen seines gebeugten Rückens Bent Woman genannt wurde. Jetzt kam sie auch unters Vordach, ein verhutzeltes Weiblein neben der stämmigen, grobknochigen Hausherrin. Kurz darauf erschienen unter der Tür zwei junge Männer, in ihren Jeans und Cowboystiefeln, mit verwaschenen bunten Hemden und roten Stirnbändern sahen sie sich zum Verwechseln ähnlich. Iron Woman sagte etwas zu der Schmächtigen, die nickte lachend. Die beiden jungen Burschen standen wie festgewurzelt nebeneinander, die Art, wie sie zu Chee herüberstarrten, verriet wenig Freundlichkeit. An der Hausecke stand ein alter Ford, vorn rechts auf einem Felsbrocken aufgebockt. Daneben war ein neuer GMC geparkt, ein hochbordiger Wagen mit Allradantrieb, die schwarze Karosserie mit gelben Zierstreifen beklebt. Chee hatte sich das gleiche Modell neulich in Farmington angesehen und festgestellt, daß er sich so einen teuren Schlitten nicht leisten konnte. Der GMC gefiel ihm, ein Wagen, für den kein Gelände zu schwer war. Aber es war nicht gerade die Sorte Autos, die man in Badwater Wash erwartete.

Die steilen Felswände reflektierten das Sonnenlicht, die Hitze kroch immer drückender ins Wageninnere. Chee atmete Staub und heiße, trockene Luft, er fühlte sich unbehaglich. Er mochte es nicht, so im Auto eingepfercht zu sein. Er stieg aus und hielt, während er aufs Vordach zuging, den Blick fest auf die beiden jungen Männer gerichtet, die ihn ihrerseits argwöhnisch beäugten.

«*Ya-tah-hey*», begrüßte er Iron Woman.

«*Ya-tah*», sagte sie. «Dich kenne ich. Du bist der neue Polizist aus Shiprock.»

Chee nickte.

«Hab dich neulich schon hier draußen gesehen. Mit dem von der Bundespolizei. Seid hinter der Endocheeney-Sache her, wie?»

«Das stimmt», sagte Chee.

«Er ist im Slow Talking People und für die Salts geboren», erklärte Iron Woman der Schmächtigen, nannte ihr den Namen von Chees Mutter, den einer Tante und der Großmutter und danach ein paar Namen aus der väterlichen Linie.

Bent Woman hatte den Kopf in den Nacken gelegt und blinzelte Chee aus fast geschlossenen Augenlidern an. Die ersten Anzeichen für grünen Star, dachte Chee. «Dann ist er ja mein Neffe», stellte sie fest. «Ich bin im Bitter Water People und für den Deer Spring Clan geboren, meine Mutter war Gray Woman Nez.»

Chee akzeptierte das mit einem Lächeln, obwohl die Verwandtschaft eigentlich sehr weitläufig war, über die Bitter Waters und den Salt Clan, aus dem die Familie seines Vaters stammte. Wenn man verwandtschaftliche Beziehungen so auslegte, war Chee, wie alle Navajos, mit der halben Reservation verwandt.

«Dienstlich hier?» fragte Iron Woman.

«Ich hör mich nur mal so um. Mal sehen, ob ich was aufschnappen kann.»

Iron Woman sah ihn mißtrauisch an. «Du läßt dich nicht oft hier draußen blicken. Wer hier auftaucht, hat immer einen besonderen Grund.»

Chee spürte den lauernden Blick der beiden Männer. Junge Burschen, er schätzte sie auf noch nicht ganz zwanzig. Anscheinend Brüder, aber wohl keine Zwillinge. Der mit der hellen, halbmondförmig gebogenen Narbe unter dem linken Auge hatte ein deutlich schmaleres Gesicht. Nach den Höflichkeitsregeln der Navajos hätte es sich gehört, daß die jungen Männer sich ihm, dem Fremden, zuerst vorstellten. Aber von solchen alten Bräuchen hielten sie anscheinend nicht viel.

«Mein Clan ist das Slow Talking People», sagte Chee zu ihnen, «geboren für das Salt Dinee.»

«Leaf People», sagte der mit dem schmaleren Gesicht mürrisch. «Geboren für Mud.»

Chee witterte einen Hauch Alkohol. Bier. Der Junge aus dem Leaf Clan starrte wieder auf den Polizeiwagen, während er mit einer lässigen Handbewegung neben sich deutete. «Mein Bruder.»

«Was führt dich her?» wollte Iron Woman wissen. «Im Radio haben sie was von einer Messerstecherei drüben bei Teec Nos Pos gebracht. War bei 'ner Hochzeit. Einen von den Gorman-Leuten haben sie angeritzt. Geht's darum?»

Chee wußte wenig darüber, nur das, was er bei der Dienstbesprechung heute morgen aufgeschnappt hatte. Er war vorwiegend südlich und östlich von Shiprock eingesetzt, nicht hier in der menschenleeren Gegend im Nordwesten. Er vergaß das Bier, obwohl der Besitz in der Reservation verboten war, und versuchte sich zu erinnern, was er bei der Morgenbesprechung über die Messerstecherei gehört hatte.

«Das war nicht so wichtig», sagte er. «Da hat einer mit einem Mädchen von den Standing Rocks anbändeln wollen, und sie hatte ein Messer und hat ihn in den Arm gestochen. Keine große Affäre.»

Iron Woman sah ihn strafend an. «Immerhin haben sie's im Radio gebracht. Die Gormans haben 'ne Menge Verwandte.»

Chee war zum Getränkeautomaten hinter der Tür gegangen, hatte zwei Quarters eingeworfen und zog an der Klappe.

«Kostet drei», sagte Iron Woman. «Ist nicht billig, das Zeug hier hoch zu holen. Und gekühlt will's heute auch jeder haben.»

«Ich hab kein Kleingeld mehr.» Chee fischte einen Dollar aus der Tasche und hielt ihn Iron Woman hin. Es war halb dunkel im Verkaufsraum, aber angenehm kühl. Iron Woman hantierte an der Kasse und gab Chee vier Quarters.

«Als du neulich mit dem FBI-Mann hier warst und rumgefragt hast wegen...» Diesmal beachtete Iron Woman das Navajo-Tabu, den Namen eines Toten nicht auszusprechen. «... wegen dem, den sie umgebracht haben... Habt ihr da was rausgefunden?»

Chee schüttelte den Kopf.

«An dem Tag, wo's passiert ist, ist nämlich hier einer durchgekommen, der hat nach dem Ermordeten gesucht. Der könnt's gewesen sein, wenn du mich fragst.»

«Das ist eine verrückte Geschichte», erzählte ihr Chee. «Wir haben den Mann gefunden. Er hat seinen Hogan oben in den Chuskas, die Leute nennen ihn Roosevelt Bistie. Und er sagt, er wäre hiergewesen und hätte den Mann getötet. Bistie hat ihn auf dem Dach stehen sehen und auf ihn geschossen. Der andere ist auch tatsächlich vom Dach gefallen. Aber wer immer ihn umgebracht hat, er hat's mit einem Schlachtermesser getan.»

«Das ist wahr», erinnerte sich Iron Woman, «verdammt noch mal, es war ein Messer, seine Tochter hat's mir selber erzählt.» Mit einem Seitenblick schielte sie auf Chee. «Warum hat dieser Bistie euch erzählt, daß er auf den Mann auf dem Dach geschossen hat?»

«Das können wir uns auch nicht erklären. Er sagt, daß er ihn töten wollte, aber er sagt nicht warum.»

Iron Woman runzelte die Stirn. «Roosevelt Bistie», murmelte sie, »hab den Namen vorher nie gehört. Als er herkam und nach dem Weg fragte, hab ich ihn zum erstenmal gesehen. Was sagen denn seine Verwandten über ihn?»

«Wir haben sie noch nicht gefragt», antwortete Chee und mußte an Kennedys entsetztes Gesicht denken, wenn der gewußt hätte, daß Chee so bereitwillig mit einem Außenstehenden über den Fall redete. Sag keinem was, lautete die erste Regel des FBI, und das steckte so fest in Kennedys Kopf wie das Kleine Einmaleins. Er hätte, wenn er jetzt hier gewesen wäre, unruhig zu trippeln angefangen und ungeduldig auf die Übersetzung gewartet, schon ganz kribbelig bei der Ahnung, daß Chee der Frau irgend etwas erzählte, was sie besser nicht erfahren sollte. Übrigens hätte Captain Largo, der sich nie aushorchen ließ, so viel Vertrauensseligkeit genauso mißbilligt. Aber Kennedy und Largo waren nicht hier, und Chee hatte seine eigene Theorie über den Umgang mit Leuten: Je mehr du ihnen erzählst, desto mehr erzählen sie dir. Ein Navajo bringt es nicht fertig, schweigend zuzuhören.

Chee warf den dritten Quarter ein und zog eine Dose Nehi Orange aus dem Automaten. Er trank ein paar Schlucke, das Zeug war kalt und gut. Und inzwischen fing Iron Woman zu erzählen an. Draußen flimmerte die Mittagshitze über der festgestampften Erde. Chee trank die Dose leer. Ein Motor heulte auf, der GMC Allrad jagte los, hüllte den Hof in eine Staubwolke. Die Burschen haben bestimmt Bier dabei, dachte Chee. Ob sie's von Iron Woman hatten? Sie stand nicht in dem Ruf, illegal Alkohol zu verkaufen.

Auf Largos schwarzer Liste war der Handelsposten Badwater Wash bisher nie aufgetaucht. Bier – so früh am Tag, und dann mit dem Wagen wer weiß wie weit in die Einsamkeit! Die beiden jungen Burschen gehörten, wie Iron Woman ihm erzählte, zur Kayonnie-Familie, die Ziegenherden am San Juan hielt und sich manchmal mit Jobs auf den Ölfeldern ein paar Dollars dazuverdiente. Aber mehr wollte Iron Woman nicht sagen, schließlich waren die Kayonnies ihre Nachbarn, und Chee war ein Fremder.

Das mit dem Mord an einem Mann, der auch hier aus der Gegend stammte, das war etwas anderes, darüber redete sie bereitwillig. Sie konnte einfach nicht verstehen, wer so etwas getan hatte. Ein harmloser alter Mann, der seit dem Tod seiner Frau sehr zurückgezogen lebte. Höchstens zwei- oder dreimal im Jahr ließ er sich beim Handelsposten blicken. Meistens kam er zu Pferd, manchmal fuhr ihn ein Verwandter mit dem Auto her. Er hatte keine Töchter, die ihm Schwiegersöhne ins Haus gebracht hätten, so lebte er für sich allein. Ein Leben ohne Höhepunkte. Das heißt, vor sechs oder sieben Jahren war mal ein religiöser Gesang für ihn zelebriert worden, das Lied von der Roten Ameise. Er brauchte das damals, irgend etwas stimmte nicht mit ihm, nachdem seine Frau gestorben war. In all den Jahren, die Iron Woman nun schon am Badwater Wash lebte, hatte es nie böses Blut mit den Nachbarn gegeben. «Du weißt, was ich meine», sagte sie, «den anderen das Brennholz vor der Nase wegsammeln oder das Wasser abgraben oder die Schafe auf fremde Weideflächen treiben und solche Dinge. Oder einem Nachbarn nicht helfen, wenn er Hilfe braucht. Nie hat jemand so was über ihn gesagt, kein böses Wort. Der alte Mann war immer hilfsbereit und hat sich um seine Verwandten gekümmert, und wenn jemand einen Gesang zelebrieren ließ und Leute brauchte, die den Segen auf ihn herabflehten – dem Alten war kein Weg zu weit.»

«Da fällt mir ein, ich bin selbst ein *yataalii*», sagte Chee, «ich weiß nicht, ob ich's schon mal erwähnt habe.» Er gab Iron Woman einen Karte mit dem Aufdruck:

DIE BESCHWÖRUNG DES BÖSEN

und andere zeremonielle Gesänge

durch einen Schüler von Frank Sam Nakai

Darunter standen sein Name, seine Adresse und die Telefonnummer der Polizeistation in Shiprock. Er hatte das mit den Männern an der Vermittlung vorher besprochen, damit es keinen Ärger gab, falls Largo davon erfuhr. Aber bis jetzt hätte es sowieso keinen Ärger geben können, es waren weder Anrufe noch Briefe gekommen.

Auch auf Iron Woman schien die Karte keinen großen Eindruck zu machen, sie legte sie nach einem flüchtigen Blick beiseite.

«Alle haben nur Gutes über ihn gesagt», kam sie noch mal auf den Ermordeten zurück, «aber jetzt, wo er tot ist, heißt's auf einmal, er wäre ein Skinwalker gewesen.» Sie schürzte verächtlich die Lippen. «Ein übles Pack!» Womit sie ganz offensichtlich nicht die Skinwalkers meinte, sondern die Klatschmäuler. «Wenn jemand zurückgezogen lebt, hängen ihm die Leute alles mögliche an.»

Oder wenn jemand durch einen Messerstich stirbt, ergänzte Chee im stillen. Um Mord rankten sich oft Gerüchte von Zauberei.

Nachdenklich sagte er: «Wenn er hier allgemein beliebt war, dann wird wohl der Mörder von weither gekommen sein. Wie zum Beispiel Bistie. Weißt du zufällig, ob er irgendeinen Bekannten gehabt hat, der nicht in der Gegend wohnt?»

«Glaub ich nicht», meinte Iron Woman. «Solange ich zurückdenken kann, ist für ihn überhaupt nur einmal ein Brief gekommen.»

Chee horchte auf. Endlich doch eine Spur? «Weißt du noch, von wem er kam?» Sie mußte sich daran erinnern. Post war hier draußen in der Einöde immer ein Ereignis, über das es was zu reden gab, vor allem, wenn es Post war für jemanden, der gewöhnlich keine Briefe erhielt und nicht einmal in der Lage gewesen wäre, sie selbst zu lesen. So ein Brief lag dann im Schuhkarton über der Registrierkasse und bot Anlaß zu Vermutungen und Spekulationen, bis schließlich irgendwann der Adressat auftauchte oder ein naher Verwandter beim Handelsposten vorbeikam, dem Iron Woman den Umschlag anvertrauen konnte.

«War keine private Post», sagte sie. «Kam von der Verwaltung aus Window Rock.»

Also doch keine Spur. «Von einem der Navajo-Büros?»

«Ich glaub vom Social Service. Die Leute, die die Gutscheine verteilen.»

«Er hat doch sicherlich bei dir anschreiben lassen? Gegen Pfand, nehme ich an. Gab's da irgendwas Interessantes?»

Iron Woman zog Chee hinter den Ladentisch, fischte aus den Falten ihres weit schwingenden Rocks einen Schlüssel und öffnete das Schränkchen, in dem sie die Pfandgegenstände verwahrte.

In Endocheeneys Fach lagen ein schwerer, mit handgetriebenem muschelförmigem Silberschmuck besetzter Gürtel, ein Beutel mit alten mexikanischen Silbermünzen und eine altsilberne Gürtelschnalle. Die Schnalle gefiel Chee besonders gut, eine wundervolle Arbeit mit strengen geometrischen Formen und einer prächtigen Türkisgemme in der Mitte.

«Und dann noch das hier.» Iron Woman stülpte einen Beutel aus Rehleder um und ließ eine Handvoll ungschliffene Türkise auf den Ladentisch kullern, ein paar davon in der Größe von Nuggets. «Der alte Mann hat früher Schmuck angefertigt. In den letzten Jahren nicht mehr. War wohl zu zitterig geworden.»

Die Türkise mochten rund zweihundert Dollar wert sein. Kamen noch mal zweihundert für den Gürtel dazu und vielleicht hundert für die Schnalle. Die neun Zwanzig-Peso-Münzen schätzte Chee ebenfalls auf einen Wert von fast zweihundert Dollar. Vor etlichen Jahren hatte man sie noch überall preiswert erstehen können, die Navajos verwendeten sie gern als Gürtelschmuck. Aber inzwischen war der Silberpreis gestiegen, Mexiko prägte die Münzen schon lange nicht mehr.

Trotzdem, es gab nichts Besonderes an diesen Pfandstücken, abgesehen von der wundervollen Gürtelschnalle. Ob Endocheeney sie selbst angefertigt hatte? Merkwürdig, daß noch niemand von der Verwandtschaft vorbeigekommen und die Pfandstücke eingelöst hatte. In alten Zeiten war es Tradition gewesen, solche Wertgegenstände dem Toten mit ins Grab zu legen, aber heutzutage waren die alten Bräuche eben weitgehend in Vergessenheit geraten. Vielleicht ahnten die Verwandten gar nichts von den Pfandstücken? Oder sie besaßen nicht genug Geld, um sie einzulösen?

«Wieviel hat der alte Mann denn bei dir anschreiben lassen?» erkundigte sich Chee.

Iron Woman mußte nicht nachschlagen, sie wußte es auswendig. «Hundertachtzig Dollar und ein paar Cents.»

Nicht viel, jedenfalls weniger, als die Pfänder wert sind, dachte Chee. Um hundertachtzig Dollars zusammenzukratzen, mußte man nur ein paar Ziegen verkaufen.

«Und dann das da drüben noch.» Iron Woman deutete mit dem Kopf auf einen Haufen Gerümpel in der Ecke hinter dem Ladentisch. Ein Handpflug, zwei Äxte, eine alte Eismaschine mit einer Handkurbel, die Achse von einem Karren und ein Paar Krücken.

Chee guckte verdutzt.

«Die Krücken!» Iron Woman schien sich über seine Begriffsstutzigkeit zu ärgern. «Er wollte sie mir unbedingt als Pfand dalassen. Aber, zum Teufel, wer will schon Krücken? Die Dinger leihen sie einem umsonst in der Badwater-Klinik. Ich hab sie nicht nehmen wollen, aber er hat sie dagelassen und gesagt, ich soll ihm die Hälfte vom Erlös geben, wenn sich doch ein Käufer findet.»

«War er denn mal verletzt?» Noch während er die Worte aussprach, dachte Chee, daß er besser daran getan hätte, die Frage nicht so direkt zu formulieren.

Iron Woman schien der gleichen Meinung zu sein. «Hat sich das Bein gebrochen. Ist irgendwo runtergefallen. In der Klinik haben sie's ihm in Gips gelegt und ihm die Krücken mitgegeben.»

«Und dann ist er trotzdem wieder aufs Dach geklettert», meinte Chee. «Hat wohl nichts dazugelernt.»

«Nein, nein», widersprach Iron Woman, «das mit dem Bein, das war letzten Herbst. Da war er nicht aufs Dach gekrochen. Ich glaube, er ist irgendwo von einem Bauzaun runtergefallen. Und das Bein...» Sie schnippte mit den Fingern. «Knacks!»

Daß die Verwandten keine Anstrengungen unternommen hatten, die Pfandgegenstände auszulösen, ging Chee nicht aus dem Kopf. «Wer hat den alten Mann begraben?» fragte er.

«Ein weißer Mann. Arbeitet draußen auf den Ölfeldern.» Ihre weit ausholende Handbewegung schien die ganze Hochebene einzuschließen. «Er übernimmt das manchmal, weil's ihm nichts ausmacht, wenn er was mit Leichen zu tun hat.»

«Und das Gerede über Zauberei, hat das schon früher angefangen oder erst jetzt?»

Iron Woman verzog das Gesicht. Sie hatte, wie Chee wußte, das College in Ganado besucht, eine gute Schule. Und sie war Jüdin, wenigstens dem Glauben nach. Aber sie war eben auch eine Navajo aus dem Halgai Dinee, das zum Valley Clan gehörte. Darum fiel es ihr nicht leicht, mit einem Fremden über Zauberei zu sprechen.

«Erst jetzt», sagte sie, «nach dem Mord.»

«Das übliche Gerede, wenn einer gewaltsam ums Leben gekommen ist?»

Iron Woman fuhr sich mit der Zunge über die Lippen, schob die

Unterlippe zwischen die Zähne und sah Chee lauernd an. Sie wechselte das Standbein, die Dielenbretter knarrten unter ihrem Gewicht. Und als sie dann endlich den Mund öffnete, kam ihre Antwort so leise, daß Chee sie kaum verstehen konnte.

«Es hat geheißen, man hätte ein Stückchen Knochen in der Wunde gefunden. Genau da, wo das Messer gesteckt hat.»

Chee wollte sichergehen, ob er sich auch nicht verhört hätte. «Ein Stückchen Knochen?»

Winzig, nur ein paar Millimeter groß, zeigte Iron Woman mit Daumen und Zeigefinger. «Menschenknochen», sagte sie, «von einem Toten.»

Mehr mußte sie nicht sagen. Chee erinnerte sich an das Knochenkügelchen, das er zu Hause im Wohnwagen gefunden hatte.

7

Dr. Randall Jenks hielt ein Blatt Papier in der Hand, vermutlich das Laborergebnis. Deswegen war Leaphorn jedenfalls gekommen, Jenks hatte angerufen und ihm mitgeteilt, sie wären mit der Untersuchung des elfenbeinfarbenen Kügelchens fertig. Aber jetzt machte er keine Anstalten, Leaphorn den Bericht zu geben.

Er setzte sich an den langen Tisch im Besprechungsraum und wies auf den Stuhl gegenüber. «Bitte.» In sein rotes Stirnband waren Kornkäfer eingewoben, ein altes Navajo-Symbol. Er trug das blonde Haar schulterlang. Unter dem offenen blauen Labormantel guckte eine abgetragene Jeansjacke heraus – die Art Jacken, wie jeder zweite Navajo sie trug. Leaphorn mochte Klischees nicht, aber jetzt war er selbst nahe dran, Dr. Jenks gedanklich in ein Klischee zu pressen: ein Indianerfan, der sich vor lauter Begeisterung im Gehabe und in der Kleidung den Navajos anpaßte. So etwas ging Leaphorn gegen den Strich, auch wenn es sich um jemanden handelte, dem er für mancherlei Gefälligkeiten Dank schuldete. Dazu kam, daß Leaphorn es eilig hatte. Aber er folgte der Aufforderung und setzte sich.

Jenks musterte Leaphorn über die Brillengläser. «Die Kugel ist aus einem Knochen geschnitzt», sagte er und wartete gespannt, wie Leaphorn das aufnähme.

Der Lieutenant war nicht in der Stimmung, Überraschung zu heucheln. «So was habe ich schon vermutet.»

«Rinderknochen», fuhr Jenks fort. «Die Altersbestimmung ist schwierig. Jedenfalls ist der Knochen völlig ausgetrocknet. Er dürfte von einem Tier stammen, das vor längerer Zeit verendet ist. Und mit längerer Zeit meine ich, daß es zwanzig Jahre her sein kann oder auch hundert.»

Leaphorn stand auf und griff nach dem Hut. «Sie machen mir meinen Job nicht gerade leichter. Trotzdem schönen Dank.»

«Haben Sie mit einem anderen Untersuchungsergebnis gerechnet? Damit, daß es sich um einen menschlichen Knochen handelt?» fragte Jenks.

Leaphorn zögerte. In Window Rock wartete eine Menge Arbeit auf ihn. Und vermutlich auch Ärger. Beim Rodeo vielleicht und bei der Sitzung des Tribal Council mit Sicherheit. Wenn sich so viele Politiker an einem Fleck versammelten, brachte das immer Ärger. Und er wollte möglichst noch mal mit dem Neurologen reden und sich den Termin wegen Emma bestätigen lassen, bevor er nach Window Rock zurückfuhr. Ganz davon zu schweigen, daß er immer noch die drei Morde klären mußte. Dreieinhalb, wenn er den Anschlag auf Officer Chee mitzählte. Außerdem mußte er in Ruhe über das nachdenken, was er eben erfahren hatte. Mit welchem Untersuchungsergebnis Leaphorn gerechnet hatte, ging Jenks gar nichts an. Der Doktor war für die medizinische Versorgung der Navajos, Zunis, Acomas, Lagunas und der Hopiindianer zuständig, exakt dafür wurde er am U.S. Indian Service Hospital in Gallup bezahlt. Das heißt, in Dr. Jenks' Fall ging es nicht um medizinische Versorgung, nicht direkt. Er war Pathologe. Leaphorn hatte sich oft gewünscht, selbst ein bißchen was von Pathologie zu verstehen, damit er nicht wegen jeder Kleinigkeit zu Jenks laufen und ihn um Rat bitten mußte.

«Ja, mit der Möglichkeit habe ich gerechnet», gab er zu.

«Gibt es einen Zusammenhang mit der Mordsache Irma Onesalt?»

Leaphorn schreckte aus seinen Gedanken hoch. «Nein. Haben Sie sie gekannt?»

Jenks lachte. «Sie war nicht gerade eine Bekannte von mir. Sie ist ein paarmal hier gewesen, um sich Auskünfte zu holen.

«Auskünfte, die etwas mit Pathologie zu tun hatten?» Wieso konnte Irma Onesalt Interesse an Fragen gehabt haben, auf die sie ausgerechnet von einem Pathologen Antwort erwartete?

«Es ging um Leute, die verstorben waren. Sie hatte eine Liste mit Namen dabei», antwortete Jenks.

«Was für Leute?»

«Ich hab mir die Liste nur flüchtig angesehen. Es schien sich um Namen von Navajos zu handeln.»

Leaphorn legte den Hut weg und setzte sich wieder.

«Erzählen Sie mehr darüber», sagte er. «Erzählen Sie mir alles, was Ihnen einfällt. Wann ist sie hergekommen? Und erklären Sie mir bitte, wieso Sie auf den Gedanken gekommen sind, das Knochenkügelchen könnte irgendwas mit Irma Onesalt zu tun haben.»

Jenks lächelte und begann zu erzählen.

Vor ungefähr zwei Monaten – vielleicht war es auch schon länger her, nötigenfalls konnte Jenks das nachschlagen – war Irma Onesalt eines Morgens im Krankenhaus erschienen. Er hatte sie bis dahin nur flüchtig gekannt, vorwiegend von Telefongesprächen. Aber gelegentlich war sie auch persönlich gekommen, um Erkundungen einzuziehen. Einmal ging es zum Beispiel um das Umspannwerk in Shiprock, sie hatte wissen wollen, ob für die Arbeiter gesundheitliche Schäden zu befürchten wären.

Jenks schwieg einen Augenblick vor sich hin, er hatte wohl zu weit ausgeholt und mußte nun seine Gedanken erst wieder ordnen. Und als er schließlich fortfuhr, glaubte Leaphorn so etwas wie Verlegenheit in seinem Gesicht zu lesen.

«Einmal kam sie, um mit mir über verschiedene Krankheiten zu reden. Sie wollte wissen, wie man bestimmte Krankheiten behandelt und ob der Patient ins Krankenhaus eingewiesen werden muß und wie lange... und so weiter. Und einmal hat sie mich wegen eines Alkoholikers ausgefragt, der damals bei uns eingeliefert worden war. Es ging ihr darum, ob wir bei dem Mann Spuren von Schlägen festgestellt hätten.»

Er sagte nicht, wen Irma Onesalt wegen der Schläge verdächtigt hatte. Er mußte es auch gar nicht sagen, Leaphorn ahnte, daß die Onesalt wieder mal darauf aus gewesen war, der Navajo Tribal Police was anzuhängen. Für die Polizei hatte sie wenig übrig gehabt, für die Navajo-Polizei schon gar nicht. Bei ihr hießen die Navajo-Polizisten nur «die Kosaken», in ihren Augen ein Haufen von Burschen, die nichts anderes im Sinn hatten, als das Volk unter der Knute zu halten.

«An dem Morgen vor ungefähr zwei Monaten brachte sie, wie

gesagt, eine Namensliste. Nur Namen, sonst stand nichts auf dem Blatt. Sie bat mich, ihr an Hand meiner Unterlagen zu jedem einzelnen Namen das Todesdatum herauszusuchen.»

«Konnten Sie das denn?»

«Nur in den Fällen, in denen die Leute hier im Krankenhaus verstorben waren. Oder wenn wir aus irgendeinem Grund mit einer Autopsie beauftragt waren. Aber Sie wissen ja, wie das ist. Die meisten Navajo-Familien wehren sich gegen eine Autopsie, und wenn sie religiöse Gründe geltend machen, kommen sie damit durch. Also, ich hätte ihr sowieso nur in wenigen Fällen helfen können.»

«Wollte sie auch die Todesursache wissen?»

«Nein, das glaub ich nicht. Es ging ihr wohl nur um die Daten. Ich hab ihr gesagt, daß sie die Auskünfte nur bei den Einwohnermeldestellen in Santa Fe und Phoenix und Salt Lake City bekommen kann. Eben da, wo statistische Daten gespeichert werden.»

«Daten», wiederholte Leaphorn nachdenklich, «Todesdaten.» Auf seiner Stirn erschien eine steile Falte. «Hat sie gesagt, warum sie das wissen wollte?»

Jenks schüttelte den Kopf, sein langes blondes Haar begann zu schwingen. «Ich hab sie danach gefragt, aber sie hat nur gesagt, es gäbe Dinge, in die sie nun mal ihre Nase stecken müßte.» Er lachte. «Deshalb habe ich ja auch bei der kleinen Kugel aus Rinderknochen an sie denken müssen. Ihre Neugier hatte nämlich offenbar etwas mit Fällen von Zauberei zu tun. Es ging um Gesundheitsvorsorge und darum, daß ihrer Meinung nach die Navajo-Sänger den Leuten so lange einreden, ein Skinwalker habe sie verhext, bis sie sich in ihrer Angst nicht mehr in ärztliche Behandlung begeben. Oder sie fangen an, alle möglichen Medikamente zu schlucken, obwohl sie in Wirklichkeit gar nicht krank sind. Daher meine Frage nach einem Zusammenhang mit Irma Onesalt.» Er warf Leaphorn einen fragenden Blick zu, anscheinend war er nicht sicher, ob er sich deutlich genug ausgedrückt hätte. «Sie verstehen, was ich meine? Zauberer blasen doch kleine Knochensplitter auf jemanden, damit das Böse, das von einem Toten zurückgeblieben ist, auf das Opfer übergeht. Die Leute sollen auf geheimnisvolle Weise erkranken. Aber – damit wir uns richtig verstehen: sie hat nicht gesagt, daß das etwas mit der Namensliste zu tun hätte. Es wäre einfach noch zu früh, darüber zu reden, hat sie gesagt. Wenn bei ihren Erkundungen etwas herauskäme, wollte sie es mich wissen lassen.»

«Sie ist aber nicht mehr wiedergekommen?»

«Doch, sie ist noch mal wiedergekommen.» Jenks fuhr mit dem Daumen unter das Stirnband und rückte es gerade. «Das muß ein paar Wochen vor ihrem Tod gewesen sein. Da hat sie mich wegen der Krankheiten und der Behandlungsmethoden ausgefragt. Sie erinnern sich – ob man wegen dieser oder jener Krankheit ins Krankenhaus müßte und wie lange die Behandlung gewöhnlich dauert und so.»

«Um was für Krankheiten ging es?» fragte Leaphorn, obgleich er nicht wußte, was er mit dieser Auskunft anfangen sollte.

«Ich erinnere mich, daß sie von Tuberkulose und von Leberzirrhose gesprochen hat», antwortete Jenks. «Beides nichts Ausgefallenes, wir haben leider sehr oft damit zu tun.»

«Und hat sie Ihnen bei diesem letzten Besuch gesagt, warum sie sich dafür interessierte?» Leaphorn mußte an Roosevelt Bistie denken, der versucht hatte, Endocheeney zu töten, und jetzt in Shiprock im Gefängnis saß. Vermutlich nicht lange, wenn Kennedy recht damit behielt, daß Bisties Selbstbeschuldigung für eine Anklage kaum ausreichte. Auch bei Roosevelt Bistie stimmte irgend etwas mit der Leber nicht. Und er war kein Einzelfall. Also – was, zum Teufel, hatte das alles zu bedeuten?

«Ich hab damals nicht viel Zeit gehabt», sagte Jenks. «Aus unserm Team waren zwei in Urlaub, den einen hatte ich zu vertreten. Und ich wollte selbst in Urlaub fahren und mußte mich ranhalten, damit ich rechtzeitig mit allem fertig wurde. Darum hab ich gar nicht viel gefragt. Ich hab ihr gesagt, was sie wissen wollte, und war froh, als sie wieder losschob.»

«Hat sie's Ihnen bei einer anderen Gelegenheit mal gesagt? Vielleicht andeutungsweise?»

«Als ich ein paar Wochen später aus dem Urlaub zurückkam, war sie schon tot. Jemand hat mir erzählt, daß sie erschossen wurde.»

«Mhm», machte Leaphorn. Die Onesalt war tot, und er rätselte an der Frage herum, warum man sie erschossen hatte. Er allein, allen anderen schien das ziemlich gleichgültig zu sein. Und das konnte etwas mit dem Motiv des Mörders zu tun haben. Niemand hatte die Onesalt gemocht, weil sie dauernd ihre Nase in Dinge steckte, die sie nichts angingen. Leaphorns Mutter hätte gesagt: «Sie ist eine Frau, die den Schafen beibringen will, was sie fressen sollen.» Die Onesalt hatte für den Social Service gearbeitet. Was mußte sie sich da um Todesdaten kümmern oder um das Umspannwerk in Shiprock oder darum, wie irgendein Navajo-Polizist mit einem Betrunkenen umgesprungen war?

Jenks räusperte sich. «Glauben Sie, daß es einen Zusammenhang gibt zwischen Irma Onesalts Interesse und ...?» Er ließ den Rest in der Luft hängen.

«Wer weiß?» sagte Leaphorn kurz angebunden. «Mordfälle in der Reservation sind Sache des FBI.» Er lauschte dem unfreundlichen Ton nach und merkte selbst, daß er sich ungehörig benahm. Was hatte er eigentlich gegen Jenks? Es lag gar nicht daran, daß der Arzt aus sich die Karikatur eines Navajo machte. Es lag an Leaphorns Ressentiments gegenüber allen Ärzten. Die Kerle taten immer so, als wüßten sie alles. Aber wenn er dann mit Emma ankam, stellte sich heraus, daß sie nichts wußten. Das war's, was in ihm fraß und nagte. Es war nicht fair, weder gegenüber Jenks noch gegenüber den anderen.

Jenks war – wie viele Ärzte im Indian Health Service – in die Große Reservation gekommen, weil er während der Ausbildung staatliche Stipendien in Anspruch genommen und sich verpflichtet hatte, nach dem Studium zwei Jahre im Militärdienst oder im Indian Health Service zu arbeiten. Aber Jenks war, wie viele andere auch, freiwillig länger geblieben. Er hatte auf den Mercedes und die Mitgliedskarte im Country Club, auf die Drei-Tage-Woche und den Winterurlaub auf den Bahamas verzichtet, weil er den Navajos helfen wollte beim Kampf gegen die Diabetes und die Ruhr und die Beulenpest – gegen all diese Krankheiten, die etwas mit einseitiger Ernährung und schlechtem Wasser und mangelnder Hygiene in der Einöde zu tun hatten. Leaphorn hatte keinen Grund, Jenks innerlich abzulehnen. Es war unfair, und es half ihm bestimmt nicht dabei, Jenks zum Reden zu bringen und vielleicht doch noch mehr aus ihm rauszuholen.

«Wir wissen natürlich über die Mordfälle auch Bescheid», versuchte er seine Einsilbigkeit wiedergutzumachen. «Aber was wir wissen, ist leider nur, daß das FBI im dunkeln tappt.» Wie ich, dachte Leaphorn. Rabenschwarzes Dunkel, sonst nichts. Und erst recht kein Hinweis darauf, wie dreieinhalb Mordfälle zusammengehören konnten, bei denen die einzige Gemeinsamkeit darin bestand, daß es kein Motiv zu geben schien. «Vielleicht hilft uns diese

Namensliste der Onesalt weiter. Sie sagen, es wären alles Namen von Navajos gewesen? Können Sie sich an einen erinnern?»

Leaphorn konnte Jenks ansehen, wie angestrengt er nachdachte. Damals, als die Onesalt mit der Liste bei ihm aufgetaucht war, hatten die späteren Mordopfer noch gelebt, alle drei. Aber wenn es nun vielleicht doch so etwas wie ein Wunder gab?

«Ethelmary Largewhiskers stand auf der Liste», erinnerte sich Jenks, ein Lächeln huschte um seine Lippen. «Und Woodysmother.»

Unwillkürlich verzog Leaphorn das Gesicht. Ausgerechnet an solche Namen erinnerte sich Jenks, an Indianernamen, die in den Ohren von Weißen komisch und lächerlich klangen. Über solche Namen amüsierten die Weißen sich auf ihren Cocktailparties, und vielleicht amüsierte sich Jenks eines Tages mit ihnen – irgendwann, wenn es ihm zu langweilig geworden war bei den Navajos, weil die Trunkenbolde ausgestorben waren, und weil es die kauzigen Einsiedler nicht mehr gab, die vierzig Meilen weit fürs Trinkwasser liefen und nachts bei ihren Schafherden schliefen, und weil es inzwischen überall in der Reservation öffentliche Verkehrsverbindungen gab, mit denen die Navajos zum Beispiel in die Stadt fahren konnten, um sich die Zähne richten zu lassen.

«Andere Namen?» fragte Leaphorn. «Es könnte wichtig sein.»

Jenks schien noch angestrengter nachzudenken, aber vergeblich. Er hob bedauernd die Schultern.

«Würde Ihnen der Name wieder einfallen, wenn Sie ihn hören?»

«Vielleicht», meinte Jenks.

«Was ist mit Wilson Sam?»

Jenks grübelte, schüttelte den Kopf. «Ist das nicht der, der im Frühsommer umgebracht wurde?»

«Richtig», bestätigte Leaphorn. «Stand er auf der Liste?»

«Kann mich nicht daran erinnern», sagte Jenks. «Aber – der Mann hat doch damals noch gelebt? Er ist erst nach Irma Onesalt ums Leben gekommen. Die Autopsie wurde in Farmington durchgeführt, der dortige Pathologe hat noch mit mir telefoniert.»

«Es hätte ja sein können...» sagte Leaphorn müde. «Wie ist es mit Dugai Endocheeney?»

Wieder zeigte Jenks' gequältes Mienenspiel, daß er sich alle Mühe gab. «Nein», sagte er schließlich, «auch nicht. Jedenfalls nicht auf der Liste, soweit ich mich erinnern kann. Ist ja schon 'ne Weile her.

Aber...» Er fingerte am Stirnband herum. «Aber war das nicht auch ein Mordfall? Ungefähr zur selben Zeit?»

«Ja.»

«Die Autopsie wurde auch von Joe Harris in Farmington durchgeführt. Jetzt weiß ich's wieder. Er hat einen Dime in einer der Stichwunden gefunden. Hat er mir selber erzählt.»

«Eine Geldmünze?» fragte Leaphorn verblüfft. Harris war der Pathologe im Krankenhaus in Farmington und zugleich der zuständige Coroner im San Juan-Distrikt. Pathologen und Polizisten schienen etwas gemeinsam zu haben: sie kannten sich offenbar gut und tauschten regelmäßig den neuesten Berufsklatsch aus.

«Harris hat mir erzählt», fuhr Jenks fort, «daß Endocheeney an mehreren Stichwunden, durch die Kleidung hindurch, starb. Da findet man immer was in den Wunden, Knöpfe, Kiessplitter, Zettel – alles mögliche. Und diesmal war's eben ein Dime.»

Leaphorn ging in Gedanken noch mal den FBI-Bericht über die Autopsie durch. Auf sein Gedächtnis konnte er sich fest verlassen. Er war völlig sicher, daß im Bericht nichts über einen Dime gestanden hatte. Es war allerdings von «Fremdkörpern» die Rede gewesen, und darunter konnte man natürlich auch eine Münze verstehen, obwohl Leaphorn eher an Fasern aus der Kleidung oder zersplittertes Glas gedacht hatte. Ein Dime? Ja, wenn der Stoß mit dem Messer heftig genug geführt worden war. Ein bißchen ausgefallen, aber durchaus möglich.

«Jedenfalls hat Endocheeney nicht auf der Liste gestanden?»

«Nein, ich glaube nicht», sagte Jenks.

Leaphorn brauchte lange, bis er sich zur nächsten Frage entschloß. «Und der Name Jim Chee?»

Jenks brauchte fast noch länger, um in seinem Gedächtnis zu kramen. Er schüttelte bedauernd den Kopf. Er konnte weder bestätigen noch ausschließen, daß er den Namen auf der Liste gelesen hatte.

8

Es war fast dunkel, als Chee auf den Parkplatz der Polizeidienststelle in Shiprock fuhr und den Wagen unter einer Weide abstellte. Der Schatten der Äste würde morgen früh so fallen, daß sich der

Geländewagen nicht schon unter den ersten Sonnenstrahlen aufheizte. Müde und ein bißchen steifbeinig ging Chee zu seinem eigenen Wagen hinüber, den hatte er auch im Schatten geparkt, ein paar Schritte abseits. Dasselbe tiefhängende Laubwerk, das ihn vor dem grellen Licht der Nachmittagssonne geschützt hatte, hüllte ihn jetzt in Dunkel. Und auf einmal war das alte Mißtrauen wieder da, dieses unbehagliche Gefühl, das Chee oben bei Badwater Wash und während der langen Fahrt zurück fast vergessen hatte. Er blieb stehen und starrte ins Dunkel. Der Lichtschein aus dem Gebäude hinter ihm reichte nicht bis zum Wagen. Chee drehte sich hastig um und ging in die Dienststelle.

Nelson McDonald hatte Nachtschicht, er lümmelte am Schreibtisch, die beiden obersten Uniformknöpfe offen. Vor ihm lag die *Farmington Times*, der Sportteil. Er guckte kurz hoch, sah, daß es Chee war, und nickte ihm zu.

«Na, lebst du noch?» Nicht einmal die Andeutung eines Lächelns spielte um seine Lippen.

«Bis jetzt ja.» Chee fand die Frage nicht spaßig. In zehn Jahren konnte er vielleicht darüber lachen. Dann war der Spuk vorbei und vergessen. Es braucht seine Zeit, aber irgendwann lachen Polizisten über alles, was ihnen widerfahren ist. Nur, soweit war es noch nicht. Im Augenblick spürte er noch Angst. Er spürte sie wie ein verkrampftes Zucken – ungefähr da, wo er seinen Magen vermutete. «Hat jemand was Verdächtiges beobachtet? Ich meine, daß einer um meinen Wagen rumgeschlichen ist?»

Officer McDonald kam ein Stück hoch. Er merkte, daß es Chee ernst war, seine frotzelnde Frage tat ihm nachträglich leid. «Nicht daß ich wüßte. Du hast ihn doch gleich da draußen stehen. Wenn da was gewesen wäre... Also, das hätte bestimmt einer gemerkt. Ich bin ziemlich sicher...» Aber dann hielt er es für besser, den Satz nicht zu Ende zu bringen.

«Eingänge für mich?» fragte Chee.

McDonald sah auf dem Nagelbrett nach, auf dem verschiedene Notizzettel aufgespießt waren. «Ja, einer.» Er gab Chee die Notiz.

Sofort Lt. Leaphorn anrufen, stand auf dem Zettel. Und darunter zwei Telefonnummern.

Chee erreichte den Lieutenant unter der zweiten Nummer zu Hause.

«Eigentlich wollte ich nur wissen, ob Sie irgendwas Neues über

Endocheeney rausgebracht haben», sagte Leaphorn. «Aber inzwischen haben sich ein paar andere Spuren ergeben. Haben Sie mir nicht mal erzählt, daß Sie vor nicht allzu langer Zeit ein Gespräch mit Irma Onesalt hatten? Wann war das genau?»

«Da müßte ich in meiner Dienstkladde nachsehen. Ich glaube, im April. Zweite Hälfte April.»

«Hat sie dabei eine Namensliste erwähnt? Eine Liste mit Namen von Verstorbenen? Sie wollte die Todesdaten feststellen.»

«Nein, Sir, daran würde ich mich bestimmt erinnern.»

«Sie haben mir erzählt, daß Sie für die Onesalt jemanden aus der Badwater-Klinik abgeholt haben. Einen Mann, der an einer Versammlung teilnehmen sollte. Aber man hat Ihnen den Falschen mitgegeben, und die Onesalt war ziemlich aufgebracht deswegen. Habe ich das richtig in Erinnerung?»

«Ja, Sir. Es ging um einen alten Mann namens Begay. Aber Sie wissen ja, wie das mit den Begays ist.» Begay war der in der Reservation am häufigsten verbreitete Name. Es war wie mit den Smiths in Kansas City oder den Chavezes in Santa Fe.

«Hat sie dabei über die Namensliste mit Ihnen gesprochen? Oder darüber, wie man Todesdaten feststellen kann?»

«Nein, Sir», sagte Chee. «Wir haben nur kurz miteinander gesprochen. Sie wartete schon vor dem Gemeindehaus, als ich mit dem alten Mann ankam. Ich war ein bißchen spät dran, und sie wollte wissen warum. Dann habe ich draußen gewartet, weil ich diesen Begay wieder zurückbringen sollte. Und plötzlich ist sie rausgeschossen gekommen und hat mir die Hölle heiß gemacht, warum ich ihr den Falschen anschleppe. Tja, und dann kam der alte Mann, und ich hab ihn in die Klinik zurückgebracht. Viel Zeit für eine Unterhaltung ist da nicht geblieben.»

«Nein, wirklich nicht», gab ihm Leaphorn recht. «Ich bin selbst ein paarmal mit der Onesalt aneinandergeraten.» Er lachte leise in sich hinein. «Wahrscheinlich haben Sie ein paar neue Kraftausdrücke kennengelernt?»

«Allerdings, Sir.»

Eine Weile war es still, dann sagte Leaphorn: «Also, kurz bevor sie erschossen wurde, ist sie mit einer Namensliste bei dem Pathologen im Krankenhaus in Gallup aufgekreuzt, sie wollte die Todesdaten feststellen. Falls Sie zufällig mal was über die Sache aufschnappen, lassen Sie's mich wissen, ja?»

«Mach ich», versprach Chee.

«Schön, und was haben Sie oben in Badwater rausgebracht?»

«Nicht viel. Endocheeney hatte Pfänder im Wert von ein paar hundert Dollar deponiert, wesentlich mehr als die Summe seiner Schulden, aber die Verwandten haben die Pfandgegenstände nicht eingelöst. Ach ja – und letzten Sommer ist er von einem Bauzaun gefallen und hat sich das Bein gebrochen. Wie gesagt, nicht viel.»

Wieder war es lange still, dann sagte Leaphorn in verdächtig mildem Tonfall: «In einem Punkt bin ich ganz komisch. Ich mag's nicht, wenn jemand ‹nicht viel› sagt. Ich hör mir lieber die Details an, und dann bin ich es, der feststellt, daß das nicht viel ist. Es kann aber auch sein, daß ich sage: ‹Interessant, das mit den Pfändern paßt genau zu einer anderen Information, die ich bekommen habe.› Was ich sagen will... Erzählen Sie mir, was Sie wissen, und ich entscheide dann, ob es wichtig ist oder nicht.»

Chee schluckte den Rüffel herunter und begann mit seinem Bericht. Er erzählte Leaphorn von Bent Woman und von den Brüdern Kayonnie, die morgens schon eine Bierfahne hatten, von dem Brief aus Window Rock und von den Krücken, die Iron Woman erst gar nicht annehmen wollte und jetzt nicht verkaufen konnte. Er erzählte alles, was ihm einfiel, und als er fertig war, blieb es am anderen Ende der Leitung so lange still, daß er sich fragte, ob Leaphorn überhaupt noch dran wäre. Er räusperte sich.

«Dieser Brief kam aus Window Rock», begann Leaphorn. «Aber von welcher Behörde? Und wann?»

«Im Juni», antwortete Chee, «vom Navajo Social Service. Jedenfalls sagt das Iron Woman.»

«Da war Irma Onesalt beschäftigt.»

«Ach?» machte Chee.

«Wo hat er die Krücken hergehabt?» wollte Leaphorn wissen.

«Aus der Badwater-Klinik. Dort haben sie ihm das gebrochene Bein gerichtet. Die leihen die Dinger kostenlos an ihre Patienten aus.»

«Und kriegen sie nie zurück», sagte Leaphorn. «Fällt Ihnen sonst noch was ein?»

«Nein, Sir.» Es klang sehr förmlich.

Leaphorn hatte gemerkt, daß Chee auf Distanz ging. «Ich hoffe, Sie verstehen jetzt, warum ich die Details brauche. Sie waren bisher in der Mordsache Onesalt nicht tätig. Darum konnte Ihnen auch nicht auffallen, daß möglicherweise hinter dem Brief vom Navajo Social Service Irma Onesalt steckt. Aber für mich gibt's da einen Zusammenhang: das Mordopfer Onesalt hat einen Brief an das Mordopfer Endocheeney geschrieben oder schreiben lassen.»

«Und das hilft uns weiter?»

Leaphorn lachte. «Nicht sehr viel. Aber wir haben auch sonst nichts, was uns weiterhilft. Haben Sie übrigens inzwischen eine Idee, wer auf Sie geschossen haben könnte?»

«Nein, Sir.»

Wieder ein Augenblick Stille. «Denken Sie weiter darüber nach. Ich wette, wenn wir's rausfinden, sagen Sie ‹verdammt, darauf hätte ich eigentlich selber kommen müssen›. Hinterher ist einem immer alles klar.»

«Kann sein», sagte Chee nachdenklich, bevor er den Hörer auflegte. Der Lieutenant stand in dem Ruf, daß er mit seinen Vermutungen immer ins Schwarze traf. Aber diesmal, glaubte Chee, hatte Leaphorn ins Leere gezielt.

Eigentlich war Chee ins Büro gekommen, um die Handlampe zu holen und draußen den Parkplatz abzusuchen. Jetzt, im hellerleuchteten Dienstgebäude kamen ihm seine Ängste auf einmal lächerlich vor. McDonald, der sich wieder in die *Times* vertieft hatte, würde bestimmt nur verwundert den Kopf schütteln. Also vergaß Chee, was er vorgehabt hatte, setzte sich an die Schreibmaschine und tippte eine Notiz für Largo.

An: Commanding Officer
Von: Chee
Betrifft: Diebstähle aus geparkten Touristenautos und Benzindiebstähle in der Aneth-Raffinerie
Zufällige Begegnung mit zwei jungen Männern aus der Familie Kayonnie am Handelsposten Badwater Wash. Fahren einen neuen GMC 4×4. Alkoholgenuß am Vormittag. Angeblich arbeitslos. Ich ermittle in der Sache weiter.

Er setzte sein Namenszeichen darunter, drückte McDonald die Notiz in die Hand und murmelte, schon halb unter der Tür: «Mach's gut, ich geh jetzt heim.»

Einen Augenblick blieb er vor dem Eingang stehen, bis seine Augen sich an die Dunkelheit gewöhnt hatten und er den Wagen hinten auf dem Parkplatz sehen konnte. Und nun war die Angst wieder da, stärker noch als zuvor. Der Gedanke, daß er über den dunklen Parkplatz gehen, ins Auto steigen und nach Hause fahren sollte, wo er wieder nur die Dunkelheit rings um den Wohnwagen antraf – dieser Gedanke war mehr, als er im Augenblick verkraften konnte. Er würde zu Fuß gehen, wenn er den Weg am Flußufer nahm, waren es nicht ganz zwei Meilen. Keine schwierige Strecke, auch bei Nacht nicht. Und nach den vielen Stunden hinter dem Lenkrad tat ihm das gut. Er überquerte die U.S. 666 und ging ein Stück auf der Straße weiter, bis der Fußweg abzweigte, der zum Fluß hinunterführte.

Er war gut zu Fuß, normalerweise brauchte er für die Strecke knapp eine halbe Stunde. Jetzt dauerte es länger, das lag an der Dunkelheit und daran, daß Chee möglichst lautlos an den Wohnwagen herankommen wollte, auf den letzten Metern schlich er geradezu. Noch einmal zehn Minuten, in denen er mit der entsicherten Pistole in der Hand das Buschgelände rings um den Wohnwagen absuchte. Er ließ keinen Winkel aus, in dem jemand mit der Schrotflinte im Dunkeln auf ihn lauern konnte. Nichts. Aber es gab noch eine Möglichkeit. Der Mordschütze konnte sich im Wohnwagen verstecken.

Er blieb geduckt hinter einem Wacholderbusch stehen und starrte auf den Aluminiumaufbau. Der Halbmond warf bleiches Licht auf die Szene, die Baumwollbäume zeichneten bizarre Schatten auf den Wohnwagen. Kein Lufthauch, ringsum war alles still, nur das dumpfe Röhren der Lastwagenmotoren drang vom Highway herüber. Es war unmöglich, von hier draußen festzustellen, ob sich jemand im Wohnwagen verborgen hielt oder nicht. Chee hatte zwar heute morgen zugeschlossen, aber so ein Türschloß war leicht aufzubrechen. Er überlegte, was er tun sollte. Ein beschissenes Leben, fluchte er leise in sich hinein. Sein erster Gedanke war, auf die Nacht im Wohnwagen zu pfeifen, zu Fuß den Weg zurückzugehen, den er gekommen war, in den Dienstwagen zu steigen und sich ein Motel zu suchen. Aber da er nun schon mal hier war, lag es eigentlich näher, seine Ängste zum Teufel zu schicken, in die eine Hand den Schlüssel zu nehmen, in die andere die Pistole, geradewegs auf die Tür zuzumarschieren und einfach aufzuschließen. Und da fiel ihm die Katze ein.

Die trieb sich wahrscheinlich irgendwo hier draußen herum und jagte Beute, wie sie's immer getan hatte, bis Chee anfing, sie mit Essensresten zu verwöhnen. Vielleicht war es noch zu früh, auf die

Jagd zu gehen, vielleicht schlief sie noch und brach erst spät in der Nacht zu ihren Beutezügen auf? Wahrscheinlich. Chee hatte ja oft genug beobachtet, daß sie erst im Morgengrauen in ihren Bau zurückkam.

Der Wacholderbusch, hinter dem Chee sich duckte, war nicht weit vom Bau der Katze entfernt. Chee raffte im Dunkeln eine Handvoll Erde und kleine Steine zusammen und schleuderte sie dahin, wo er die Katze vermutete. Später wurde ihm klar, daß die Katze weder auf der Jagd gewesen war noch in ihrem Bau geschlafen hatte. Sie mußte ihn schon die ganze Zeit beobachtet haben, denn jetzt kam sie wie ein Blitz aus dem Gestrüpp geschossen. Im fahlen Mondlicht sah er sie zum Wohnwagen rennen, und dann hörte er das vertraute Klackklack. Er atmete tief durch, entspannte sich. Nein, da drin lauerte ihm bestimmt keiner auf.

Aber er brachte es jetzt nicht mehr fertig, sich im Wohnwagen schlafen zu legen. Er packte den Schlafsack, das Waschzeug und frische Kleidung für den nächsten Tag zusammen und ging zur Polizeistation zurück. Die Spannung hatte sich gelöst, die Angst war verschwunden. Das Auto in der dunklen Ecke auf dem Parkplatz war nichts anderes als das, was es immer gewesen war: sein Wagen, ein alter, von vielen Meilen vertrauter Kumpel aus Blech. Er schloß die Tür auf, stieg ein und ließ den Motor an. Dann fuhr er über den San Juan und die 504 nach Westen. Der Mond schien auf die Chuskas im Süden, die Bergrücken sahen aus wie die gekrümmten Buckel lauernder Riesentiere. Autoscheinwerfer, weit hinter ihm. War ihm doch jemand gefolgt? Kurz hinter Behclahbeto lenkte er den Wagen ein Stück die Böschung hinauf, schaltete das Licht aus und wartete. Nichts. Nur ein Lastwagen, der vorbeidonnerte und hinter der nächsten Steigung verschwand.

Chee ließ den Wagen wieder an. Er fuhr nicht auf der 504 weiter, sondern bog auf einen staubigen Fahrweg ab, der durch kniehohe Beifußkräuter bis zu einem ausgetrockeneten Bachlauf führte. Ein Stück das Bachbett hinauf stellte er den Wagen ab und rollte den Schlafsack aus.

Er lag auf dem Rücken, schaute hoch zu den Sternen und dachte über die Angst nach und wie sie von ihm Besitz ergriffen hatte. Dann fiel ihm das Knochenstückchen ein, das man in Endocheeneys Leiche gefunden hatte, jedenfalls behauptete das Iron Woman. Vielleicht war das Ganze nur ein Gerücht. Sooft etwas Schlimmes passiert, wuchern die Gerüchte wie das Schlangenkraut nach dem Regen. Aber es konnte auch etwas dran sein. Vielleicht hatte jemand geglaubt, Endocheeney hätte ihn verhext. Der Mörder mochte gedacht haben, der Zauber wäre durch ein Knochenstückchen von einem Toten über ihn gekommen. So war er mit dem Übel des Bösen in Berührung gekommen, und nun gab er es dem zurück, der ihn verhext und den er getötet hatte. Es konnte aber auch sein, daß der Mörder der Zauberer war.

Wie hatten die Leute in Badwater Wash das mit dem Knochenstückchen überhaupt erfahren? Die Antwort war nicht schwierig. Bei der Autopsie war das Stückchen gefunden worden, für den Pathologen nichts als ein Fremdkörper in der Wunde. Immerhin, die Sache war merkwürdig, er hatte sie beiläufig in einem Gespräch erwähnt. Und schon machte die Neuigkeit die Runde. Navajos hörten davon – eine Krankenschwester oder ein Pfleger. Und jeder Navajo wußte sofort, was das Knochenstückchen bedeuten mußte. Diese Nachricht hatte mit Blitzgeschwindigkeit auch Badwater Wash erreicht.

Und warum hatte er dem Lieutenant nichts davon erzählt, trotz dessen Drängen, ihm über alle Details zu berichten? Weil das Ganze eben nur ein Gerücht war, versuchte Chee sich zu beschwichtigen. Doch er wußte, daß es in Wirklichkeit einen anderen Beweggrund gab. Chee hatte dem Lieutenant nichts darüber erzählt, weil er Leaphorns Aversion gegen das Gerede über Zauberei kannte und geahnt hatte, wie Leaphorn reagieren würde.

Na gut, vielleicht erzählte er's ihm morgen.

Er rollte sich auf die Seite und versuchte einzuschlafen. Morgen würde er nach Farmington fahren, Bistie im Gefängnis besuchen und mit ihm über Hexerei und Zauberer reden. Jedenfalls wollte er's versuchen.

9

«Ich schätze, du wirst zu spät kommen», sagte der Officer in Farmington am Telefon. «Da ist schon eine Rechtsanwältin unterwegs, um ihn rauszuholen.»

«Was für eine Rechtsanwältin?»

«Vom DNA. Sie kommt extra aus Shiprock rüber.»

«Genau wie ich», sagte Chee. Er versuchte sich an den Namen des Officers zu erinnern. Die Stimme war ihm gleich bekannt vorgekommen, aber der Name...? Ja, jetzt hatte er's wieder. «Hör zu, Fritz, wenn sie vor mir da ist, kannst du sie doch sicher eine Weile hinhalten? Tu so, als wären noch ein paar Formalitäten zu erledigen.»

«Ich werd's probieren, Jim», versprach Fritz. «Die Leute werfen uns ja sowieso vor, daß bei uns immer alles zu lange dauert. Kannst du's bis neun schaffen?»

Chee sah auf die Uhr. «Bestimmt», behauptete er.

Von der Polizeistation Shiprock bis zum Gefängnis in Farmington waren es ungefähr dreißig Meilen. Unterwegs überlegte Chee, wie er am besten mit der Rechtsanwältin verhandeln sollte. Falls sie sich überhaupt auf Verhandlungen einließ. DNA war die Abkürzung für Dinebeiina Nahiilna be Agaditahe, was grob übersetzt hieß «die Leute mit der schnellen Zunge, die anderen aus der Patsche helfen», für die Navajos praktisch dasselbe wie die Legal Aid Society für die Weißen, eine Organisation, die kostenlosen Rechtsbeistand gewährte. Früher, erinnerte sich Chee, waren vorwiegend junge, sozial engagierte Leute für das DNA tätig gewesen, Hitzköpfe, die der Navajo Tribal Police sehr skeptisch, wenn nicht gar feindlich gegenüberstanden. Jetzt hatte sich das ein bißchen gebessert, aber das Verhältnis war immer noch ausgesprochen kühl und von gegenseitigem Mißtrauen geprägt. Chee machte sich auf Ärger gefaßt.

Na, wennschon.

Als er in Farmington ankam, saß im Besucherraum des Gefängnistrakts D eine junge Frau in einer weißen Seidenbluse. Sie war klein und schmächtig, eine Navajo mit kurzgeschnittenem schwarzem Haar und dunklen Feueraugen voller Zorn. Und in diesen Augen las Chee Mißtrauen und eindeutige Ablehnung, wenn nicht gar Verachtung.

«Sie sind Chee? Der Mann, der meinen Mandanten festgenommen hat?» fragte sie.

«Jim Chee», bestätigte er und merkte rechtzeitig, daß es wohl nicht angebracht wäre, ihr die Hand hinzustrecken. «Genaugenommen habe ich ihn nicht festgenommen. Die Bundespolizei...»

«Ich weiß», fiel ihm Feuerauge ins Wort und kam mit einer graziösen Bewegung auf die Füße. «Hat der FBI-Agent Kennedy Ihnen – und hat er vor allem Mr. Bistie erklärt, daß ein Bürger, auch ein Navajo, das Recht hat, sich mit einem Anwalt zu beraten, bevor man ihn verhört?»

«Die Rechte sind ihm vorgelesen...»

«Und sind Sie sich darüber im klaren, daß Sie absolut kein Recht haben, Mr. Bistie ohne konkrete Anklage in diesem Gefängnis festzuhalten?» Jedes einzelne Wort kam mit abgezirkelter Schärfe. «Sie wissen, daß er den Mord nicht begangen hat. Trotzdem halten Sie ihn hier fest. Um mit ihm zu reden, wie Sie das nennen.»

«Er ist hier, weil wir ihn verhören müssen.» Chee merkte, daß er rot geworden war. Er wußte, daß Officer Fritz Langer vom Police-Department Farmington hinter seinem Schreibtisch saß und alles mit anhörte. Als er den Kopf drehte, sah er, daß Langer nicht nur zuhörte, sondern auch unverschämt grinste. «Er hat zugegeben, daß er mit dem Gewehr auf...»

Wieder ließ Feuerauge ihm keine Chance. «Er hatte vor dieser Aussage keine Gelegenheit, mit einem Rechtsbeistand zu sprechen. Und im Augenblick wird Mr. Bistie nur festgehalten, weil Sie mit ihm reden wollen, wobei Sie's nicht mal besonders eilig gehabt haben, von Shiprock hierher zu kommen. Dafür gibt es erst recht keine Rechtsgrundlage. Sie haben das mit dem zuständigen Officer im Gefängnis so abgesprochen, und der läßt natürlich einen alten Kumpel nicht im Stich.»

Langers Grinsen verkümmerte. «Da ist eine Menge Papierkram zu erledigen», protestierte er. «Hier geht's schließlich um einen Fall, für den die Bundespolizei zuständig ist.»

«Stecken Sie sich Ihr Gerede vom Papierkram sonstwohin!» fauchte Feuerauge ihn an. «Was hier gespielt wird, ist üble Kumpanei. Ihr Duzfreund...» Sie zielte mit dem Daumen auf Chee, eine Geste, die ein höflicher Navajo sich nie erlaubt hätte. «Ihr alter Duzfreund hat Sie angerufen und Ihnen zugeredet, Sie sollten Mr. Bistie so lange in der Zelle behalten, bis er mit ihm geredet hätte. Notfalls bis heute abend, wie?»

«Unsinn», sagte Langer. «Sie wissen doch selbst, wie genau das FBI die Dinge nimmt. Da muß jedes I-Pünktchen stimmen.»

«Na schön, Mr. Chee ist jetzt da. Malen Sie Ihre I-Pünktchen, und lassen Sie Mr. Bistie frei.»

Langer guckte verbiestert, griff zum Hörer und führte ein kurzes Telefongespräch. «Er wird gleich draußen sein», sagte er, langte nach unten und zog eine braune Papiertüte hervor, auf der mit rotem Leuchtstift *R. Bistie, Westflügel* geschrieben stand. Chee zuckte nervös zusammen. In die Papiertüte hätte er gern mal einen Blick geworfen. Aber dazu war es jetzt zu spät. Er hätte früher auf die Idee kommen müssen, ehe Feuerauge hier aufgekreuzt war.

Er versuchte es mit einem gewinnenden Lächeln. «Ich brauche wirklich nur ein paar Minuten. Nur ein paar Auskünfte.»

«Worüber?» fragte Feuerauge mißtrauisch.

«Wenn wir wüßten, warum Bistie die Absicht hatte, Endocheeney zu töten...» Hastig fügte er hinzu: «Und er sagt selber, daß er das vorhatte. Also, wenn wir das wüßten, hätten wir vielleicht einen Hinweis auf das Motiv des Mörders. Ich meine den, der Endocheeney später erstochen hat.»

Feuerauge ließ ihn kühl abblitzen. «Stellen Sie einen Antrag. Vielleicht will er mit Ihnen reden, vielleicht auch nicht.»

«Vermutlich wird es nicht schwierig sein, ihn erneut festzunehmen. Er hat auf Endocheeney geschossen.»

«Ja, vermutlich wird das nicht schwierig sein», gab sie zu. «Aber beim zweitenmal sollten Sie darauf achten, daß alles legal zugeht. Jetzt passe ich nämlich auf, und ich bin nun mal der Meinung, daß sogar ein Navajo verfassungsmäßige Rechte hat.»

Ein Gefängnisbeamter schob Roosevelt Bistie durch die Tür, klopfte ihm auf die Schulter, sagte freundlich «bis zum nächstenmal» und verschwand.

Feuerauge ergriff sofort das Wort. «Mr. Bistie, ich bin Janet Pete. Wir haben gehört, daß Sie einen Rechtsbeistand brauchen. Deshalb hat mich das DNA hergeschickt. Ich vertrete Sie.»

Bistie nickte ihr zu. *«Ya-ta-hey»*, sagte er. Dann sah er Chee an, nickte wieder und lächelte. «'n Rechtsbeistand brauch ich nicht», sagte er. «Ich weiß ja inzwischen, daß jemand den Dreckskerl umgelegt hat. Ich hab ihn leider nicht getroffen.» Er lachte und sah vergnügt aus, aber Chee sah nur einen kranken alten Mann vor sich.

Janet Pete warf Chee einen raschen Seitenblick zu, ehe sie zu Bistie sagte: «Sie brauchen einen Rechtsbeistand. Jemand muß Ihnen klarmachen, daß Sie mit Ihren Äußerungen vorsichtig sein sollen.» Sie wandte sich an Langer. «Ich möchte irgendwo ungestört mit meinem Klienten reden. Unter vier Augen.»

«Kein Problem», sagte Langer, gab Bistie die Papiertüte und deutete den Flur hinunter. «Letzte Tür links.»

Chee bat rasch: «Miss Pete, würden Sie Ihren Klienten fragen, ob ich anschließend kurz mit ihm reden kann? Sonst...»

«Sonst?» fragte sie scharf.

«Sonst müßte ich den weiten Weg bis zu seinem Hogan in den Lukachukais fahren. Und das alles wegen drei oder vier Fragen, die ich das letzte Mal nicht gestellt habe.»

«Mal sehen», sagte Janet Pete und ging mit Bistie den Flur hinunter.

Chee starrte durchs Fenster nach draußen. Der Rasen brauchte dringend Wasser. Warum mußten die Weißen eigentlich überall Gras säen, auch da, wo es gar nicht wachsen konnte, wenn man nicht dauernd hinterher war? Das war ihm schon immer ein Rätsel, er hatte auch mit Mary Landon darüber gesprochen und die Vermutung geäußert, es ginge den Weißen wahrscheinlich nur darum, der Natur etwas abzutrotzen. Mary hatte gesagt, nein, sie wollten es nur einfach schön haben. Chee hob den Blick. Hinter dem Rasen, am anderen Ufer des San Juan, begann die Strauchwüste. Er fand das karge Land schöner, es paßte besser hierhin. Der Himmel war fast wolkenlos, die trockene Hitze lastete wie ein bleiernes Tuch auf der Reservation. Sogar das Schlangenkraut, das neben dem Gehweg rankte, sah vertrocknet aus.

Langer hatte wohl das Gefühl, er müsse sich entschuldigen. «Ich hab ihr nichts über unser Gespräch gesagt. Ich meine, daß ich sie noch 'n bißchen hinhalten sollte. Sie muß von selber drauf gekommen sein.»

Chee nickte. «Schon gut. Ich glaube, sie mag Cops sowieso nicht.» Und auf einmal formte sich eine Idee. «Weißt du, was in Bisties Tüte war?»

Die Frage schien Langer zu verblüffen. Er zuckte die Achseln. «Das Übliche. Die Geldbörse. Autoschlüssel. Taschenmesser. So 'n kleiner Beutel aus Rehleder, wie eure Leute ihn manchmal einstekken. Und 'n Taschentuch. Nichts Besonderes.»

«Hast du dir die Geldbörse angesehen?»

«Das Geld wird bei der Einlieferung gezählt.» Langer blätterte die Zettel am Clipboard durch. «Er hatte 'n Zehner und drei Eindollarscheine und dreiundsiebzig Cents Kleingeld. Dazu Führerschein und so weiter.»

«Kannst du dich sonst an irgendwas erinnern?»

«Ich hatte bei der Einlieferung dienstfrei», sagte Langer, «Al hat sich darum gekümmert. Hier auf dem Zettel steht: Keine sonstigen Wertgegenstände.»

Chee nickte.

«Wonach suchst du denn?»

«Ach, nichts Besonderes. Ich stochere nur so rum. Manchmal kriegt man auf die Weise auch einen Fisch ins Netz.»

Langer nahm das Stichwort sofort auf. «Da wir gerade davon sprechen, kannst du mir 'n Angelschein für den Wheatfields Lake besorgen? Kostenlos natürlich.»

«Hör mal, du müßtest eigentlich wissen...»

Janet Pete erschien auf dem Flur. «Er ist einverstanden, Sie können mit ihm reden.»

«Danke», sagte Chee.

Das Zimmer war spärlich möbliert. Ein Holztisch und zwei Stühle, auf dem einen saß Bistie, die Papiertüte stand zwischen seinen Beinen. Er sah müde aus und hatte die Augen bis auf einen schmalen Spalt geschlossen. Chee langte nach dem anderen Stuhl, zögerte und sah Janet Pete fragend an. Sie stand, an die Wand gelehnt, hinter Bistie.

«Könnte ich ihn allein sprechen?» fragte Chee.

«Ich bin Mr. Bisties Rechtsbeistand, ich bleibe.»

Chee setzte sich entmutigt. Es war sowieso fraglich gewesen, ob Bistie etwas erzählen würde. Er hatte es ja bisher auch nicht getan. Und es war recht fraglich, ob er auf das Thema eingegangen wäre, das Chee anschneiden wollte. Zauberei. Für einen Navajo gab es genug Gründe, dazu lieber nichts zu sagen. Zauberer mochten es gar nicht, wenn man über sie und ihr finsteres Treiben redete. Darum war es ein Gebot der Klugheit, über Zauberei – wenn überhaupt – nur mit einem guten Freund zu reden. Nicht mit einem Fremden. Und schon gar nicht mit zwei Fremden. Trotzdem, es kam auf einen Versuch an.

«Ich habe etwas gehört, was du bestimmt auch erfahren möchtest», begann Chee. «Ich werde es dir erzählen. Und dann werde ich dir eine Frage stellen. Ich hoffe, daß du sie beantwortest. Aber wenn nicht, werde ich deine Entscheidung akzeptieren.»

Bistie sah ihn aufmerksam an. Und nicht nur er, auch Janet Pete.

Chee sprach langsam und beobachtete Bisties Miene. «Was ich dir jetzt erzähle, habe ich von den Leuten oben in Badwater Wash gehört, und sie haben es auch irgendwo gehört. Sie haben gehört, man hätte in der Leiche des Mannes, auf den du geschossen hast, ein kleines Stück Knochen gefunden.»

Es dauerte nur einen Augenblick, dann fing Bistie zu lächeln an. Ein flüchtiges Lächeln, kaum wahrnehmbar. Er nickte Chee zu.

Chee schielte zu Janet Pete hoch. Ihr Gesicht war ein einziges Fragezeichen.

«Du mußt verstehen, daß ich natürlich nicht weiß, ob das wahr ist», fuhr Chee fort. «Ich werde in das Krankenhaus fahren, in das man den Mann damals gebracht hat. Vielleicht erfahre ich dort, ob es wahr ist. Möchtest du, daß ich es dir dann erzähle?»

Bistie lächelte nicht mehr, er schien irgend etwas in Chees Gesicht zu suchen. Aber er nickte.

«Und jetzt kommt meine Frage. Besitzt du so ein kleines Stück Knochen?»

Bistie starrte Chee ausdruckslos an.

«Geben Sie ihm darauf keine Antwort», fuhr Janet Pete dazwischen. «Erst will ich wissen, was er vorhat.» Sie wandte sich stirnrunzelnd an Chee. «Was soll das? Offenbar versuchen Sie, Mr. Bistie zu einer Aussage zu verleiten, die ihn belasten könnte. Worauf wollen Sie eigentlich hinaus?»

«Wir wissen, daß Mr. Bistie nicht Endocheeneys Mörder ist», antwortete Chee. «Aber wer es ist, wissen wir nicht, und solange wir das mögliche Motiv nicht kennen, werden wir es kaum herausfinden. Mr. Bistie schien einen triftigen Grund zu haben, Endocheeney zu töten, einen Grund, der ihn immerhin veranlaßt hat, es zu versuchen. Vielleicht war sein Grund derselbe, den der Mörder hatte. Vielleicht war Endocheeney ein Skinwalker. Vielleicht hatte er Mr. Bistie verhext und ihm ein Stückchen Zauberknochen zugesteckt. Wenn es so war, dann kann er auch noch jemanden anderen verhext haben. Wenn was dran ist an dem, was ich in Badwater Wash gehört habe, dann könnte das Stückchen Knochen eine wichtige Rolle spielen. Endocheeney hat es seinem späteren Mörder zugespielt, und der hat es Endocheeney mit dem Messer in den Leib gestoßen, um den Zauber von sich abzuwenden und auf Endocheeney zurückzulenken.» Alles, was er sagte, schien für Janet Pete bestimmt zu sein, und ihr wandte er auch sein Gesicht zu. Aber aus den Augenwinkeln beobachtete er Bistie, und wenn es überhaupt etwas in der Miene des alten Mannes zu lesen gab, dann war es Genugtuung.

«Für mich hört sich das wie ausgemachter Blödsinn an», sagte Janet Pete.

«Würden Sie Ihrem Klienten bitte empfehlen, daß er jetzt meine Frage beantwortet und mir sagt, ob Endocheeney seiner Meinung nach ein Zauberer war», bat Chee.

«Ich werde mit ihm darüber reden», sagte sie. «Aber im Augenblick halten Sie ihn durch Ihre Fragerei nur unnötig auf. Es liegt keine Anklage gegen ihn vor.»

«Es geht um einen Mord. Und das mit der Anklage kann sich rasch ändern. Mordversuch.»

«Worauf wollen Sie eine solche Anklage stützen?» fragte Janet Pete spitz. «Auf seine eigenen Äußerungen, bevor er einen Anwalt konsultieren konnte? Mehr haben Sie doch nicht.»

«Auf seine eigenen Aussagen und auf ein paar andere Dinge», behauptete Chee. «Zeugen haben ihn zur Tatzeit gesehen. Jemand hat sich die Wagennummer gemerkt. Und wir haben das Geschoß gefunden.» Der letzte Punkt war eine glatte Lüge. Das Projektil war nicht gefunden worden, man hatte nicht einmal danach gesucht. Warum auch, wenn der Schuß doch sowieso vorbeigegangen war? Und sie hatten ja das Schlachtermesser, die eigentliche Tatwaffe. Aber als Druckmittel gegenüber Janet Pete konnte auch eine plumpe Lüge nützlich sein.

«Ich glaube nicht, daß das für eine Anklage genügt», meinte sie.

Chee zuckte die Achseln. «Nicht meine Sache. Kennedy...»

«Ich werde Kennedy anrufen», sagte sie. «Und zwar, weil ich Ihnen nicht glaube.» Sie ging zur Tür, legte die Hand auf den Knauf, lächelte kühl. «Kommen Sie?» fragte sie Chee.

«Ich bleibe noch», antwortete er.

«Dann verlasse ich mit meinem Klienten den Raum.» Sie gab Bistie einen Wink. Er stand auf, stützte sich mit der Hand auf der Tischplatte ab und ging zur Tür.

«Die Befragung ist zu Ende», sagte Janet Pete und zog die Tür hinter sich ins Schloß.

Chee wartete einen Augenblick, dann ging er zur Tür, öffnete sie einen Spalt und sah, daß Janet Pete am Münztelefon stand. Rasch zog er die Tür wieder zu und griff nach Bisties Tüte. Er kramte darin, fand aber nichts Interessantes und zog die Geldbörse heraus.

Im Fach, in dem die Geldscheine steckten, fand er, was er suchte. Ganz in der Ecke, ins Leder geschmiegt, lag eine kleine Kugel. Er rollte sie zwischen Daumen und Zeigefinger, hielt sie ins Licht. Dann steckte er sie zurück, legte den Geldbeutel wieder in die Tüte und stellte sie unter Bisties Stuhl. Die winzige Kugel schien aus Knochen geschnitzt zu sein. Sie sah genauso aus wie das elfenbeinfarbene Kügelchen, das im Wohnwagen auf dem Boden gelegen hatte.

10

Der Gewittersturm raste durchs Tal auf sie zu. Eine grauweiße Staubwand türmte sich vor ihnen auf, so undurchdringlich, daß die fernen Umrisse der Black Mesa auf einmal verschluckt waren. Windhexen wirbelten über den Boden, losgerissenes dorniges Buschwerk, das gespenstisch aus dem Staubnebel auftauchte und im nächsten Augenblick vorbeigetanzt war.

Officer Al Gorman und Joe Leaphorn standen neben dem Geländewagen, der Weg führte zum Chilchinbito Canyon. Rings um sie dehnten sich Felder aus wildem Salbei. «Hier», sagte Gorman, «genau hier hat er den Wagen geparkt. Einen Pickup, nehme ich an.»

Leaphorn nickte. Eine kleine Schweißspur rann Gorman den Nacken herunter zum Hemdkragen. Zum Teil lag es wohl an der Hitze, zum Teil daran, daß Gorman dringend ein paar Kilo abnehmen mußte. Aber, dachte Leaphorn, zum Teil liegt's auch daran, daß ich ihn nervös mache.

«Da oben, wo er Sam umgebracht hat, fängt die Spur an, direkt am Steilhang über dem Chilchinbito. Dann führt sie da drüben den Hang runter, ungefähr da, wo man die Ölschieferplatten sieht», zeigte Gorman, «und dann quer durch den Salbei bis hierher.»

Leaphorns einzige Reaktion war ein unbestimmtes Grunzen. Er beobachtete fasziniert, wie die Staubwand das Tal hinunterzog, an den Rändern ausgefranst vom trichterförmig wirbelnden Wind. Eine dieser kleinen Windhosen war über einer Gipsgrube angekommen, auf einmal schien sich ein weißer Schleier über die graue Wand zu legen. Leaphorn mußte daran denken, wie sehr Emma solche Naturschauspiele genoß, wieviel Schönheit sie darin entdeckte und wie viele Geschichten aus der Mythologie sie damit verbinden konnte. Jetzt würde sie sagen, es wären die Gestalt gewordenen Wirbelwinde, die Blue Flint Boys des *yei*, die da drüben spielten. Heute abend mußte er ihr erzählen, wie es hier in der Hochebene unter dem Sege Butte ausgesehen hatte. Das heißt, falls er sie wach antraf – und nicht wieder, wie so oft in letzter Zeit, in diesem Dämmerzustand, in dem sie nicht ansprechbar war.

Gorman redete immer noch über die Spuren. Wie er sie oben am Tatort entdeckt hatte und ihnen bis hier herunter gefolgt war. «Hat's mächtig eilig gehabt wegzukommen», sagte er. «Die Räder haben sich tief eingegraben und Gras und Erde hochgeworfen. Und ein Stück weiter unten hat er gewendet und ist zur Straße zurückgefahren.»

«Wo genau war der Tatort?»

«Sehen Sie die Buschgruppe? Über dem Schiefergestein – eine Daumenbreite rechts daneben stehen ein paar Wacholderbüsche. Dort hat sich der Mann, der getötet wurde...» Er unterbrach sich und schielte zu Leaphorn hinüber, als wäre er nicht schlüssig, ob er in Gegenwart des Lieutenant den Namen des Toten aussprechen dürfe. Anscheinend hatte er sich entschlossen, es einfach darauf ankommen zu lassen, denn er fing den Satz noch einmal neu an. «Dort hat sich Wilson Sam aufgehalten. Allem Anschein nach hat er da oben häufig Rast gemacht, wenn er mit den Schafen unterwegs war. Ungefähr zehn Meter rechts neben der Wacholdergruppe ist der Mörder über ihn hergefallen.»

«Hat er nicht einen Riesenumweg gemacht bei der Kletterei über das Schiefergestein?» fragte Leaphorn.

«Das kommt einem nur von hier unten so vor, weil man nicht sehen kann, wie stark das Gelände eingeschnitten ist», erklärte ihm Gorman. «Wenn man den kürzesten Weg nimmt, stößt man genau über der Schiefernase auf einen Hohlweg mit steilen Böschungen. Und wenn man den, statt runter und wieder rauf zu kraxeln, umgehen will, muß man mitten durch die Schafherde. Also, in unserem Fall ist der kürzeste Weg...»

Leaphorn unterbrach ihn. «Den kürzesten Weg ist er nach dem Mord gegangen. Aber wie war's mit dem Hinweg?»

Gorman sah ihn verdutzt an.

Leaphorn wollte es sich selbst noch einmal klarmachen. «Er kam auf der Suche nach Sam mit dem Wagen hier auf dem Fahrweg lang. Dann hat er Sam da oben bei den Wacholderbüschen entdeckt. Oder vielleicht auch nur die Schafe. Viel weiter wäre er aber mit dem Wagen nicht gekommen, also hat er ihn hier stehenlassen und ist ausgestiegen. Er mußte da hoch, denn er war hinter Sam her. Sie sagen, der schnellste Weg wäre da rechts rüber, dann über das Schiefergestein bis hoch zum Kamm. Dort oben mußte er den Hohlweg umgehen und dazu, wenn er nicht mitten durch die Schafherde laufen wollte, einen Bogen nach rechts schlagen. Also mußte er sich anschließend wieder links halten, auf die Wacholderbüsche zu. Eine ziemlich weite Strecke. Und trotzdem der kürzeste Weg. Auf jeden Fall hat er ihn für den Rückweg genommen. Aber ist er auch auf dem gleichen Weg hingekommen?»

«Sicher. Ich glaub's jedenfalls. Hab nicht drauf geachtet. Ich meine, das war ja eigentlich nicht so wichtig. Ich hab mich mehr um seinen Fluchtweg gekümmert.»

«Versuchen wir's rauszufinden», meinte Leaphorn. Einfach war das bestimmt nicht. Aber auf einmal regte sich ein Funke Hoffnung in ihm. Wenn sie neue Spuren fanden, konnten sie vielleicht daraus schließen, ob Wilson Sams Mörder sich hier in der Gegend auskannt hatte oder nicht. Ein Hoffnungsfunke? Eigentlich nur ein schwaches Glimmen. Aber vielleicht kamen sie wenigstens einen winzigen Schritt weiter.

Er hatte sich das fest vorgenommen, gleich heute morgen beim Frühstück. Irgend etwas mußte er herausfinden. Und wenn es auch nur ein Mosaiksteinchen wäre: Aus vielen solchen Steinchen entsteht eben doch eines Tages ein Bild. Das Bild, das ihm Klarheit über die drei Mordfälle verschaffen sollte.

Es war ein einsames Frühstück gewesen, mit Maisbrei, halb aufgetautem Brot aus dem Kühlschrank und ein paar Scheiben Salami. In den dreißig Jahren ihrer Ehe war Emma immer zuerst aufgestanden, fast noch im Morgengrauen. Aber heute morgen hatte sie geschlafen, und Leaphorn war auf Zehenspitzen durchs Schlafzimmer gehuscht, um sie nicht zu stören.

Sie hatte sehr abgenommen, weil sie kaum etwas aß. Bevor Agnes gekommen war, hatte Emma das Essen einfach vergessen, wenn er nicht da war und auf sie aufpassen konnte. Er hatte ihr, ehe er ins Büro ging, den Lunch hingestellt, aber wenn er abends nach Hause kam, sah er, daß sie nichts angerührt hatte. Inzwischen war es so schlimm, daß sie manchmal nur gedankenverloren vor sich hin starrte, auch wenn der gefüllte Teller direkt vor ihr stand. «Emma», redete er ihr dann zu, «du mußt essen.» Und sie schaute verwirrt hoch, er sah das verlegene, halb verlorene Lächeln und hörte sie sagen: «Ja, es schmeckt gut. Ich hab's nur vergessen.» Heute morgen, während er sich das Hemd zuknöpfte, hatte er gesehen, wie tief ihre Wangen eingefallen waren. Und dabei hatte er ihr Gesicht ganz anders in Erinnerung. So fraulich weich, wie er es damals bei ihrer ersten Begegnung auf dem Campus der Staatsuniversität von Arizona gesehen hatte und wie er es heute noch vor sich sah, wenn er die Augen schloß.

Arizona... Seine Mutter hatte, wie es das alte Ritual der Navajos verlangte, nach der Geburt die Nabelschnur neben dem Hogan unter den Wurzeln einer Pinie vergraben, um so das Kind für immer an seine Familie und an sein Volk zu binden. Aber es lag eigentlich an Emma, daß er nie von der Großen Reservation losgekommen war. Sie wollte nicht ohne die Heiligen Berge leben und er nicht ohne Emma.

Heute morgen, als er ihre eingefallenen Wangen, die dunklen Schatten unter den Augen und die tief eingegrabenen Linien an den Mundwinkeln gesehen hatte, war er erschrocken. Sie hätte über seine Besorgnis wieder nur gelächelt und gesagt: «Mir geht's gut. Mir ist es noch nie besser gegangen. Anscheinend hast du im Büro nicht genug zu tun, und aus lauter Langeweile fängst du an, dir um mich Sorgen zu machen.» Aber in letzter Zeit gab sie zu, daß sie Kopfschmerzen hatte. Und sie wußte, daß ihm ihre Vergeßlichkeit längst aufgefallen sein mußte. So wie ihm natürlich auch nicht entgangen sein konnte, daß sie immer häufiger aus Tagträumen hochschreckte und dann sekundenlang nicht wußte, wo sie war und was um sie herum geschah.

Übermorgen war der Arzttermin, mittags um zwei. Er würde früh mit ihr losfahren und sie nach Gallup ins Krankenhaus des Indian Health Service bringen. Und dort mußten die Ärzte dann endlich herausfinden, was ihr fehlte. Es hatte keinen Zweck, jetzt darüber nachzugrübeln. Es war sinnlos, sich immer und immer wieder ins Gedächtnis zu rufen, was er über die Schrecken der Alzheimerschen Krankheit gehört hatte. Vielleicht war's das gar nicht. Doch, er wußte, daß es die Alzheimersche Krankheit war. Es gab einen speziellen medizinischen Beratungsdienst für diese Krankheit, er hatte dort angerufen und ein paar Tage später ein Päckchen mit ausführlichen Unterlagen bekommen.

... sind als typische Anfangssymptome bekannt:
1. *Vergeßlichkeit*
2. *Vermindertes Urteilsvermögen*
3. *Versagen bei Routinetätigkeiten*
4. *Nachlassende Spontaneität*
5. *Mangelnde Entschlußkraft*
6. *Zeitliche und örtliche Desorientierung*
7. *Depressionen und Angstzustände*
8. *Artikulationsschwierigkeiten*
9. *Zeitweilige Verwirrung.*

Er hatte die Liste im Büro durchgelesen und die einzelnen Punkte mit seinen Beobachtungen verglichen. Manchmal brach Emma mitten im Satz ab. Dauernd bildete sie sich ein, er müßte doch heute seinen freien Tag haben. Neulich hatte sie es nicht mal fertiggebracht, den Plastiksack im Mülleimer zu befestigen. Und als Agnes kam, hatte sie darauf bestanden, schon zwei Tage vorher mit den Vorbereitungen zu beginnen. Und ihre Lethargie. Aber am schlimmsten war, wenn er nachts hochschreckte, weil Emma aus irgendeinem Alptraum aufgewacht war und sich voller Angst an ihn klammerte. Er hatte die Liste abgehakt, auf Emma trafen alle neun Punkte zu.

Schluß. Er mußte an etwas anderes denken. Aber er wußte ja, wie schwierig es war, sich von seiner Sorge um Emma loszureißen. Versucht hatte er's heute morgen auch.

Irma Onesalt und ihre Liste mit den Namen der Toten war ihm eingefallen. Warum waren die Sterbedaten so wichtig für sie? Als er gegangen war, hatte Emma noch geschlafen, Agnes war wohl gerade aufgestanden, er hatte sie in ihrem Zimmer gehört. Er war ins Büro gefahren. Die Sonne ging auf, das gleißende Licht verhieß wieder einen heißen, trockenen Tag. Über dem Dreieck zwischen den Highways wölkte sich Staub wie über einer ausgetrockneten Viehweide, da unten wurde das Rodeo abgehalten. Damit mußte er sich auch noch beschäftigen, irgendwann im Laufe des Tages. Aber jetzt waren erst einmal die Mordfälle wichtiger.

Im Büro hatte er zuerst einen Brief an die Statistischen Meldestellen für Arizona, New Mexico und Utah entworfen. Wenn Irma Onesalt Randall Jenks' Rat gefolgt war, mußte sie sich wegen der Todesdaten dorthin gewandt haben. Telefonisch konnte er die Anfrage nicht erledigen, dazu war die Sache zu kompliziert. Er mußte zunächst seine Zuständigkeit erläutern und klarmachen, daß es um die Untersuchung eines Mordfalles ging. Dann mußte er die Liste, die Irma Onesalt bei sich gehabt hatte, so genau wie möglich beschreiben. Er gab sich große Mühe mit dem Entwurf und versuchte, keine Frage offenzulassen. Die einleitenden Erklärungen waren der schwierigste Teil des Schreibens. Danach konnte er endlich zur Sache kommen, nämlich zu der Frage, ob jemand bei einem der Adressaten schriftlich oder telefonisch um Auskunft wegen der Todesdaten gebeten hatte. Er bat, daß man ihm gegebenenfalls eine Kopie des Schreibens zur Verfügung stellte oder, falls es eine telefonische Anfrage gewesen war, den Namen des Bearbeiters nannte, damit er weitere Nachforschungen anstellen könnte. Am Schluß schrieb er das Ganze noch einmal sauber ab und heftete für den Schreibdienst einen Zettel mit den Adressen dran.

Dann dachte er eine Weile darüber nach, was Jenks über das Knochenkügelchen gesagt hatte. Rinderknochen. Ein Zauberer... Besser gesagt, jemand, der nach dem Volksglauben als Zauberer galt, hätte menschlichen Knochen verwendet. Wenn einer die Mythologie der Navajos für bare Münze nahm, gab es gar keine andere Möglichkeit. Ein richtiger Zauberer – mal angenommen, es gäbe so etwas – hätte das gewußt. Falls aber jemand nur vorgeben wollte, ein Zauberer zu sein, spielte die Art des Knochens keine Rolle. Wer daran glaubte, daß Zauberer mit einem Blasrohr Knochenstückchen in ihre Opfer injizierten, kam sicher nicht auf die Idee, im Körper eines Toten gefundene Partikel unters Mikroskop zu legen. Rinderknochen konnte man sich in jedem Schlachthaus besorgen. Die Leute, die in Heimarbeit Besatzstücke für traditionelle Navajo-Kleidung herstellten, holten das Zeug haufenweise dort ab. Ökonomisch gesehen die bessere Alternative zur Überschwemmung des Marktes mit billigen, maschinell hergestellten Plastikkügelchen.

Die Knochenkugel aus Chees Wohnwagen war alt. Sehr alt, hatte Jenks gesagt. Wahrscheinlich stammte sie von einem alten Schmuckstück. Ob das FBI mit seinen praktisch unbegrenzten technischen Möglichkeiten mehr herausfinden konnte? Leaphorn bezweifelte es. Und er bezweifelte vor allem, daß das FBI dazu bereit war. Delbert Streib würde einen Lachanfall bekommen, wenn ihm die Notiz über Zauberei und die Verwendung menschlicher Knochen auf den Tisch flatterte.

Leaphorn hielt mehr davon, Officer Jimmy Tso, der für die Zusammenarbeit mit dem Polizeidepartment Gallup zuständig war, auf die Sache anzusetzen. Tso sollte feststellen, wo die Navajos, Zunis und Hopiindianer, die Schmuck und Kleidungsbesatz in Heimarbeit herstellten, die kleinen, aus Knochen geschnitzten Kugeln kauften. Er sollte die Pfandhäuser abklappern und alle einschlägigen Läden und... Er sollte sich etwas einfallen lassen. Leaphorn verfaßte einen schriftlichen Auftrag und legte den Zettel in den Ausgangskorb. Dann nahm er die Akten über die Mordfälle aus dem Schrank und legte sie vor sich auf den Schreibtisch.

Die Onesalt-Akte schob er beiseite, er kannte sie auswendig. Irma Onesalt war das erste Mordopfer gewesen. Sein Instinkt sagte ihm, daß hier der Schlüssel zur Aufklärung der anderen Morde verborgen läge. Aber an seiner Ratlosigkeit änderte das nichts. Irma Onesalt schien so zufällig ums Leben gekommen zu sein wie jemand, den der Blitz erschlagen hatte. Er konnte jedenfalls nicht erkennen, welche Absicht hinter dem Mord steckte. Ihr Tod schien rätselhaft zu sein wie der Untergang des Heiligen Volkes.

Er nahm die Akte mit der Aufschrift *Wilson Sam* zur Hand. Beim Durchblättern fiel ihm nichts Neues auf. Nur, daß er jetzt mit dem Navajo-Polizisten Al Gorman, der Jay Kennedy bei der Aufklärung der Mordsache Sam unterstützte, mehr anfangen konnte, weil er den Mann persönlich gesehen hatte. Er konnte sich zu dem Namen ein Gesicht vorstellen.

Sein Blick fiel durchs Fenster, über den Dächern von Window Rock lag die Morgensonne. Gorman. Der Gedrungene neben Chee und Benaly, als die drei auf den Parkplatz vor der Dienststelle in Shiprock gekommen waren. Chee hatte den Wagen sofort wahrgenommen. Ohne lange hinzustarren, hatte er gewußt, daß es Leaphorns Wagen war und daß Leaphorn hinter dem Lenkrad saß. Benaly hatte immerhin Chees raschen Seitenblick bemerkt. Nur Gorman hatte nichts gemerkt. Einer von denen, die nicht zugleich reden und die Augen offenhalten können. Und auch wenn er den Kopf gedreht hätte – vermutlich wäre ihm gar nicht aufgefallen, daß jemand im Wagen saß. Keine ausgeprägte Beobachtungsgabe. Wer weiß, was er alles am Tatort übersehen hatte? Vielleicht nichts. Aber Leaphorn nahm sich vor, den Ort, an dem Wilson Sam gestorben war, noch einmal persönlich in Augenschein zu nehmen. Und sei es auch nur, damit er sich später keine Vorwürfe machen mußte.

Er hatte auf die Uhr geschaut: neun Minuten vor acht. In neun Minuten fing der tägliche Trott an. Ärger mit dem Rodeo und mit dem Tribal Council, mit aufgebrachten Internatsleitern und mit Schwarzbrennern. Und nicht genug Leute, um alles auf einmal zu erledigen. Und dazwischen immer wieder das Telefon. In neun Minuten fing das an, und dann ging es den ganzen Tag so weiter.

Er hatte den Blick wieder nach draußen schweifen lassen, über die Highways weg, bis zu den Hügeln, hinter deren Kammlinie die Weite begann. Dort, weit weg von Window Rock und vom Papierkram, konnte er sich mit den Fragen beschäftigen, auf die er eine Antwort finden mußte. Er hatte zum Telefon gegriffen, die Dienststelle in Shiprock angerufen und sich mit Officer Al Gorman verbinden lassen.

Am Handelsposten Mexican Water hatten sie sich getroffen und waren zusammen ins Gebiet am Chilchinbito Canyon gefahren, eine Strecke, auf der einem jeder Knochen zweimal durchgeschüttelt wurde. Ziemlich schnell hatte sich herausgestellt, daß Leaphorn den Officer Al Gorman genau richtig eingeschätzt hatte. Leaphorns Großmutter hätte gesagt: Einer, der die Grashalme zählt und die Wiese nicht sieht.

Inzwischen war es Nachmittag geworden, Gorman saß neben ihm im Wagen und fragte sich offenbar, was Leaphorn eigentlich vorhätte. Leaphorn hätte es ihm sagen können: hinter all den Grashalmen die Wiese erkennen.

Zwei Stunden hatten sie gebraucht, um festzustellen, daß der Mörder vor der Tat nicht dieselbe Strecke benutzt hatte wie nachher. Abgebrochene Zweige, weggerollte Steine, hier und da ein Fußabdruck, der sich tief genug in den Boden gedrückt hatte, um auch nach zwei Monaten – zwei Monaten ohne einen Tropfen Regen – noch sichtbar zu sein. Eine Kette von Spuren, die ihnen verriet, wie der Mörder von seinem Wagen zu den Wacholderbüschen gekommen war: eben nicht auf dem Weg, den er hinterher gegangen war, sondern fast genau auf der kürzesten Geraden zwischen den beiden Punkten. Auch oben auf dem Kamm hatte er sich nur einmal, als er auf dichtes Gestrüpp stieß, zu einem Umweg entschlossen. So war er auf sein Ziel losgegangen, bis er an den Hohlweg kam. Dort mußte er klettern, es ging nicht anders, aber es hatte ihn nicht weiter als ungefähr hundert Meter von der ursprünglichen Richtung abgebracht. Erst jenseits vom Hohlweg wiesen die Spuren knapp vierhundert Meter weit in die entgegengesetzte Richtung, bis zu einer Trampelspur, die die Schafe ins Gras getreten hatten. Nur an dieser Stelle kreuzten sich der Hinweg und der Rückweg des Mörders.

Der Rest des Vormittags verging damit, daß Gorman ihm zeigte, was er damals zusammen mit Kennedy am Tatort festgestellt hatte. Da war die schmale Auswaschung, die in den Chilchinbito hinunterführte, hier hatte Wilson Sams Leiche gelegen. Wegen der Trokkenheit der vergangenen Wochen waren noch jetzt die Schleifspuren zu erkennen, die bewiesen, daß der Tote ein Stück weit den Abhang heruntergerollt war. Sogar ein paar Blutspuren waren noch im Sand zu erkennen, obwohl die Verwandten das meiste verwischt hatten. Die Auswaschung war schmal, aber tief eingegraben. Hier unten verwehten die Spuren nicht so schnell.

Oben bei der Wacholdergruppe war es noch leichter. Gorman konnte ihm zeigen, wo Sam gestanden hatte und aus welcher Richtung der Mörder gekommen war. «Nicht schwer auseinanderzuhalten», meinte Gorman. «Sam hatte Stiefel mit flachen Absätzen an, der Mörder trug Cowboystiefel. Waren auch größer, ungefähr Größe sieben.»

Das stand alles in Kennedys Bericht, Leaphorn hatte ihn aufmerksam gelesen. Aber weil er es von Gorman selbst hören wollte, stellte er trotzdem noch einmal die Frage:

«Und die beiden haben nicht erst eine Weile nebeneinander gestanden und sich unterhalten? Kann das nach den Spuren eindeutig ausgeschlossen werden?»

«Ja, Sir, eindeutig», bestätigte Gorman. «Ungefähr auf den letzten vierzig Metern hat der Mörder angefangen zu rennen, da drüben.» Gorman zeigte nach Süden. «Keine Abdrücke von den Hakken, er muß gerannt sein.»

«Und Sam? Wie weit konnte er wegrennen?»

Gorman zeigte es ihm. Nicht weit, vielleicht fünfundzwanzig Meter. Alte Männer können nicht mehr schnell rennen, auch wenn sie um ihr Leben laufen.

Als sie zum Wagen zurückkamen, starrte Leaphorn zu den Wacholderbüschen hoch. Hier unten, an der gleichen Stelle, hatte auch der Mörder gestanden und dort oben Sam oder dessen Schafherde entdeckt. Leaphorn nagte nachdenklich an der Unterlippe. Sein Blick folgte dem Weg, den sie an Hand der Spuren rekonstruiert hatten. Er versuchte sich vorzustellen, was im Kopf des Mörders vorgegangen war.

«Wir wollen noch mal alles durchgehen», sagte er zu Gorman. «Ich möchte sicher sein, daß ich nichts übersehen habe. Bis hierher ist der Mörder gefahren. Dann hat er Sam oder die Schafe dort oben gesehen. Er ist zu Fuß weitergegangen. Ziemlich rasch, würde ich nach den Spuren im Salbeikraut sagen. Er wußte nicht, daß er da oben auf einen Hohlweg stoßen würde und daß die Böschung zu steil ist, um auf der anderen Seite wieder hochzuklettern. Also mußte er sich eine Stelle suchen, an der die Böschung flacher ist.»

«Ziemlich dumm von ihm», warf Gorman ein.

«Mag sein», sagte Leaphorn, obwohl er glaubte, daß der Umweg mit Dummheit nichts zu tun hatte. «Jedenfalls, als er dann nicht mehr weit von Sam entfernt war, ist er losgerannt. Ist das alles so richtig?»

«Ja, ich denk schon», bestätigte Gorman.

«Aber warum ist Sam weggerannt?»

«Er war erschrocken», meinte Gorman. «Vielleicht hat der Mörder ihn angeschrien. Oder er hat schon die Schaufel geschwungen, mit der er ihn später erschlagen hat.»

«Ja», sagte Leaphorn, «das vermute ich auch. Wenn wir ihn eines Tages schnappen... Wen, glauben Sie, werden wir vor uns haben?»

Gorman hob die Schultern. «Keine Ahnung. Den Fußspuren nach muß es ein Mann gewesen sein. Vielleicht einer aus der Verwandtschaft.» Er sah Leaphorn an, lächelte schmallippig. «Sie wissen ja, wie das ist. Es gibt immer wieder mal Streit. Zum Beispiel mit den Verwandten aus der Familie der Frau. Oder mit einem Nachbarn, wegen der Weideflächen. So was kommt doch dauernd vor.»

So etwas kam tatsächlich dauernd vor. Aber hier lagen die Dinge anders.

«Bedenken Sie, daß er nichts von dem Hohlweg gewußt hat. Und offenbar auch nur zufällig auf die Trampelspur der Schafe gestoßen ist», sagte Leaphorn. «Gibt Ihnen das nicht zu denken?»

Gormans rundes Gesicht zerfloß in Ratlosigkeit. «Darüber hab ich mir noch gar keine Gedanken gemacht», gab er zu. «Also kann's kein Nachbar gewesen sein. Der hätte sich ja in der Gegend ausgekannt.»

«Dann muß der Mann, den wir suchen, ein Fremder gewesen sein.»

«Ja», sagte Gorman. «Komisch. Hilft uns das weiter?»

Leaphorn zuckte die Achseln. Wie sollte ihm das schon weiterhelfen? Er dachte kurz daran, daß auch Bistie und Endocheeney sich nicht gekannt hatten, aber das war nur eine zufällige Übereinstimmung. Bis jetzt hatte er nichts, was einen Sinn ergeben hätte. Aber er hatte wenigstens das selbstgesteckte Ziel erreicht und ein neues Faktum herausgefunden. Ein Mosaiksteinchen war dazugekommen. Die Erkenntnis, daß Wilson Sams Mörder ein Fremder gewesen war.

11

Jim Chee hatte sich eine Weile den Kopf zermartert, aber er sah keine Möglichkeit, irgend etwas wegen der kleinen Knochenkugel in Roosevelt Bisties Geldbörse zu unternehmen. Die Papiertüte stand wieder da, wo sie vorher gestanden hatte, Chee verließ das Zimmer und zog die Tür hinter sich zu. Hinter der Glastür am Ende des Flures sah er Bistie auf der harten Holzbank sitzen, den Blick starr geradeaus gerichtet, als gäbe es da draußen vor dem Fenster irgend etwas zu sehen, was seine ganze Aufmerksamkeit in Anspruch nahm. Chee starrte den alten Mann an. War er es, der versucht hatte, ihn mit Schrotladungen zu durchlöchern? Warum? Weil er ein Zauberer war? Bistie sah wie ein ganz normaler Mensch aus. Natürlich sah er so aus. Es gab keine körperlichen Erkennungsmerkmale, wie die Weißen sie ihren Hexen und Zauberern gelegentlich andichteten. Keine scharf gemeißelten Züge, keine Hakennase und keinen Besenstiel. Da saß nur einfach einer, der versucht hatte, ihn umzubringen, aus lauter Bosheit. Ihn, den er gar nicht gekannt hatte. So wie er versucht hatte, Dugai Endocheeney, den er auch nicht kannte, vom Dach zu schießen. Und wie er Wilson Sam erschlagen hatte, als der friedlich seine Schafe weidete. Chee gab sich Mühe, in der Gestalt, die dort zusammengesunken auf der Bank saß, den nächtlichen Schatten wiederzuerkennen, den er einen Augenblick lang in der Dunkelheit draußen vor dem Wohnwagen gesehen hatte. Richtiger gesagt, von dem er sich eingebildet hatte, ihn zu sehen. Aber es gelang ihm nicht. Damals in der Nacht war ihm die huschende Gestalt klein und schmächtig vorgekommen. Kleiner als der alte Mann auf der Bank. War Bistie wirklich der, den sie suchten?

Was immer Bistie draußen vor dem Fenster fasziniert haben

mochte, er hatte sich daran satt gesehen und wandte langsam den Kopf. Sein Blick traf sich mit dem von Chee, es schien nichts als höfliches Interesse in Bisties Augen zu geben. Die Tür der Telefonzelle wurde aufgestoßen, Janet Pete kam heraus. Chee drehte sich um und ging den Flur hinunter, zum Ausgang auf der Parkplatzseite. Er ging rasch, denn er lief davon vor alldem, was er am liebsten getan hätte. Bistie erneut festnehmen. Ihm die Geldbörse vor die Nase halten und die kleine Knochenkugel zeigen, aber diesmal in Gegenwart von Zeugen. Eine Erklärung verlangen, die er später ins Protokoll schreiben konnte. Bloß, eine kleine, aus Knochen geschnitzte Kugel in der Geldbörse aufzubewahren, war durch kein Gesetz verboten. Illegal hatte nur Chee gehandelt. Er durfte gar nichts von dem Kügelchen wissen, er hätte die Geldbörse nicht durchsuchen dürfen. Dagegen hatte das Gesetz etwas, nicht gegen Knochenkugeln. Und nicht einmal dagegen, daß jemand ein Skinwalker war.

Nachdem ihm klargeworden war, daß er gar nichts unternehmen konnte, saß er im Wagen und wartete darauf, daß Janet Pete und Bistie auf dem Parkplatz erschienen. Vielleicht kamen sie ohne die Papiertüte heraus, hatten sie einfach vergessen. Dann bekam Chee eine Chance. Er brauchte nur wieder hineinzugehen und Langer zu sagen, daß Bistie seine Siebensachen vergessen hätte. Er würde Langer natürlich drängen, gründlich zu überprüfen, ob auch alles vollständig wäre. Und diesmal gehörte auch der Inhalt der Geldbörse dazu.

Aber als Janet Pete und Bistie auf den Parkplatz kamen, trug der alte Mann die braune Tüte in der Hand. Die beiden stiegen ins Auto und fuhren los, Richtung Farmington. Auch Chee wartete nicht länger, er nahm die Straße nach Westen, zurück nach Shiprock.

Unterwegs dachte er noch einmal über alles nach. Der Verstand sagte ihm, daß Bistie eigentlich nicht der sein konnte, dessen Schatten er sekundenlang in der Dunkelheit gesehen hatte. Also auch nicht der, der mit der Schrotflinte auf den Wohnwagen geschossen hatte. In Bisties Pickup hing eine 30-30 in der Halterung unter dem Rückfenster. Damit hatte er auf Endocheeney geschossen. Behauptete er jedenfalls. Sie hatten zwar seinen Hogan nicht durchsucht, aber die Wahrscheinlichkeit sprach auch so dafür, daß er keine Schrotflinte besaß. Und noch etwas entlastete Bistie. Ein Skinwalker muß immer einen Grund für sein böses Treiben haben.

In keiner der vielen Geschichten, die zur Mythologie der Navajos gehörten, kam willkürliche Hexerei vor. Was hätte Bistie für ein Motiv haben sollen, ihn umzubringen? Wahrscheinlich war er eben doch nicht der, den sie suchten.

Der Gedanke beschwingte ihn. Die Ängste waren vergessen. Vor Bistie hätte er sich nicht gefürchtet. Warum sollte er sich also vor einem Unbekannten fürchten? Er fühlte sich auf einmal wieder leicht und frei, am liebsten hätte er laut gesungen.

Im Eingangskorb im Büro lagen zwei Umschläge und eine Notiz. Den einen Umschlag erkannte er sofort an der Handschrift und an Mary Landons blaßblauem Briefpapier, er steckte ihn in die Hemdtasche und griff nach dem zweiten Umschlag. Auf dem stand in ungelenken Buchstaben mit Bleistift geschrieben: OFFICE CHEE, POLICE STATION, SHIPROCK. Chee warf noch rasch einen Blick auf die Notiz. Es war der übliche Bitte-sofort-nach-Rückkehr-erledigen-Vordruck mit dem Vermerk: *Dringend Lt. Leaphorn anrufen.* Chee schob den Zettel beiseite und öffnete den Umschlag.

Innen lag ein zweimal gefaltetes Blatt Linienpapier, wie es Schulkinder gewöhnlich verwenden. Und der Brief war genauso gegliedert, wie es den Kindern in der Grundschule beigebracht wird, mit dem Absender oben rechts in der Ecke.

Alice Yazzie
Sheep Springs Trading Post
Navajo Nation 92927

Mein lieber Neffe Jim Chee,
ich hoffe, es geht Dir gut. Mir geht es gut. Ich schreibe Dir, weil Dein Onkel Frazier Denetsone schon den ganzen Sommer so schlimm krank ist, und jetzt ist es noch schlimmer geworden. Wir haben ihn in die Badwater-Klinik gebracht zu dem Mann, der aus der Glaskugel liest, und der hat gesagt, er soll sich in der Klinik vom belacani-Arzt Medizin geben lassen. Er nimmt jetzt schon die ganze Zeit diese grüne Medizin, aber er ist immer noch krank. Der Mann, der aus der Glaskugel liest, hat gesagt, er soll diese Medizin nehmen, aber er braucht auch einen Gesang. Dann geht's ihm schneller wieder besser. Der Gesang soll die Beschwörung des Bösen sein. Ich habe gehört, daß Du die Beschwörung des Bösen schon für die Nichte von Old Grandmother Nez gesungen hast. Alle sagen, es wäre schön gewe-

sen. Alle sagen, daß Du es sehr schön gemacht hast und daß auch die Zeichnung im Sand schön gewesen ist. Die Leute sagen, daß es der Nichte von Old Grandmother Nez seitdem wieder besser geht.
Wir möchten gern mit Dir darüber reden. Wir möchten, daß Du zu Hildegarde Goldtooth kommst, dort wollen wir mit Dir über den Gesang reden. Wir haben ungefähr 400 $. Vielleicht können wir noch mehr zusammenbringen.

Es tat Chee gut, diesen Brief zu lesen. Den Gesang von der Beschwörung des Bösen hatte er im Frühjahr zelebriert, es war sein erstes Auftreten als *yataalii* gewesen. Und zugleich sein bisher letztes. Die Nichte von Old Grandmother Nez war auch mit ihm verwandt. Sie war die Tochter einer Kusine ersten Grades aus der väterlichen Linie. Und nur wegen dieser verwandtschaftlichen Beziehungen hatte man ihn gebeten, den Gesang zu zelebrieren. Eine Art Versuchsballon, bei dem nicht viel Unheil angerichtet werden konnte. Die ganze Krankheit des Mädchens war nichts anderes als der übliche Kummer, den Sechzehnjährige nun mal haben. Aber der Gesang war eine willkommene Gelegenheit, oben im nördlichen Zentralgebiet der Reservation publik zu machen, daß Jim Chee als *yataalii* tätig war.

Und tatsächlich, jetzt schien sich das auszuzahlen. Daß Alice Yazzie ihn als Neffen anredete, war eine reine Höflichkeitsfloskel, sie gehörten weder zur gleichen Familie noch zum gleichen Clan. Frazier Denetsone konnte dagegen nach der bei den Navajos üblichen Auslegung als Onkel im weitesten Sinne gelten, es gab eine Verbindung zum Clan seines Vaters. Frazier Denetsone hatte sicher nicht selbst nach einem *yataalii* verlangt. In jeder Familie war jemand nach stillschweigender Übereinkunft für solche Dinge zuständig, und der gab dann den Anstoß. Chee sah sich die Unterschrift an. Nach altem Brauch hatte Alice Yazzie auch ihren Clan hingeschrieben: das Streams Come Together Dinee. Chee war im Slow Talking People und für den Salt Clan geboren, es gab keine verwandtschaftlichen Beziehungen zum Streams Clan. Also war die Einladung ein erster Hinweis darauf, daß Jim Chee nun auch außerhalb der eigenen Familie als Sänger anerkannt wurde.

Er las den Brief zu Ende. Alice Yazzie bat ihn, am Sonntagabend zu Hildegarde Goldtooth zu kommen. Sie und Frazier Denetsones

Frau und Mutter wollten dort sein, um mit ihm zu vereinbaren, wann die Zeremonie stattfinden könnte. *Wir möchten, daß es sobald wie möglich geschieht*, schrieb sie. *Es geht ihm nicht gut. Ich glaube, er macht es nicht mehr lange.*

Das war ein Wermutstropfen in Chees Freude. Wenn ein *yataalii* gerade erst anfing, kam es besonders auf einen sichtbaren Erfolg an. Natürlich ging es im wesentlichen darum, daß der Patient zurückfand zur Harmonie mit dem, was ihn in seinem Leben umgab. Aber der optische Maßstab für den Erfolg war eben, daß er gesund wurde. Trotzdem, Chee wollte nicht nur das Negative sehen. Die Heilung eines hoffnungslosen Falls wäre natürlich ein um so größerer Erfolg gewesen. Und wenn Frazier Denetsones Krankheit etwas mit jenen dunklen Kräften zu tun hatte, gegen die das Ritual der Beschwörung des Bösen half... und wenn es Jim Chee gelang, alles bis ins kleinste Detail hinein richtig zu machen, dann konnte alles gut werden. Penicillin, Insulin und Herzschrittmacher mochten segensreiche Erfindungen sein, Chee glaubte durchaus an den medizinischen Fortschritt. Aber er glaubte genauso daran, daß Leben und Tod durch Kräfte bestimmt werden, für die die Naturwissenschaft keine Erklärung weiß. Er steckte Alice Yazzies Brief in die Hemdtasche, nahm den von Mary Landon heraus und ritzte den Umschlag mit dem Daumennagel auf.

Mein geliebter Jim,
jeden Tag (und noch mehr jede Nacht) denke ich an Dich. Du fehlst mir schrecklich. Kannst Du nicht ein paar Tage frei nehmen und herkommen? Ich weiß, als Du im Mai hier warst, hat es Dir nicht gefallen. Aber jetzt ist es sogar in Wisconsin schön geworden – eben die zwei oder drei Wochen, die wir Sommer nennen. Im Augenblick hat es zum Beispiel schon seit ein paar Stunden nicht geregnet. Im Ernst, es ist wunderschön hier, es würde Dir gefallen. Ich glaube, sogar Du könntest Dich daran gewöhnen, irgendwo zu leben, wo keine Wüste ist. Du müßtest es nur einmal versuchen.
Dad und ich sind kürzlich zur Studienberatung nach Madison gefahren. Ich kann dort mein zweites Examen machen. Vielleicht brauche ich nur zwei Semester, weil ich vor dem ersten Examen Kurse belegt habe, die mir angerechnet werden. Wir haben auch ein hübsches Apartment gefunden, gar nicht weit von der Uni. Und für alle Fälle

habe ich schon mal die Unterlagen für die Anmeldung mitgenommen. Ich muß nicht bis zum Beginn des nächsten Semesters warten, sondern kann sofort als Gasthörer an den Vorlesungen teilnehmen. Der Studienberater sieht da überhaupt kein Problem.
Die Vorlesungen beginnen in der ersten Septemberwoche. Und wenn ich mich einschreibe, bedeutet das, daß ich vorläufig nicht zu Dir kommen kann. Erst am langen Wochenende um den Thanksgiving Day. Aber der Gedanke, Dich so lange nicht zu sehen, ist mir unerträglich. Bitte, mach's doch irgendwie möglich, hierher zu kommen...

Der Rest huschte an Chees Augen vorbei, er las nur noch die Worte und achtete gar nicht mehr darauf, was sie bedeuteten. Irgendwas über ihre gemeinsame Zeit in Stevens Point. Und dann ein paar Zeilen über ihre Mutter. Ihrem Vater (der damals bei Chees Besuch betont höflich gewesen war und alles mögliche über die Navajo-Religion gefragt, Chee aber dabei angestarrt hatte, als käme er von einem fremden Stern), ihrem Vater, schrieb Mary, ginge es gut, er spiele mit dem Gedanken, sich bald pensionieren zu lassen. Sie schrieb auch, wie aufregend der Gedanke wäre, noch mal zur Universität zu gehen, und daß es sie irgendwie reizte. Und dann kamen noch ein paar zärtliche Erinnerungen, die nur ihnen beiden gehörten.

Er las den Brief zum zweitenmal, ganz langsam. Aber das änderte nichts. Er lauschte in sich hinein und wunderte sich über die dumpfe Leere. Keine Gefühlsaufwallung. Am erstaunlichsten fand er, daß er nicht einmal überrascht war. Unbewußt war er wohl schon die ganze Zeit darauf gefaßt gewesen. Wahrscheinlich hatte Mary von Anfang an darauf hingearbeitet und nur deshalb ihre Stelle als Lehrerin in Crownpoint aufgegeben. Er konnte nicht mehr sagen, ob er es schon damals begriffen hatte, aber spätestens, als er sie zu Hause bei ihren Eltern besucht hatte, war es ihm klargeworden. Auf dem Rückflug nach Albuquerque war der Zwiespalt seiner Gefühle ganz deutlich gewesen. Die Erinnerung an schöne Tage. Aber in das Glücksgefühl mischte sich schon die bange Frage, wie es mit ihnen weitergehen sollte. «Mein geliebter Jim» schrieb sie heute. In ihren Briefen aus Crownpoint hatte sie immer «mein Liebling» geschrieben.

Er stopfte den Brief in die Hemdtasche und langte nach dem Telefonvermerk. «Dringend Lt. Leaphorn anrufen.» Es war immer noch dringend.

Also rief er Lieutenant Leaphorn an.

12

Als das Telefon läutete, schaltete Leaphorn zur Vermittlung um und fragte: «Wer ist dran?»

«Jim Chee aus Shiprock.»

«Er soll einen Augenblick am Apparat bleiben.» Bestimmt hatte Chee eine Menge zu berichten, Leaphorn ging nur rasch noch einmal in Gedanken die Fragen durch, auf die es ihm ankam. Dann nahm er den Hörer wieder auf. «Gut, Sie können jetzt durchstellen.»

Ein kurzes Klicken in der Leitung, Leaphorn meldete sich.

«Hier ist Jim Chee. Ich sollte Sie anrufen.»

«Kennen Sie jemanden oben am Chilchinbito Canyon? Sie wissen schon, die Gegend, wo Wilson Sam zu Hause war?»

«Da muß ich nachdenken», sagte Chee. Und nach einem Augenblick Stille: «Nein, ich glaube nicht.»

«Kennen Sie sich in der Gegend aus? Haben Sie dort schon mal ermittelt?»

«Eigentlich nicht. Das ist nicht meine Ecke.»

«Und wie ist es mit Badwater Wash, Endocheeneys Gegend?»

«Da kenne ich mich besser aus», sagte Chee. «Normalerweise setzt mich Captain Largo nicht dort ein, aber letztes Jahr war ich ein paar Tage da oben. Ein Kind war in den San Juan gefallen und vom Wasser fortgerissen worden. In der Endocheeney-Sache bin ich auch zweimal oben gewesen.»

«Ich nehme an, von Bistie haben Sie nichts Neues über seine Beziehungen zu Endocheeney erfahren?»

«Nein, Sir. Er hat überhaupt nichts gesagt. Nur, daß er sich über Endocheeneys Tod freut. Das war eindeutig. Daher sollte man annehmen, daß er den Mann gekannt hat.»

Du nimmst das an, dachte Leaphorn. Aber vielleicht irrst du dich. «Hat er irgend etwas gesagt, woraus man schließen könnte, wie gut er sich in der Gegend um Badwater auskennt?» fragte er. «Zum Beispiel, daß es gar nicht so leicht gewesen wäre, Endocheeney zu finden? Irgendwas in der Art?»

«Er hat am Handelsposten gehalten und nach dem Weg gefragt, wenn Sie das meinen.»

«Das habe ich in Kennedys Bericht gelesen. Nein, ich meine, ob er irgendeine Bemerkung gemacht hat? Irgendwas... daß er schon gedacht hätte, er fände Endocheeneys Hogan nie oder er hätte sich verfahren? Oder haben die Leute in Badwater Wash was erzählt?»

«Nein.» Chees Antwort kam zögernd, als dächte er noch darüber nach. «Aber ich habe nicht ausdrücklich danach gefragt. Ich habe nur gefragt, was für einen Wagen er hatte. Und dann habe ich mir, so gut es ging, eine Personenbeschreibung geben lassen.»

Natürlich, Chee hatte nicht danach gefragt. Warum sollte er auch? Es war ihm sicher belanglos vorgekommen, das konnte Leaphorn gut verstehen. Ein Glück, daß Chee wenigstens keine überflüssigen Entschuldigungsfloskeln dranhängte. Und dann, als Leaphorn gerade in Gedanken die nächste Frage formulierte, fiel Chee doch noch etwas ein.

«Wissen Sie, ich glaube, der Bursche, der Endocheeney erstochen hat, war fremd in der Gegend, genau wie Bistie. Er hat sich da oben nicht ausgekannt.»

«Ach ja?» machte Leaphorn. Chee hatte also schon geahnt, worauf die nächste Frage hinausgelaufen wäre. Ein heller Bursche, das sagten ja alle.

«Er hat den Weg durch die Felsen gewählt», erklärte ihm Chee. «Kennen Sie sich da oben aus? Also, Endocheeneys Hogan steht ungefähr hundert Meter vom Flußufer weg. Ringsum ist alles flach, nur im Süden ragt ein Felshang auf. Ausgerechnet den Weg durch die Felsen hat der Mörder genommen. Und später ist er auf der gleichen Strecke zurück zum Wagen gegangen. Dabei hätte es sehr viel bequemere Wege gegeben, ich hab mir das angesehen.»

«Aha», murmelte Leaphorn in sich hinein. «Zwei Leute, die sich nicht auskennen, tauchen am selben Tag dort oben auf, und beide mit der Absicht, Endocheeney zu töten. Fällt Ihnen dazu was ein?»

Chee sagte lange nichts. Leaphorn sah durchs Fenster, wie ein großer Krähenschwarm über den Dächern von Window Rock einschwenkte und zwischen den Häusern niederstieß, vermutlich, um sich irgendwo an Abfalltonnen gütlich zu tun. Aber es waren nicht die Krähen, die ihn so nachdenklich machten. Er wartete gespannt, ob Chee etwas gemerkt hätte. Vielleicht ahnte er das Mißtrauen, das hinter Leaphorns Fragen steckte. Die scheinbar harmlose Frage,

ob Chee sich in der Gegend am Chilchinbito Canyon auskannte...
Wenn Leaphorn jetzt noch hinzugefügt hätte, daß auch Wilson
Sams Mörder offensichtlich ortsunkundig gewesen war, hätte Chee
gewußt, worauf alles hinauslief. Möglich, daß er das Spiel auch so
durchschaute. Ein Cop, der nachts aus einem Hinterhalt beschossen
worden ist, muß wissen, daß so ein Vorfall Anlaß zu Spekulationen
ist. Chee ahnte bestimmt etwas von Leaphorns Verdacht.

«Vielleicht waren es gar nicht zwei», sagte Chee schließlich,
«vielleicht war nur einer hinter Endocheeney her.»

«Ach ja?» machte Leaphorn wieder. Genau das hatte er sich selbst
auch schon überlegt.

«Vielleicht hat Bistie gewußt, daß er Endocheeney mit dem Gewehr nicht getroffen hatte», spann Chee den Faden weiter. «Er ist weggefahren, hat den Wagen oben im Hochland abgestellt, ist durch die Felsen runter zu Endocheeneys Hogan geklettert und hat ihn erstochen. Und später...»

«Später hat er den Mordversuch mit der Schußwaffe gestanden», sagte Leaphorn. «Ganz schön schlau. Glauben Sie an die Version?»

Chee seufzte. «Nein, das kann ich mir nicht vorstellen.»

Leaphorn auch nicht. Er wußte aus jahrelanger Erfahrung, daß jemand es durchaus fertigbringen kann, das Gewehr auf einen anderen anzulegen, aber deshalb noch lange nicht so abgebrüht sein muß, daß er auch zu einem tödlichen Messerstich fähig wäre – aus nächster Nähe, sozusagen Auge in Auge mit dem Opfer. Bistie gehörte zur ersten Sorte, er hatte es mit dem Gewehr versucht. Warum hätte er beim zweiten Versuch zum Messer greifen sollen, statt noch einmal zu schießen?

«Und wieso können Sie sich das nicht vorstellen?» fragte Leaphorn.

«Wegen der Spuren», antwortete Chee. «Ich habe nur wenige Fußspuren entdecken können, aber das waren nicht die von Bisties Stiefeln. Und ich glaube nicht, daß er im Auto ein Paar Schuhe zum Wechseln gehabt hat. Das Ganze macht auch keinen Sinn. Warum versucht er's erst mit dem Gewehr und dann mit einem Messer? Sicher, er könnte es von Anfang an darauf angelegt haben, sich ein Alibi zu verschaffen und den Verdacht von sich abzulenken. Aber bei Bistie kann ich mir so raffinierte Überlegungen nicht vorstellen. Er hätte alles mögliche einkalkulieren müssen, so ein Plan geht ja meistens nicht nahtlos auf.»

«Gut», sagte Leaphorn. «Haben Sie irgendeinen Anhaltspunkt, daß Bistie das andere Mordopfer gekannt hat, Wilson Sam?»

«Nein, Sir.»

«Im Mordfall Sam gibt es nämlich auch ein paar Ungereimtheiten», sagte Leaphorn und erzählte Chee, was er am Chilchinbito Canyon festgestellt hatte.

«Mhm, hört sich merkwürdig an, nicht wahr?» meinte Chee.

Leaphorn ging nicht darauf ein. «Übrigens, ich habe das Knochenkügelchen aus Ihrem Wohnwagen untersuchen lassen. Es ist aus Rinderknochen geschnitzt.»

Chee sagte nichts.

«Hat es noch einen zweiten Versuch gegeben, Sie umzubringen? Ist Ihnen irgend etwas Verdächtiges aufgefallen?»

«Nein, Sir.»

«Und wie steht's mit neuen Erkenntnissen?»

«Tja...» Chee zögerte. «Nicht viel. Nur, oben in Badwater Wash habe ich von einem Gerücht gehört. In Endocheeneys Leiche hat man angeblich ein Knochenstückchen gefunden.»

Leaphorn schnaufte. «Demnach wäre es Zauberei gewesen?»

«Na ja... Oder Endocheeney war der Zauberer und der Mörder wollte den Zauber von sich abwenden.»

Das war nach Leaphorns Meinung die schlimmste geistige Verwirrung im ganzen Hexenkult der Navajos: dieser Glaube, daß man ein Unheil nach Belieben hin und her schieben könne. Gerade dagegen hatte sich der große Chee Dodge in seinem Kampf gegen den Aberglauben gewandt. Leaphorn hatte in jungen Jahren, als er gerade in den Polizeidienst eingetreten war, schlimme persönliche Erfahrungen mit diesem grauenhaften Kult gemacht. Er fühlte sich seither für den Tod von vier Menschen – zwei Frauen und zwei Männer – verantwortlich. Drei waren Hexen und Zauberer gewesen, und einer, ihr Mörder, hatte sich das Leben genommen. Anfangs hatte Leaphorn über das, was hinter seinem Rücken getuschelt wurde, nur gelacht. Aber das war vor zwanzig Jahren gewesen. Heute lachte er nicht mehr. Er brachte es nicht mehr fertig, den Hexenwahn mit einem Achselzucken abzutun, er verabscheute ihn.

«Bei der Autopsie ist kein Knochenstückchen gefunden worden», behauptete er. Aber während er es noch sagte, regte sich schon der erste Zweifel. Der Pathologe mußte in seinem Bericht nicht jede Kleinigkeit vermerkt haben. Warum auch, wenn doch die

Todesursache eindeutig war? Mehrere Stiche mit einem Schlachtermesser durch die Kleidung in den Bauch. Wozu da noch eine Liste anlegen über Stoffetzen und Knöpfe und Knochenkügelchen und Gott weiß was für Fremdkörper?

«Ich hab nur gedacht, es lohnt sich vielleicht, deswegen noch mal nachzufragen», meinte Chee.

«Ja, das lohnt sich bestimmt», sagte Leaphorn. «Ich werde nachfragen.»

«Und...» Diesmal dauerte Chees Zögern länger.

Leaphorn wartete.

«Und Bistie hatte auch so eine kleine Knochenkugel in seiner Geldbörse. Sah genau aus wie die in meinem Wohnwagen.»

Leaphorn atmete tief durch. «Tatsächlich? Und wie hat er das erklärt?»

«Gar nicht.» Chee berichtete, was sich bei seinem Besuch im Gefängnis zugetragen hatte. «Am Schluß habe ich die Kugel eben wieder dahin zurückgesteckt, wo ich sie gefunden hatte», sagte er.

«Wir sollten wohl noch einmal mit Bistie reden», meinte Leaphorn. «Am besten, wir holen ihn her und sperren ihn ein, bis wir ein bißchen mehr Klarheit in der ganzen Sache haben.» Er überlegte, wie er Dilly Streib überreden könnte, den Haftbefehl zu beantragen. Dilly ließ sich nicht leicht zu etwas überreden. Ein alter Hase wie Dilly preschte nicht gern vor, wenn die Chancen für einen Erfolg nicht eindeutig waren. Die Leute vom FBI hatten das so an sich, sie wollten ihre Schlachten gewinnen. Aber... Er schwang den Bürostuhl herum und betrachtete die Wandkarte. Zwei Nadeln hatten etwas mit einem kleinen Stück Knochen zu tun. Eine Linie. Ein Zusammenhang. Und Bistie mußte etwas darüber wissen. «Wir können ihm versuchten Mord vorwerfen. Oder tätlichen Angriff mit einer Waffe. Oder wir nehmen ihn als Zeugen in Schutzhaft.»

«Mhm», machte Chee. Es klang durchaus nicht überzeugt.

«Ich werd mal die Jungens von der Bundespolizei anrufen», sagte Leaphorn. Ein rascher Blick auf die Uhr. «Können wir uns in einer Stunde treffen. Und zwar...» Er suchte auf der Karte einen Treffpunkt für eine Fahrt in die Chuskas, möglichst auf halbem Weg zwischen Window Rock und Shiprock. «Bei Sanostee?» schlug er vor. «In einer Stunde?»

«Ja, Sir», sagte Chee, «in einer Stunde am Handelsposten Sanostee.»

Sanostee war ein günstiger Ausgangspunkt für die Fahrt in die Chuskas, aber daß es auf halbem Weg zwischen Window Rock und Shiprock läge, konnte man kaum behaupten. Für Chee war es weit, zwanzig Meilen durch die Schlaglöcher der U.S. 666 nach Süden bis Littlewater, von dort neun Meilen nach Westen, die Ausläufer der Chuskas hinauf, eine Strecke, auf der ihm die endlosen Kehren genauso zu schaffen machten wie der Wind und der Staub. Aber für Leaphorn war es dreimal so weit – über Crystal und den Washington-Paß bis Sheep Springs, dann nach Norden, Richtung Littlewater. Als Leaphorn bei Sanostee ankam, war die Sonne hinter den Bergrücken verschwunden. Staub hing in der Luft, er filterte das letzte Licht des Tages und verklärte den Himmel mit kupferrotem Glanz.

Chee wartete schon auf den Lieutenant. Sie ließen Leaphorns Wagen stehen, Chee fuhr, Leaphorn stellte unablässig Fragen. Er wollte möglichst viel von dem, was Chee in Erfahrung gebracht hatte, in seinem Gedächtnis speichern. Zuerst ging es um Bistie. Was er gesagt hatte und wie er es gesagt hatte. Dann kam er auf Endocheeney zu sprechen und schließlich auf Janet Pete.

«Letztes Jahr bin ich mal mit ihr aneinandergeraten», erzählte Leaphorn. «Sie behauptete, wir wären ziemlich unsanft mit einem Betrunkenen umgesprungen.»

«Und? Hat's gestimmt?»

Leaphorn schaute auf. «Ja, es war wohl was dran. Der Officer, den ich zur Rede gestellt habe, hat alles abgestritten. Er wär's nicht gewesen, hat er gesagt.»

Die Straße nördlich von Sanostee war vor einigen Jahren begradigt und frisch geschottert worden, damals hatte der Tribal Council gerade sein Herz für diesen Teil der Chuskas entdeckt und energisch auf eine Verbesserung der Infrastruktur gedrängt. Aber der Schotterbelag war längst fortgeschwemmt worden, was die Schneefälle im Januar nicht schafften, besorgte das Tauwetter im April. Und die Straßenmeisterei hatte kapituliert und betrachtete die Strecke als nicht mehr existent. Trotzdem, bei trockenem Wetter war die Straße noch befahrbar. Sie wurde wenig benutzt, es wohnte nur eine Handvoll Familien hier oben, Schafzüchter, die ihre Herden auf die kargen Weideflächen des Hochlands trieben. Chee fuhr langsam, kurvte vorsichtig um tiefe Auswaschungen herum und achtete darauf, daß er dem tückischen Straßenrand nicht zu nahe kam. Die Wolken über dem westlichen Horizont glühten rot, auf dem gewöhnlich blaßgelben Abendhimmel lag ein Schimmer aus rosafarbenem Licht.

«Ich frage mich, wer die Pete diesmal gerufen hat», sagte Chee. «Wir hatten Bistie darauf aufmerksam gemacht, daß er einen Anwalt nehmen könnte, aber er wollte keinen.»

«Wahrscheinlich seine Tochter», vermutete Leaphorn.

«Wahrscheinlich», gab ihm Chee recht. Aber dann erinnerte er sich an sein kurzes Gespräch mit Bisties Tochter. Ob sie überhaupt wußte, daß ihr Vater Anspruch auf einen Anwalt hatte? Sie hätte nach Sanostee fahren und anrufen müssen. Und hätte sie denn gewußt, bei wem sie anrufen mußte? Kaum anzunehmen. «Vielleicht war sie's», sagte er einschränkend.

Damit war ihr Gespräch vorläufig beendet, sie fuhren schweigend weiter. Leaphorn saß aufrecht, fest gegen den Sitz gelehnt. Seine Augen nahmen auf, was es im schwächer werdenden Abendlicht noch zu erkennen gab. Seine Gedanken waren weit weg, bei Emma. Und als er die Einsicht nicht mehr ertragen konnte, daß ihm wohl nichts anderes übrigbliebe, als sich mit ihrer Krankheit abzufinden, versuchte er sich wieder durch die Beschäftigung mit den Mordfällen von seinen Sorgen abzulenken.

Chee lehnte sich lässig gegen die linke Wagentür, hielt das Lenkrad mit der rechten Hand und war, genau wie Leaphorn, in Gedanken versunken. Die kleine Knochenkugel in Bisties Geldbörse ging ihm nicht aus dem Sinn. Wie sollte er es anstellen, den eigensinnigen alten Mann zum Reden zu bringen? Vor allem dazu, mit ihm, einem Fremden, über Zauberei zu sprechen? Aber vielleicht ließ Leaphorn ihn gar nicht zu Wort kommen. Wenn er sich auf die Rolle eines Zuhörers beschränken mußte, würde es immerhin interessant sein zu sehen, wie Leaphorn, der in der Tribal Police als As galt, in so einem Fall vorging. Und dann mußte Chee an Mary Landons Brief denken. Es war ihm, als sähe er die Worte vor sich, mit dunkelblauer Tinte auf blaßblaues Papier geschrieben.

Dad und ich sind kürzlich zur Studienberatung nach Madison gefahren. Ich kann dort mein zweites Examen machen. Vielleicht brauche ich nur zwei Semester...

Nur zwei Semester. Nur zwei. Du liebe Zeit, was ist das schon?

Zwei große Schritte weg von dir, Chee. Ja, ich habe dir versprochen, daß ich am Ende des Sommers zu dir zurückkomme. Statt dessen gehe ich jetzt ein Stück weiter weg. Ich hab dich sehr geliebt, nun bist du eben ein guter Freund für mich.

War es das, was zwischen den Zeilen in ihrem Brief stand?

Die Straße stieg an, auf dem Hang, der vor ihnen lag, wucherte Gestrüpp, dazwischen ragten ein paar Pinien auf. Chee schaltete in den zweiten Gang.

«Wir sind gleich da, hinter der Kuppe», sagte er.

Als sie oben waren, sahen sie das Licht. Ein hell leuchtender Punkt in der Abenddämmerung, unten in der Senke, mindestens noch eine halbe Meile von ihnen entfernt. Chee wußte, was es mit dem Lichtpunkt auf sich hatte: ein Metallreflektor mit einer Glühbirne, und das Ganze auf einem zehn Meter hohen Baum. Diese seltsame Außenbeleuchtung war ihm damals schon aufgefallen, als er mit Jay Kennedy hergekommen war, um den alten Mann festzunehmen. Bisties Spuklicht. Ob ein Zauberer Angst vor Gespenstern hätte? Oder ließ er das Licht brennen, um die *chindis* zu vertreiben, die in der Dunkelheit unterwegs waren?

«Wohnt er da unten?» fragte Leaphorn.

Chee nickte.

«Und sogar ans Stromnetz ist er angeschlossen?» wunderte sich der Lieutenant.

«Ich nehme an, er erzeugt seinen Strom selbst. Hinter dem Haus steht ein Windgenerator.»

Um zu Bisties Hogan zu kommen, mußte man rechts von der Straße abbiegen. Der Weg folgte den Buckeln und Falten des Geländes, schlängelte sich zwischen Piniengruppen durch und führte das letzte Stück steil hinunter zum Haus. Jetzt am Abend – und vom gelblichen Licht der Glühbirne beschienen, sah das, was Bistie sein Zuhause nannte, ärmlicher aus, als Chee es in Erinnerung hatte. Ein viereckiger Schuppen aus rohen Planken, mit blau schimmernden Schieferschindeln bedeckt, daneben der Windgenerator. Dahinter stand ein Wellblechschuppen, wahrscheinlich die Vorratskammer. Neben dem Laubengang schloß sich der Schafspferch mit einem nach vorn offenen Heuschuppen an. Und da, wo die ersten Felsen der Mesa aus dem kargen Grasland ragten, hatte Bistie aus Feldsteinen seinen Hogan gebaut.

Chee hielt unter dem Baum mit der Glühbirne. Bisties Kleinlaster konnten sie nirgendwo entdecken. Im Haus schien es dunkel zu sein.

Leaphorn seufzte. «Können Sie sich denken, wo er steckt? Verwandte besuchen?»

«Keine Ahnung», sagte Chee, «wir haben nie darüber gesprochen, wo seine nächsten Verwandten wohnen und wie er mit den Nachbarn steht.»

«Bei ihm wohnt nur seine Tochter?»

«Ja.»

Sie warteten eine Weile, aber niemand ließ sich blicken. Anscheinend hatten sie den weiten Weg umsonst gemacht. Sie mußten entweder unverrichteter Dinge zurückfahren oder die Nachbarn abklappern und fragen, ob jemand Roosevelt Bistie gesehen hätte. Was Stunden dauern konnte. Und wahrscheinlich sowieso vergebliche Mühe war.

«Vielleicht ist er, nachdem ihn Janet Pete aus dem Gefängnis geholt hat, gar nicht nach Hause gefahren?» meinte Chee.

Leaphorn ließ einen brummelnden Laut hören. Im gelblichen Licht der Außenlampe sah sein Gesicht wächsern aus.

Noch immer rührte sich nichts.

Leaphorn stieg aus, warf die Wagentür absichtlich laut zu, stützte sich aufs Autodach und sah zum Hogan hinüber. Die Tür war bestimmt nicht verschlossen. Ob sie einfach rübergehen und nachsehen sollten?

Eine Windbö wirbelte Sand auf, zauste an Leaphorns Hosenbeinen und an seinem breitkrempigen Hut. Er hörte die Wagentür auf Chees Seite klappen. Und auf einmal fing er zu schnuppern an, es roch scharf nach Rauch.

«Irgendwo brennt was», sagte Chee im gleichen Augenblick.

Leaphorn ging auf den Hogan zu, schlug mit der flachen Hand gegen die Tür. Der beißende Geruch wurde stärker, er schien aus dem Haus zu kommen. Leaphorn schob die Tür auf, Qualm schlug ihm entgegen, verwehte im Wind. Und hinter ihm rief Chee: «Bistie, wo steckst du?»

Leaphorn fächelte mit dem Hut den Rauch weg und ging ins Haus, Chee folgte ihm. Es war ihnen schnell klar, woher der Qualm kam. An der hinteren Steinwand stand ein Butangasherd, zwei Flammen brannten, über der einen brodelte und wallte es in einer blau emaillierten Kaffeekanne, aus dem Aluminiumtopf über der anderen Flamme stieg grauschwarzer Rauch. Leaphorn hielt den Atem an, drehte den Brenner aus, benutzte seinen Hut als Topflappen, zog die Kochgefäße vom Herd und stellte sie auf den Boden. Die verschmorten, festgebackenen Überreste im Aluminiumtopf sahen aus, als hätte mal ein Stew daraus werden sollen.

Chee kam aus der hinteren Kammer zurück. «Niemand da.» Er sah den umgestoßenen Stuhl auf dem Boden liegen.

«Haben Sie überall nachgesehen?»

Chee nickte. «Keiner zu Hause.»

«Die beiden haben's wohl ziemlich eilig gehabt», meinte Leaphorn. Er schnupperte an dem Aluminiumtopf, aus dem es immer noch rauchte, stocherte mit dem hinteren Ende der Taschenlampe in den verbrannten Fleischresten herum und winkte Chee heran. «Sie haben doch Naturwissenschaften studiert, wie? Dann schauen Sie sich das mal an. Wie lange muß ein Stew auf dem Herd stehen, bis es so festgebacken ist?»

Chee beugte sich über den Topf. «Er hatte die Flamme ziemlich hoch aufgedreht. Fünf oder zehn Minuten, schätze ich. Kommt darauf an, wieviel Wasser er dazugegeben hat.»

«Er – oder sie», sagte Leaphorn, «seine Tochter. Wissen Sie zufällig, ob die Bisties nur ein Auto haben?»

«Ja, nur den Pickup.»

«Dann müssen sie damit unterwegs sein. Beide oder einer von ihnen. Uns sind sie nicht begegnet, also müssen sie in die andere Richtung gefahren sein. Aber das kann noch nicht lange her sein. Wieso haben wir die Autoscheinwerfer nicht gesehen?» Leaphorn reckte sich, machte ein paar Dehnübungen. «Sehen Sie? Auf dem Tisch steht nur ein Teller.»

«Ja, und der Stuhl ist umgestürzt.»

Leaphorn starrte auf den Aluminiumtopf. «Vor fünf oder zehn Minuten. Also ist er nicht vor uns davongelaufen. Er war schon weg, als wir kamen. Und das Stew war auch schon angebrannt.»

«Ich werd mich noch mal ein bißchen genauer umsehen», schlug Chee vor.

«Lassen Sie mich das machen», sagte Leaphorn. «Schauen Sie sich inzwischen draußen um, vielleicht entdecken Sie was.»

Er ging bis zur Tür. Chee verstand sich bestimmt aufs Spurenlesen, aber am liebsten verließ Leaphorn sich auf die eigenen Augen. Nur, wenn die Spuren erst mal verwischt waren, war es zu spät.

Der Boden war mit dunkelrotem Linoleum belegt. Fast neu, das machte Leaphorn die Arbeit leichter. Und staubig, was bei dem trockenen Wetter kein Wunder war – und im übrigen ein Vorteil bei der Suche nach Spuren. Leaphorn sah sich um. Dieser vordere Raum war Küche, Eßzimmer, Wohnraum und Schlafkammer zugleich, in einer Ecke war ein Alkoven abgetrennt, hinter dem halb zurückgeschobenen Vorhang war ein Holzbett zu sehen. Auf den Wandregalen entdeckte Leaphorn Lebensmitteldosen, Töpfe und ein paar Küchengeräte. Auf dem Fußboden an der hinteren Wand standen Pappschachteln. Der Raum war klein und einfach eingerichtet, aber alles sah aufgeräumt und ordentlich aus. Bis auf den umgestürzten Stuhl.

Und das Linoleum war staubig.

Leaphorn ging in die Knie und sah sich den Fußboden genauer an. Seine eigenen Fußspuren waren deutlich zu erkennen. Und die etwas größeren von Chees Stiefeln. Das Licht fiel schräg aufs Linoleum, spiegelte sich in dem glatten Belag. Leaphorn kam hoch, ging vorsichtig, um möglichst wenig neue Spuren zu treten, zum Lichtschalter und schaltete die Deckenlampe aus. Mit der Taschenlampe leuchtete er den Boden ab. Seine eigenen Fußspuren und die von Chee interessierten ihn nicht. Er mußte tiefer hinunter, eine Weile lag er auf den Knien, dann auf dem Bauch. Und schließlich fand er, wonach er suchte.

Schwächer als die Spuren, die Chee und er eben erst getreten hatten. Aber deutlich genug für ein geübtes Auge. Jemand mit gerippten Gummisohlen hatte am Tisch gesessen, an der Längsseite, die Knie nach hinten abgewinkelt, die Füße unter dem Stuhl auf den Boden gestemmt. Und es gab Spuren von anderen Schuhen – unter dem Tisch und bei dem umgestoßenen Stuhl. Glatte Gummisohlen, von Jogging- oder Tennisschuhen. Etwas kleiner als die mit dem gerippten Muster, aber immer noch zu groß für eine junge Frau, es sei denn, Bisties Tochter hätte ungewöhnlich große Füße.

Leaphorn kam unter dem Tisch hoch, stieß unsanft mit dem Kopf gegen die Kante, fluchte leise und ging zum Alkoven. Er schob den Vorhang ganz zurück. Auf einem niedrigen Schränkchen standen zwei Paar Schuhe. Abgetragene Laufschuhe, Damengröße, und ein Paar schwarze Slipper mit flachen Absätzen. Er nahm einen Schuh mit zum Tisch und verglich die Größe mit den Spuren auf dem staubigen Fußboden. Der Slipper war viel kleiner. Also hatte

Bistie Besuch gehabt, nicht lange, bevor Leaphorn und Chee gekommen waren.

Aber wohin waren die beiden verschwunden? Und warum, zum Teufel, hatte sie den Kaffee vor sich hinbrodeln und das Stew anbrennen lassen?

In der hinteren Kammer fand er nichts Auffälliges. An der Wand lagen ordentlich aufgerollte Decken, anscheinend Bisties Schlafbündel. Genauso ordentlich hatte der alte Mann seine Kleidung über einen Draht gehängt, der zwischen zwei Ecken gespannt war. Zwei Jeanshosen, schon ziemlich abgetragen, eine khakifarbene Hose mit durchgewetzten Aufschlägen, eine Wolljacke und vier langärmlige Hemden, das eine hatte am Ellbogen ein Loch. Leaphorn sah sich ein bißchen ratlos um. Im Vorbeigehen tauchte er den Finger in die Waschschüssel auf dem kleinen Tischchen neben Bisties Schlafplatz. Es war eine unbewußte Bewegung gewesen, mehr Routine als Absicht. Er blieb überrascht stehen. Das Wasser war lauwarm. Und der Waschlappen, der neben der Schüssel lag, war feucht. Leaphorn runzelte die Stirn.

Irgendwas war mit dem Waschlappen aufgewischt worden. Leaphorn richtete den Strahl der Taschenlampe darauf. Der Lappen sah schmutzig aus, als hätte jemand den Boden damit aufgewischt. Und an ein paar Stellen waren dunkle Flecke zu erkennen. Leaphorn roch an dem Lappen.

«Chee!» rief er. «Chee!»

Er ließ das Licht der Taschenlampe über dem Fußboden kreisen, fand aber keine Stelle, an der feucht aufgewischt worden war. Vielleicht vorn im Wohnraum? Wieder ging er in die Knie, er leuchtete das Linoleum ab. Auch hier keine Wischspuren. Aber etwas anderes entdeckte er: eine Schleifspur, ungefähr vierzig Zentimeter breit. Ein schwerer Gegenstand war über den Boden gezerrt worden und hatte den Staub weggewischt. Die Spur führte vom vorderen Eingang quer durch den Wohnraum bis in die hintere Kammer. Und dort bis zur Hoftür, die in diesem Augenblick aufgestoßen wurde.

Chee streckte den Kopf herein. «Ich hab draußen eine Schleifspur gefunden.»

«Ich hier drin auch», sagte Leaphorn. Er ließ den Lichtstrahl der Taschenlampe über den Boden wandern. «Quer durch den Hogan, bis hierher zum Hinterausgang.» Er hielt Chee den feuchten Lappen hin. «Schauen Sie sich das mal an. Riechen Sie dran.»

Chee schnupperte. «Riecht wie Blut.» Er sah Leaphorn fragend an. «Ob er extra für das Stew einen Hammel geschlachtet hat?»

«Das bezweifle ich», meinte Leaphorn. «Wir werden wohl rausfinden müssen, wohin die Schleifspur führt. Ich bin neugierig, was da über den Boden gezerrt worden ist.»

«Oder wer», sagte Chee.

Auf dem Boden zwischen dem Hogan und den angrenzenden Schuppen konnte Leaphorn zunächst keine Spuren ausmachen, die Dürre und Abertausende von Schritten hatten die Erde hart wie Beton gemacht. Erst als Chee ihm mit der Taschenlampe zeigte, was er entdeckt hatte, sah Leaphorn die Schleifspur, kaum wahrnehmbar, flach und halb verwischt. Sie führte am Windgenerator und am Wellblechschuppen vorbei nach hinten, wo der Hang anstieg und das Erdreich weicher wurde. Hier wurde die Spur deutlicher, es gab Pflanzen, die sich noch nicht wieder aufgerichtet hatten, und aufgerissene Stellen in der Grasnarbe.

«Scheint da rauf zu führen», meinte Leaphorn, «zu der Hütte.»

Sie hatten trotz des weichen Grasbodens Mühe, der Spur zu folgen, denn inzwischen war es dunkel geworden, nur über dem Horizont lag noch ein tiefroter Streifen Licht. Leaphorn suchte sich mit der Taschenlampe den Weg, immer wieder kamen Windböen auf und wirbelten ihm Staub, Gras und abgerissene Zweige vor die Füße.

Und dann...

Wie es eigentlich passiert war, wußte Leaphorn hinterher nicht genau. Er saß auf der Erde, er hörte Chee etwas schreien, er fühlte den Schmerz, er dachte, es müßte ihm den Knochen zerschmettert haben. Den Schuß hatte er zunächst gar nicht gehört. Das einzige, was er wahrnahm, war der scharfe Schmerz. Als hätte ihn ein Hammerschlag am rechten Unterarm getroffen. Die Taschenlampe lag irgendwo im Gras. Und auf einmal hörte er noch einen Schuß. Chee feuerte mit der Pistole ins Dunkel. Leaphorn sah, wie das Mündungsfeuer aufblitzte. Der Pistolenschuß und der grelle Blitz rüttelten ihn aus dem Schock. Plötzlich begriff er, was geschehen war. Roosevelt Bistie, dieser Mistkerl, hatte auf ihn geschossen.

14

«Ein Officer ist niedergeschossen worden.»

Der Alarmruf löste überall hektische Aktivitäten aus. In Shiprock wurde zuerst der Dienststellenleiter, Captain Largo, verständigt, die Hiobsbotschaft erreichte ihn zu Hause beim Fernsehen. Fast gleichzeitig wurden die ersten Funksprüche hinausgejagt: an alle Stationen der Navajo Tribal Police, an die Dienststellen der Staatspolizei von New Mexico und an das Sheriffsbüro des San Juan County. Auch die Highwaypolizei in Arizona wurde alarmiert, denn die Chuska Mountains dehnen sich bis weit über die Staatsgrenze aus, zwölf Meilen nördlich von Sanostee beginnt schon Arizona. Und ganz genau wußte der diensthabende Officer am Funkgerät in Shiprock in diesen ersten Minuten noch nicht, was eigentlich passiert war, und wo. Daß er auch das Sheriffsbüro des Apache County in St. Johns verständigte, rund hundert Meilen südlich der Chuskas, geschah mehr aus kollegialer Höflichkeit. Ganz auszuschließen war es allerdings nicht, daß sogar die Jungens da unten irgendwann etwas mit dem Fall zu tun bekämen.

Das FBI-Büro in Farmington wurde erst etwas später telefonisch unterrichtet, obwohl Gewaltverbrechen innerhalb der Großen Reservation Sache der Bundespolizei sind. Es verging noch einmal einige Zeit, bis die Dienststelle in Farmington Jay Kennedy aufstöberte. Er verbrachte den Abend bei einem befreundeten Rechtsanwalt beim Bridgespiel. Es ging um einen Penny pro Punkt, und Kennedy hatte eine sagenhafte Glückssträhne erwischt. Er hatte schon zweimal hintereinander drei Partien in Serie gewonnen und war gerade drauf und dran, einen angesagten Klein-Schlemm zu machen, zwölf von dreizehn Stichen. Er nahm den Anruf entgegen, spielte den Schlemm zu Ende, rechnete für sich 2350 Punkte aus und kassierte dafür dreiundzwanzigeinhalb Dollar. Es war kurz nach zehn Uhr abends, als er das Haus verließ.

Eine halbe Stunde später traf der Krankenwagen aus Farmington bei Bisties Hogan ein, Chee hatte ihn das letzte Stück von Littlewater bis in die Chuskas gelotst. Während die Männer vom Rettungsdienst sich um Leaphorn kümmerten, kam Captain Largo an, er hatte Gorman dabei. Er ließ sich kurz vortragen, stellte hastig ein paar Fragen und schickte den Krankenwagen los. Über

Funk vergewisserte er sich, daß bereits alle Straßensperren besetzt waren. Als er das Mikrofon weglegte, sah er Chee skeptisch an.

«Wahrscheinlich ist es schon zu spät für die Straßensperren», meinte er.

Chee hatte einen langen Tag hinter sich, er war müde, der Adrenalinspiegel mußte knapp über Null liegen. «Wer weiß», brummelte er vor sich hin. «Vielleicht hat der Kerl einen Platten gehabt. Kann sogar sein, daß er zu Fuß unterwegs ist. Und wenn's Bistie war, hockt er vielleicht schon wieder zu Hause. Wenn's aber...»

«Kann's denn überhaupt jemand anderes gewesen sein?»

«Keine Ahnung», sagte Chee. «Vermutlich war er's. Er wohnt hier, und er hat das ja so an sich, daß er auf Leute schießt. Aber es kann natürlich auch sein, daß ihm irgend jemand die Rumballerei übelgenommen und zur Abwechslung mal Bistie als Zielscheibe benutzt hat. Dann werden wir seine Leiche irgendwann in den Felsen finden.»

Largo starrte ihn finster an, Chees Ton gefiel ihm nicht. «Wie konnte so was überhaupt passieren? Zwei Cops, die ihre Pistolen dabeihaben – und auf der anderen Seite ein kranker alter Mann?»

Chee gab keine Antwort, Largo erwartete das offenbar auch gar nicht. «Du und Gorman, ihr klettert mal da hoch und seht nach, ob ihr was findet. Ich schick einen von der Staatspolizei und den Deputy vom San Juan County mit, paßt auf, daß die beiden sich in der Dunkelheit nicht verlaufen.»

Chee nickte.

«Ich warte hier auf Kennedy», sagte Largo, «und komm mit ihm nach.»

Chee drehte sich um und ging zum Wagen.

«Noch was!» rief Largo hinter ihm her. «Paß auf, daß Bistie nicht auch noch auf dich schießt.»

Es war 10 Uhr fünfundfünfzig, als Chee seinen Geländewagen abstellte, wieder unter dem Baum mit Bisties Spuklicht. Das Licht brannte jetzt nicht mehr, sonst war alles unverändert. Keine Spur von Bisties Pickup, kein Licht im Haus. Also auch keine Hoffnung, daß Bistie grinsend unter der Tür erschien und ihm den Ahnungslosen vorspielte. Alles sah aus wie vor ein paar Stunden, als Chee mit Lieutenant Leaphorn hier angekommen war. Und doch kam ihm das, was sich danach ereignet hatte, schon jetzt so unwirklich vor, als hätte er es nur geträumt.

Hinter ihm knallten Autotüren. Er stieg aus, der Wagen der Staatspolizei und der mit dem Sheriffstern vom San Juan County waren gekommen. Chee wies die anderen ins Gelände ein und deutete den Hang hinauf, ungefähr dahin, wo die Hütte lag. Von dort war vorhin auf Leaphorn geschossen worden. Mit gezogenen Waffen schwärmten sie aus, quer über den Hof. Der Beamte von der Staatspolizei, ein älterer Mann mit roten Haaren und Sommersprossen, trug eine Maschinenpistole, der Deputy ein Gewehr.

«Hier liegt was auf dem Boden!» Der Mann von der Staatspolizei leuchtete auf den festgestampften Erdboden, nicht weit vom Hogan. Eine Messinghülse. «Sieht nach Kaliber achtunddreißig aus. Wer kümmert sich um die Beweissicherung?»

«Kennedy», antwortete Chee. «Lassen Sie das Ding einfach liegen. Ich glaube, wir werden noch eine zweite Geschoßhülse finden, weiter oben.» Er dachte an das Gewehr, das Bistie benutzte. Die Hülsen aus einer 30-30 waren länger. Die 38er wurden aus Pistolen und Revolvern abgefeuert. Diese hier stammte aus einer Pistole, sonst wäre sie nicht ausgeworfen worden. Wenn die Hülse auch was mit Bistie zu tun hatte, dann mußte der alte Mann ein ganzes Waffenarsenal besitzen.

«Hier liegt die zweite Hülse», rief der Mann von der Staatspolizei, «dasselbe Kaliber.» Der Punkt, auf den er leuchtete, war nur knapp zwei Schritte vom Fundort der ersten Hülse entfernt.

Chee ging gar nicht erst hin. Er überlegte, ob er die anderen bitten sollte, sich möglichst vorsichtig zu bewegen und keine Spuren zu verwischen. Aber er ließ es. Auf dem ausgedörrten Boden und bei dem ständigen Wind wäre die Suche nach Spuren sowieso bloß vertane Zeit gewesen. Was nicht für die Schleifspuren galt. Ihnen zu folgen und das zu finden, was hier über den Hof und dann den Hang hochgezerrt worden war, konnte nicht schwierig sein.

Es war nicht schwierig. Die Hütte auf halber Hanghöhe war leer, aber als sie die Umgebung absuchten, rief Gorman plötzlich: «Hierher! Ein Toter!»

Die Leiche lag halb verdeckt hinter kniehohem Ziegenkraut, mit dem Kopf nach unten. Die Beine waren leicht gespreizt. Nicht schwer, sich vorzustellen, wie der Tote den Hang hinaufgezogen worden war.

Roosevelt Bistie.

Gorman und Chee hatten ihre Taschenlampen auf die Leiche gerichtet, die Lichtbündel kreuzten sich und ließen das Gesicht des alten Mannes noch gelber als zu Lebzeiten erscheinen. Nur die grimmige Miene und der bittere Zug um die Mundwinkel waren unverändert. Als wäre Bistie darauf gefaßt gewesen, daß irgendwann einer käme, um ihn niederzuschießen und seinem freudlosen Leben ein Ende zu setzen. Das Hemd war ihm bis zu den Schultern hochgerutscht, halb nackt hatte sein Mörder ihn über den Boden geschleift. Dicht unterhalb der Rippen waren die Einschußwunden zu sehen, knapp zwei Fingerbreit auseinander, die untere hatte ein wenig geblutet. Zwei ziemlich kleine Löcher. Eigentlich sehen sie ganz harmlos aus, dachte Chee. Merkwürdig, zwei so unscheinbare Löcher, und nichts bleibt mehr übrig vom Lebensatem eines Menschen.

Gorman sah ihn fragend an.

«Das ist Bistie», sagte Chee. «Sieht so aus, als hätte ihn der umgebracht, der auch auf Lieutenant Leaphorn geschossen hat. Ich vermute, er war gerade dabei, den Toten den Hang raufzuschleifen, als wir unten beim Hogan ankamen, der Lieutenant und ich.»

«Und nach dem Schuß auf Leaphorn ist er abgehauen», meinte Gorman.

Chee nickte. «Spurlos, fürchte ich.»

Der Mann von der Staatspolizei stand jetzt neben ihnen, nur der Deputy tappte noch weiter durchs Dunkel und suchte Gott weiß was. Chee ahnte, daß da nicht viel zu finden war.

Unten kamen zwei weitere Wagen an. Türen klappten, Chee erkannte Kennedys Stimme. Und dann hörte er Kennedy und Captain Largo den Hang heraufkommen. Er richtete den Lichtstrahl der Taschenlampe noch einmal auf die Einschußwunden. Dabei entdeckte er auf Bisties linker Brustseite eine kleine Narbe, noch nicht ganz verheilt, nicht viel länger als einen Zentimeter, sehr schmal, offenbar von einer Schnittverletzung. Nur, gewöhnlich schnitt sich jemand in den Finger oder in die Hand, nicht in die Brust. Chee mußte an die kleine Knochenkugel in Bisties Geldbörse denken. Und er fragte sich, ob das Portemonnaie noch in Bisties Tasche steckte oder ob es ihm, als sein Mörder ihn an den Beinen gepackt und bis hierher, den steinigen Hang hochgezerrt hatte, unterwegs herausgerutscht wäre. Aber wo immer man die Geldbörse fand, viel wichtiger war die Frage, ob das Knochenkügelchen noch da war.

Er kauerte neben Bistie und starrte auf die fast verheilte Schnittwunde. Er ahnte, woher der kleine Schnitt auf der linken Brustseite stammte. Bistie war zu einem Schamanen gegangen, um die Ursache seiner Krankheit zu erfahren. Und der Zauberpriester – einer, der aus der Hand, aus den Sternen oder aus einer Kristallkugel las – hatte ihm gesagt, was alle Schamanen in solchen Fällen sagen: daß ein Skinwalker ihm ein Stückchen Knochen in den Leib geblasen hätte und daß er sterben müßte, wenn es nicht entfernt würde. Und dann hatte er ihm die Haut aufgeritzt, sich über den rituellen Schnitt gebeugt und an der Wunde gesaugt. Und auf einmal hatte das Knochenkügelchen auf der Zunge des Schamanen gelegen. Und Bistie hatte es in seiner Geldbörse verwahrt, bezahlt, was er schuldig war, und war heimgegangen mit dem Vorsatz, den Skinwalker zu töten und das kleine Stück Knochen dem in die tödliche Wunde zu schieben, der ihn verhext hatte. Denn nur so konnte er das Übel des Bösen endgültig von sich abwenden.

Chee lenkte den Lichtstrahl der Taschenlampe auf Bisties Gesicht. Es kam ihm so vor, als läge in den starren Augen immer noch stumme Wut. Wieso hatte Bistie ausgerechnet Endocheeney, den die Leute rings um Badwater Wash als freundlichen, hilfsbereiten Nachbarn schätzten, für den Skinwalker gehalten? Der Schamane hatte ihm bestimmt keinen Namen genannt. Und nach allem, was Chee wußte, hatten Bistie und Endocheeney sich nicht gekannt.

Der Mann von der Staatspolizei winkte Captain Largo mit der Taschenlampe heran und rief ihm zu, sie hätten einen Toten gefunden. Ein Windstoß wehte Chee Staub ins Gesicht, er schloß die Augen. Und als er sie wieder öffnete, sah er, daß sich ein Büschel Schlangenkraut in Bisties Haaren verfangen hatte, dicht über dem Ohr.

Was hatte Bistie so sicher gemacht, daß der Mann, dessen Zauber sein Leben bedrohte, Endocheeney war? So sicher, daß er nicht einmal vor einem Mordversuch zurückgeschreckt war? Wann, wo und wie hatten sich ihre Wege gekreuzt? Die Fragen blieben, aber wer sollte ihnen, nachdem nun auch Bistie tot war, Antworten darauf geben?

Chee hörte Largo und Kennedy kommen, er spürte, daß sie hinter ihm standen, aber er blieb in der Hocke und starrte unverwandt auf den Toten.

«Zwei Pistolenschüsse in die Brust», sagte der Mann von der Staatspolizei, «daran ist er gestorben.»

Chees Augen waren auf die Narbe der kleinen Schnittwunde gerichtet. Die Pistolenschüsse... Der Rothaarige hatte recht, an den Schüssen war Bistie letzten Endes gestorben. Aber sein Sterben hatte schon früher begonnen. In einem Augenblick, von dem nur noch die kleine, halb verheilte Narbe Zeugnis gab.

15

Das Krankenhaus in Gallup ist der ganze Stolz des Indian Health Service – ein supermoderner Bau, erstklassig ausgestattet und einmalig schön gelegen. Es wurde in einer Zeit gebaut, als die Bundesbehörden aus dem vollen schöpften. Inzwischen waren die goldenen Zeiten vorbei, sogar der Staat hatte sich daran gewöhnt, auf Pump zu leben. Schwesternstellen waren gestrichen worden, der jährliche Etat reichte nicht hinten und nicht vorn, der Krankenhausleitung wuchsen die Sorgen über den Kopf.

Aber davon merkte Joe Leaphorn an diesem Vormittag nichts. Der Lunch, den die Schwester ihm ans Bett stellte, ließ keine Wünsche an die Küche offen. Und an der Aussicht gab es sowieso nichts zu mäkeln. Der Health Service hatte das Krankenhaus auf einem Südhang hoch über der Stadt Gallup gebaut. Leaphorn mußte nur den Kopf ein wenig heben und über den Huckel schauen, den seine Füße ins Bettlaken beulten, dann reichte sein Blick bis an die Grenzen der Großen Reservation. Unten im Tal zogen – lautlos wie in einem Stummfilm – die Sattelschlepper auf der Interstate 40 dahin. Hinter dem Highway lag die Bahnlinie, die Hauptstrecke, auf der der Interkontinentalverkehr vom Eisenbahnknotenpunkt Santa Fe nach Osten und nach Westen rollte. Hinter den östlichen Ausläufern der Stadt ragten die roten Felsen der Mesa de los Lobos auf, in der flimmernd heißen Luft sah es aus, als wäre ein zarter blauer Schleier über das rote Gestein gezogen. Fern am Horizont, fast fünfzig Meilen weit weg, lag wie ein weit ausgebreitetes graugrünes Tuch die Hochebene, das Grenzland. Irgendwo dort ging die Große Reservation in die Checkerboard-Reservation über. Da oben, nicht weit von Two Gray Hills, war Leaphorn aufgewachsen.

Aber was ihm jetzt durch den Kopf ging, waren keine Kindheitserinnerungen. Vor zwei oder drei Minuten, als der Wagen mit dem Lunchtablett hereingeschoben wurde, war er aufgewacht. Ein taumelndes Erwachen aus tiefem Schlaf nach einer Morphiumspritze. Und ehe er noch recht begriff, wo er war und warum man ihn hergebracht hatte, überfiel ihn schon die Sorge um Emma – Gedanken, die er nicht erst formen mußte, die wohl unbewußt immer gegenwärtig gewesen waren, sogar im Schlaf.

Er versuchte sich damit zu beruhigen, daß ja Agnes schon seit ein paar Tagen da war und ganz in der Rolle der hingebungsvollen jüngeren Schwester aufging. Eine Rolle, die ihr gut stand, auch wenn sie Leaphorn mitunter durch ihre wieselnde Besorgnis auf die Nerven ging. Sie war da, sie würde sich um Emma kümmern und tun, was nötig war. Er brauchte sich keine Sorgen zu machen. Nicht mehr als sonst.

Die Phase des Zurücktastens in die Wirklichkeit war vorüber. Er hatte begriffen, wo er war, und warum. Er machte sich mit der ungewohnten Umgebung vertraut, starrte auf seinen rechten Arm, der schwere Gipsverband fühlte sich immer noch kalt und feucht an. Er bewegte den Daumen, die Finger, die Hand, tastete sich an die Schmerzgrenze heran.

Und dann waren es eben doch wieder die Gedanken an Emma, die alles andere verdrängten. Für morgen hatte er den Termin beim Neurologen vereinbart. Er würde Emma zu Hause abholen und hinbringen, gar keine Frage, so gut ging es ihm allemal. Obwohl dann das, was er schon lange ahnte und immer wieder verdrängen wollte, zur schrecklichen, unumstößlichen Gewißheit wurde. Dann gab es keinen Ausweg mehr. Er mußte es ertragen, daß sie ihm jeden Tag ein bißchen fremder wurde. Zuerst würde sie nicht mehr wissen, wer er war, und dann nicht mehr, wer sie selbst war.

In einer der Broschüren über die Alzheimersche Krankheit hatte er eine Beschreibung des Krankheitsbildes gelesen, die ihm nicht mehr aus dem Kopf ging: «Der Kranke lauscht in sich hinein und hört nichts als die Stille des Vergessens.» Und noch eine Textstelle hatte sich ihm eingeprägt. «Ich muß es ihr jeden Tag wieder sagen, daß wir seit dreißig Jahren verheiratet sind und vier Kinder haben», beschrieb jemand den Alltag mit seiner kranken Frau, «und trotzdem fragt sie mich jeden Abend, wenn ich mich neben ihr ins Bett lege: Wer sind Sie?»

Den schleichenden Anfang dieser Entwicklung hatte Leaphorn schon selbst erlebt. Letzte Woche war er in die Küche gekommen, und Emma, die gerade Karotten schrappte, hatte aufgeschaut und ihn angestarrt, jäh erschrocken, dann ängstlich, schließlich verwirrt, sie hatte sich an Agnes' Arm geklammert. War das nicht fast schon die stumme Frage gewesen: Wer ist dieser Mann? Er würde lernen müssen, damit zu leben. Falls man so etwas lernen kann.

Unbeholfen tastete er mit der linken Hand nach dem Klingelknopf, um jemanden vom Pflegepersonal zu rufen. Das Licht draußen vor dem Fenster war gleißend hell, es tat ihm in den Augen weh. Fern im Osten über Tsoodzil, dem Turquoise Mountain, hingen Wolken. Würden sie Regen bringen? Bestimmt nicht über der Großen Reservation, dafür waren sie viel zu weit weg. Es sei denn, ein Gewitter kam auf und trieb die Wolken zu ihnen her. Er schwang die Beine aus dem Bett und mußte einen Augenblick still sitzen bleiben, weil ihm schwindlig wurde. Zusammengesunken hockte er auf der Bettkante und wartete darauf, daß das Kreisen in seinem Kopf und das Summen in seinen Ohren aufhörten.

«Nanu?» sagte jemand hinter ihm. «Ich hab nicht damit gerechnet, daß Sie schon auf den Beinen sind.»

Es war Dilly Streib. Er trug die blaue FBI-Sommeruniform, mit weißem Hemd und einem geschlungenen Tuch im offenen Hemdkragen. Vergeblicher Aufwand, an Streib hing alles herunter, als habe er in der Uniform geschlafen.

«Ich bin noch nicht auf den Beinen», sagte Leaphorn und deutete auf den Wandschrank. «Daraus wird erst was, wenn Sie meine Klamotten finden. Sehen Sie mal nach?»

Streib hatte einen Aktendeckel mitgebracht, er warf ihn aufs Bett und drehte sich zum Wandschrank um. «Hab mir gedacht, daß Sie das vielleicht interessiert. Oder hat ihnen schon jemand erzählt, was passiert ist?»

Leaphorn fühlte einen Anflug von Kopfschmerzen, irgend etwas nagte hinter der Stirn. Er schaute auf das Tablett mit dem Lunch. Eine Suppe, noch dampfend heiß, grüner Salat und irgendwas mit Hühnchen. Normalerweise hätte das alles ganz appetitlich ausgesehen. Aber im Augenblick kam es ihm so vor, als wäre sein Magen verknotet. «Ich weiß, was passiert ist», sagte er, «jemand hat mich in den Arm geschossen.»

Streib warf ihm die Uniform aufs Bett und knallte die Stiefel auf den Boden. «Ich meine, danach.»

«Danach hatte ich einen Blackout.»

«Na schön», sagte Streib, «um's kurz zu machen: Der Kerl ist entkommen, alles, was wir gefunden haben, war Bisties Leiche.»

«Bisties Leiche?» Leaphorn langte nach dem Aktendeckel.

«Erschossen», sagte Streib. «Zwei Pistolenschüsse, soweit wir feststellen konnten. Wahrscheinlich eine Achtunddreißiger.»

Leaphorn schlug den Aktendeckel auf. Nur zwei Blätter, Kennedys Unterschrift. Er las den Bericht und gab ihn Streib zurück.

«Wie finden Sie das?» fragte Streib.

Leaphorn schüttelte nur stumm den Kopf.

«Ich finde, die Sache wird langsam interessant», sagte Streib.

Leaphorn hatte die Hälfte seines Lebens mit FBI-Leuten zu tun gehabt, er wußte, was Streib mit dieser harmlos klingenden Bemerkung meinte. In den Teppichetagen der Regierungsstellen wurden sie allmählich unruhig, es gab zu viele Tote, die Sache schlug Wellen. Er zog das Krankenhausnachthemd aus, langte nach der Unterwäsche und überlegte, wie er das Zeug anziehen sollte, ohne den rechten Arm mehr als nötig zu bewegen.

Streib kicherte. «Ich glaub, wir hätten den Indianer noch 'ne Weile hinter Gittern behalten sollen.» Aus dem Kichern wurde Gelächter. «Gesundheitlich wär's ihm jedenfalls gut bekommen.»

«Glauben Sie, wir hätten ihn dazu gebracht, uns endlich zu sagen, was er gegen Endocheeney hatte?» Leaphorn war selbst nicht sicher. Er hätte es, falls Bistie noch einmal festgenommen worden wäre, mit einem uralten Trick versucht. Nach dem ungeschriebenen Gesetz der Navajos ist eine Lüge erlaubt, sofern man dadurch keinem anderen Schaden zufügt. Aber ein Navajo darf die Lüge nur dreimal wiederholen, beim viertenmal verstrickt er sich für den Rest seines Lebens in Unwahrheit. Freilich, auf den Kopf zu hätte er Bistie nicht fragen dürfen. Der alte Mann war viel zu schlau gewesen, er hätte getan, was er schon die ganze Zeit getan hatte: den Mund halten und gar nichts sagen. Aber vielleicht hätte sich doch eine Möglichkeit gefunden, den Alten auf irgendeinem Umweg in die Enge zu treiben. Vielleicht. Vielleicht auch nicht.

«Wer weiß», sagte Leaphorn nur. Er war nicht einmal sicher, ob Streib überhaupt den Haftbefehl beantragt hätte. Die Anklage wegen versuchten Mordes wäre fragwürdig gewesen, da ja feststand, daß das Mordopfer erstochen worden war. Wer sich auf so etwas einließ, durfte nicht unbedingt mit einem Erfolg rechnen. Aber das FBI brauchte Erfolge, und nur das. Für Gelegenheitstreffer wurden auf die Dauer keine Steuergelder in Millionenhöhe bewilligt. Streib mochte persönlich ein anständiger Kerl sein, aber wenn er sich nicht nach den Spielregeln gerichtet hätte, wäre er nicht zwanzig Jahre lang im Dschungel des FBI ohne Schramme davongekommen.

«Wahrscheinlich nicht», gab Streib zu. «In solchen Dingen verlasse ich mich lieber auf euch Rothäute. Andererseits...» Er zuckte die Achseln, ließ den Rest ungesagt. «In der Sache kriegen wir jedenfalls Druck. Wir haben's jetzt nicht mehr mit unzusammenhängenden Mordfällen zu tun, sondern mindestens in einem Fall mit einer Art Doppelmord. Und Sie wissen, was da los ist.»

«Ja», gab ihm Leaphorn recht. Je geheimnisvoller ein Mordfall war, desto größer wurde das öffentliche Interesse. Die Presse machte Dampf, alle Medien spielten verrückt. Für die Navajo-Polizei spielte die öffentliche Meinung keine große Rolle, aber bei der Bundespolizei war das anders. Nur Publicity öffnete die Geldhähne, von deren Segen sich die Bürokratie im Hoover Building in Washington mästen konnte. Aber positiv mußte sie sein, verdammt positiv.

Streib setzte sich und schielte zu Leaphorn hoch, der ungeschickt versuchte, mit der linken Hand die Hose anzuziehen. «Bei allem Ärger ist das Allerärgerlichste, daß ich keinen Weg sehe, wie wir die Sache in den Griff kriegen können. Es ist, als ob man einen heißen Pott ohne Henkel anfassen wollte.» Er schaffte es, auf sein rundliches, faltenloses Gesicht den Ausdruck tiefen Kummers zu zaubern.

Leaphorn stellte gerade fest, wie schwierig es für einen Rechtshänder ist, mit der linken Hand die Hose zuzuknöpfen. Und dabei fiel ihm ein, was Chee ihm über die Gerüchte erzählt hatte, die in Badwater Wash kursierten.

«Übrigens», sagte er zu Streib, «jemand sollte sich mal mit dem Pathologen unterhalten, der Old Man Endocheeneys Leiche untersucht hat. Es wäre interessant, ob irgendwelche Fremdkörper in den Stichwunden gefunden wurden.»

Streib schob den Bericht in den Aktendeckel, klopfte die Pfeife aus und warf einen schiefen Blick auf das Bitte-nicht-rauchen-Schild neben der Tür. Daneben hing ein Poster, von dem ihn ein kleines Mädchen mit traurigen Augen ansah. Unter dem Foto stand: «Annie ist ein Waisenkind. Ihre Eltern haben geraucht.» Auf einem zweiten Poster war ein Wald von Grabsteinen abgebildet, darunter stand: «Marlboroland». Streib rümpfte die Nase und ließ die Pfeife in der Jackentasche verschwinden.

«Warum?» wollte er wissen.

«Einer unserer Leute hat gerüchteweise gehört, daß in der Wunde ein Knochenstückchen gefunden wurde», antwortete Leaphorn. Ob das als Begründung ausreichte? Nein, las er in Streibs eisiger Miene.

«Jim Chee hat in seinem Wohnwagen eine kleine Knochenkugel gefunden», hakte Leaphorn nach, «zwischen den Schrotkugeln. Und Bistie hat so eine Knochenkugel im Portemonnaie gehabt.»

Langsam und widerstrebend schien Streib zu begreifen. Schon der Ausdruck tiefen Kummers hatte nicht recht zu ihm passen wollen, das entsetzte Erschrecken schien sich erst recht auf sein rundes Gesicht verirrt zu haben.

«Knochen», murmelte er. «Skinwalkers und Hexerei!»

«Ja, Knochen», sagte Leaphorn.

«Grundgütiger Himmel!» stöhnte Streib. «Was denn noch? Ich mag diesen Firlefanz nicht.»

«Vielleicht ist es der Henkel für den heißen Pott.»

«Scheißhenkel!» Gefühlsausbrüche kamen bei Streib selten vor. «Erinnern Sie sich an den Fall mit dem Cop, der drüben in Laguna-Acoma aus dem Hinterhalt erschossen wurde? Unser Mann hat damals in seinem Bericht was über Hexerei geschrieben. Zuerst hat er ein paar schriftliche Rüffel gekriegt, und anschließend ist er nach Washington bestellt worden, damit ihm die Sesselfurzer mit den Spitzengehältern persönlich den Marsch blasen konnten.»

«Aber es war Hexerei», wandte Leaphorn ein. «Das heißt, es war natürlich keine. Aber die Lagunas haben sich darauf rausgeredet. Sie hätten den Cop getötet, weil sie von ihm verhext wurden, haben sie behauptet. Und der Richter hat auf Unzurechnungsfähigkeit erkannt. Und dann...»

«Und dann sind sie in die Klapsmühle gekommen, und unser Agent ist von Albuquerque nach East Poison Spider in Wyoming versetzt worden», sagte Streib grimmig. «Die Meinung eines Richters interessiert in Washington keinen. Die mögen es dort nicht, wenn einer von unseren Leuten was von Hexerei faselt.»

Leaphorn ließ nicht locker. «Ich würde mich ja selbst darum kümmern, aber ich glaube, es kommt mehr dabei raus, wenn Sie mit dem Pathologen reden. Sie nimmt er eher ernst. Wenn ich hinkomme, ein Navajo, und anfange mit Knochen und Skinwalkers und...»

«Ja doch, ich weiß!» unterbrach ihn Streib. Er blinzelte fragend. «Eine Knochenkugel, sagen Sie? Menschenknochen?»

«Rinderknochen.»

«Vom Rind? Hat das eine besondere Bedeutung?»

«Nein, verdammt noch mal. Rind oder Giraffe oder Dinosaurier oder was weiß ich – was spielt das für eine Rolle? Wie soll ich wissen, was der Bursche, mit dem wir's zu tun haben, sich dabei denkt?»

«Gut, ich werd mich erkundigen», versprach Streib. «Ist Ihnen sonst noch was eingefallen? Ich hab so 'ne Ahnung, daß es bei dem Mordfall bei Window Rock... die Sache mit der Onesalt... daß es da um irgendeine Liebschaft und um Eifersucht gehen könnte. Oder das alte Mädchen hat gerochen, daß es irgendwo bei einer Behörde stinkt. Sie war ja eine von denen, die meinen, sie müssen die Welt höchstpersönlich retten. Normalerweise juckt einen bei so einer bloß der Hintern, aber vielleicht ist sie mal an den Falschen geraten. Nach meinem Gefühl hat ihr Fall mit den anderen nichts zu tun. Die Sache mit Chee sehe ich anders, da gibt es vielleicht einen Zusammenhang. Ist Ihnen dazu was Neues eingefallen?»

Leaphorn schüttelte den Kopf. «Höchsten wegen der Knochenpartikel», sagte er.

Aber tatsächlich war ihm etwas Neues zum Fall Chee eingefallen, er wollte nur nicht mit Streib darüber reden, noch nicht. Erst mußte er feststellen, ob man im Büro der Onesalt etwas von dem Brief wußte, der an Dugai Endocheeney abgeschickt worden war. Wenn die Onesalt ihn geschrieben hatte, lag Dilly mit seiner Vermutung, der Fall Onesalt hätte nichts mit den anderen Mordfällen zu tun, vermutlich gewaltig schief. Wenn überhaupt etwas aus dem Rahmen fiel, dann war es nach Leaphorns Meinung der Mord an Bistie Roosevelt. Was immer hinter den Mordfällen stecken mochte, Bistie hatte etwas damit zu tun gehabt. Das machte seinen Tod so rätselhaft. Die Ereignisse schienen eine Eigendynamik zu entwickeln. Irgendwann hatte es mit einem Mord angefangen. Und nun war eine Kettenreaktion daraus geworden, als ob ein Mord zwangsläufig den nächsten nach sich zöge.

Als Chee aufwachte, war die Katze da. Sie saß gleich hinter der Tür und starrte durchs Mückengitter nach draußen. Er drehte sich auf die Seite, um sich vom unbequemen Lager auf dem Fußboden des Wohnwagens hochzustemmen. Die Katze fuhr herum und sah mißtrauisch zu, wie er sich gähnend reckte, den Schlaf aus den Augen rieb und aufstand. Immerhin, er fand es überraschend, daß sie überhaupt dablieb. Ihre grünen Augen belauerten ihn nervös, aber sie huschte nicht nach draußen. Chee rollte den Schlafsack zusammen, verschnürte ihn und warf ihn aufs unbenutzte Bett. Sein Blick fiel auf die Einschußlöcher in der Wand. Irgendwann mußte er das reparieren lassen. Aber das hatte Zeit, bis der Fall aufgeklärt war und er nicht mehr damit rechnen mußte, daß der Wohnwagen noch einmal zur Zielscheibe wurde. An wen wandte man sich eigentlich, um so etwas ausbessern zu lassen? Machte das der Klempner? Er fuhr mit den Fingern über die Metallfolie, mit der er die Löcher provisorisch zugeklebt hatte, und spürte den kalten Luftzug. Na schön, so war wenigstens für Frischluft gesorgt. Aber vor dem Winter – nein, noch vor den Regenstürmen im Spätherbst mußte er das in Ordnung bringen lassen.

Zum Frühstück löffelte er die Reste aus einer Pfirsichdose, die er im Kühlschrank fand, ein paar Scheiben Brot waren auch noch da. Nicht gerade das, was man sich normalerweise unter einem Frühstück vorstellt. Na, egal. Er war erst im Morgengrauen nach Hause gekommen und hatte gedacht, so übermüdet und innerlich aufgewühlt könnte er sowieso nicht einschlafen. Auf die Schlafpritsche hatte er sich nicht legen wollen, obwohl die Nacht schon vorüber war. Er hatte im Schlafsack auf dem Fußboden gelegen und an die beiden Einschußlöcher in Bisties Brust und an die schmale, halb verheilte Narbe denken müssen. Und dabei war ihm wieder die Frage eingefallen, wer eigentlich Janet Pete gebeten hatte, sich darum zu kümmern, daß der alte Mann freigelassen würde.

Roosevelt Bisties Tochter war es nicht gewesen, vorausgesetzt, sie sagte die Wahrheit. Sie war kurz nach dem Krankenwagen beim Hogan angekommen. Auf dem Rückweg von Einkäufen in Shiprock hatte sie den Wagen mit dem Blaulicht vor sich herfahren sehen und sich anfangs nichts dabei gedacht, aber als sie dann zu Hause aus dem alten Kleinlaster kletterte, war sie schon auf das

Schlimmste gefaßt. Die Polizisten sahen es ihrem Gesicht an: bleich und wie erstarrt. Sie kannten diesen Ausdruck verzweifelter Anstrengung, sich zusammenzunehmen und Haltung zu bewahren. Jeder Polizist fürchtete den Augenblick, in dem ihm die Angehörigen eines Opfers so gegenübertraten.

Sie starrte auf die zugedeckte Trage, die hinter ihr in den Rettungswagen geschoben wurde, und sagte in seltsam gefaßtem Ton zu Captain Largo: «Ich wußte gleich, daß er es ist.» Chee beobachtete sie genau. War ihr Kummer vielleicht nur gespielt? Ihr rasches Begreifen ließ sich leicht erklären. Wohin hätte der Krankenwagen denn fahren sollen, wenn nicht zu Roosevelt Bisties Hogan? In der Einöde unter diesem Berghang wohnte ja sonst keiner, der Weg, der von der Straße abzweigte, führte nur hierher. Ihr Verhalten war ganz natürlich. Keine Tränen, dafür war der Schock noch zu frisch. Später würde sie vielleicht weinen, wenn all die Fremden weg waren, vor denen sie ihre Gefühle nicht zeigen wollte, wenn sie allein war und begriff, daß es von nun an immer so wäre. Ihr Gesicht war starr wie eine hölzerne Maske, während sie – so leise, daß Chee nichts verstand – mit Largo und Kennedy sprach und deren Fragen beantwortete.

Irgendwann war dann alles vorüber, der Krankenwagen fuhr weg und brachte die sterblichen Überreste von Roosevelt Bistie ins Leichenschauhaus oder zum Coroner nach Farmington, zurück blieb nur – irgendwo draußen im Dunkel – sein *chindi*. Chee ging auf das Mädchen zu. Bisties Tochter erkannte ihn sofort.

«Hat dir Captain Largo gesagt, wo er gestorben ist?» fragte er. Er sprach in Navajo mit ihr, und für das Wort «sterben» gebrauchte er den langhallenden Gutturallaut, mit dem jener Augenblick bezeichnet wird, in dem der Atem des Lebens erlöscht und mit dem letzten Hauch alle bösen Gedanken in die Nacht entweichen, wo sie von nun an ruhelos umherziehen werden.

«Wo?» fragte sie verblüfft, doch dann verstand sie und schaute zum Haus hinüber. «Dort drin?»

«Nein, draußen im Hof», antwortete Chee, «hinter dem Haus.»

Wahrscheinlich entsprach es sogar der Wahrheit, dort hatten sie jedenfalls die Geschoßhülsen gefunden. Aber wie auch immer, Bisties Tochter sollte auf keinen Fall denken, daß der Geist ihres Vaters im Haus spukte.

Im Laufe der Jahre hatte Chee sich einen eigenen Glauben zurechtgelegt über das Übel des Bösen und über die *chindis*, die es verbreiten. Einen ruhelos umherschweifenden Geist zufällig zu berühren – darin lag nicht die Gefahr. Es ging darum, daß das Denken eines Menschen vergiftet werden konnte, und das war viel schlimmer. Daß Menschen nicht in Glück und Frieden leben können, hat seinen Ursprung immer in Gedanken, die vom Übel des Bösen angesteckt sind: in dem, was menschlicher Geist an Bösem ersinnt und an Schrecklichem erfindet. So betrachtet hatten die Psychologieprofessoren an der Universität von New Mexico in ihren Vorlesungen nichts anderes gesagt als eine moderne Version dessen, was das Heilige Volk den vier Urclans der Navajos gelehrt hatte. Er sah, wie sich das Gesicht des Mädchens entspannte. Bisties Tochter schien erleichtert zu sein. Keiner hat gern mit dem Geist eines Toten zu tun.

Nachdenklich sah sie Chee an. «Damals, als du mit dem *belacani* gekommen bist und ihn abgeholt hast... Hast du gemerkt, daß er sehr zornig war?»

«Ja, aber ich wußte nicht warum. Was hat ihn denn so zornig gemacht?» fragte Chee.

«Er wußte, daß er sterben muß. Er war im Krankenhaus. Sie haben's ihm gesagt.» Sie legte die Hand auf den Bauch. «Es ist wegen der Leber.»

«Was denn? Krebs?»

Bisties Tochter hob die Schultern. «So nennen sie's. Für uns ist es das Übel des Bösen. Egal, was für einen Namen du dafür findest, es ist das, woran er sterben mußte.»

«Haben sie ihm gesagt, daß sie es nicht heilen können?»

Bisties Tochter sah sich scheu um. Die Wagen der Staatspolizei kurvten über den Hof, für die Männer war der Job getan, sie wollten nach Hause. Das Mädchen schirmte die Augen mit der Hand ab, das Licht der Scheinwerfer blendete. «Ich hab gehört, daß man's von sich abwenden kann.»

«Du meinst, den töten, der einen verhext hat, und ihm das Stück Knochen in die Wunde legen?» fragte Chee. «War es das, was er vorhatte?»

Bisties Tochter sah ihn lange schweigend an. «Ich hab den anderen schon alles erzählt», sagte sie schließlich, «dem *belacani* und dem dicken Navajo.»

Das mit dem dicken Navajo hätte Largo bestimmt nicht gern

gehört. «Was denn?» fragte Chee. «Das hat du ihnen erzählt? Daß er das vorhatte, als er zu Endocheeney gegangen ist?»

«Ich hab ihnen erzählt, daß ich nicht weiß, warum er hingegangen ist. Ich kenn den Mann nicht, der umgebracht worden ist. Ich weiß nur, daß es mit der Krankheit meines Vaters immer schlimmer geworden ist. Er ist zu einem gefahren, der aus der Hand lesen kann, oben zwischen Roof Butte und Lukachukai. Er wollte wissen, was ihn heilen kann. Aber der, der aus der Hand lesen kann, war nicht zu Hause. Da ist er rüber in die Checkerboard-Reservation gefahren, in die Nähe von Nageezi, zu einem, der in die Menschen hineinhorcht. Der hat ihm gesagt, er soll Holz sammeln, das vom Blitzschlag abgebrochen ist, und damit ein Feuer machen und sein Essen draufkochen. Und daß er den Gesang des Jubels braucht, hat er gesagt.» Bisties Tochter lächelte bitter. «Wir kochen mit Butangas. Fünfzig Dollar hat's ihn gekostet, sich das sagen zu lassen. Dann ist er zur Badwater-Klinik gefahren, wollte dort Medizin holen. Sie haben ihn dabehalten und irgendwas mit Röntgenstrahlen gemacht. Er ist erst am nächsten Tag heimgekommen, und von dem Tag an war er so zornig. Daß er sterben muß, haben sie ihm gesagt. So hat er's mir erzählt.» Bisties Tochter wandte das Gesicht ab. Chee hörte sie nicht schluchzen, aber er sah die Tränen in ihren Augen.

«Warum war er denn zornig?» Es klang wie halblautes Nachdenken.

«Weil sie ihm gesagt haben, daß man's nicht heilen kann», antwortete Bisties Tochter. Das Schluchzen, das nicht über ihre Lippen kommen wollte, schüttelte sie lautlos. Sie fuhr sich mit der Hand über die Augen. «Der Mann hat viel Kraft gehabt. Sein Geist war stark. Er hat nicht so schnell aufgegeben. Er wollte nicht sterben.»

«Hat er gesagt, warum er auf Endocheeney zornig war? Was Endocheeney ihm getan hat? Hat er gesagt, daß der ihn verhext hat?»

«Nichts hat er gesagt, gar nichts. Ich hab ihn danach gefragt. Vater, hab ich gefragt...» Sie brach ab, und Chee wußte, warum sie so betroffen schwieg. Man soll den *chindi* nicht rufen. Darum darf man den Namen eines Toten nicht aussprechen, weil von ihm nur noch der böse Geist auf der Erde zurückgeblieben ist. Man muß den Namen vergessen, auch wenn es der Name «Vater» ist.

«Ich hab ihn gefragt, warum er so zornig ist. Was denn los wäre, was sie denn in der Badwater-Klinik gesagt hätten. Und da hat er's mir erzählt. Die Leber war ganz kaputt, sie konnten mit ihrer Medizin auch nichts mehr machen. Ich werd sehr bald sterben, hat er gesagt. Und das ist es, was ich auch den anderen Polizisten erzählt habe, dem *belacani* und dem dicken Navajo.»

«Hat er gesagt, daß ihn jemand verhext hat?»

Bisties Tochter schüttelte den Kopf.

«Ich hab auf seiner Brust eine kleine Schnittwunde entdeckt.» Chee zeigte auf dem Uniformhemd die Stelle, an der er bei dem Toten die Narbe gesehen hatte. «Die Haut war fast verheilt, aber man konnte die Wundränder noch erkennen. Weißt du etwas davon?»

«Nein», sagte sie.

Chee hatte mit der Antwort gerechnet. Sein Volk hatte viele Bräuche der *belacani* übernommen und manches von ihrem Denken, aber die meisten Navajos hatten sich das traditionelle Schamgefühl bewahrt. Und so hatte eben Roosevelt Bistie in Gegenwart seiner Tochter das Hemd nie ausgezogen.

«Hat er überhaupt mal über Endocheeney gesprochen?»

«Nein.»

«War Endocheeney sein Freund?»

«Ich glaube nicht, ich hab ihn nie von ihm reden hören.»

Chee war enttäuscht. Wieder eine Tür, die verschlossen blieb.

«Ich nehme an, die anderen Polizisten haben dich schon danach gefragt: Weißt du, wer heute abend hier war, um deinen... um ihn zu besuchen?»

«Ich hab gar nicht gewußt, daß er zu Hause war. Ich bin seit gestern weggewesen, erst in Gallup bei meiner Schwester und dann zum Einkaufen in Shiprock. Ich wußte nicht, daß er aus dem Gefängnis raus ist.»

«Hast du die Rechtsanwältin gebeten, ihn rauszuholen?»

Bisties Tochter sah ihn verblüfft an. «Davon weiß ich nichts.»

«Also, du hast nicht bei der Rechtsanwältin angerufen? Hast du jemanden gebeten, es zu tun?»

«Ich kenn mich mit Rechtsanwälten nicht aus. Ich hab nur immer gehört, daß sie 'ne Menge Geld kosten.»

«Kennst du eine Frau namens Janet Pete?»

Bisties Tochter schüttelte den Kopf.

«Kannst du dir vorstellen, wer ihn erschossen haben könnte? Hast du irgendeine Ahnung?»

Das lautlose Schluchzen hatte aufgehört. Noch einmal fuhr sie sich mit der Hand über die Augen. Der Laut, der über ihre Lippen kam, klang wie ein unterdrückter Schrei.

«Ich glaube, er hat einen Skinwalker töten wollen», sagte sie. «Und nun ist der Skinwalker gekommen und hat ihn getötet.»

Noch jetzt – nach dem letzten Löffel Pfirsich und nachdem er die Brotrinde in die Dose gestippt und mit dem Saft getränkt hatte... noch jetzt erinnerte sich Chee genau daran, wie ihr Gesicht sich während dieser Worte verzerrt hatte. Wahrscheinlich hatte Bisties Tochter recht und mit zwei Sätzen das ganze Geheimnis um Roosevelt Bisties Tod gelöst. Nur eine Frage blieb noch: Wer war der Skinwalker, der Bistie erschossen hatte? Wozu dann freilich auch die Frage gehörte, wieso er gewußt hatte, daß der alte Mann nicht mehr im Gefängnis, sondern wieder zu Hause war.

Mit anderen Worten: Wer hatte Janet Pete angerufen? Er mußte es rausfinden. Jetzt gleich. Das erste, was es zu tun gab, sobald er mit dem Frühstück fertig war. Er trank die Kaffeetasse aus, füllte Wasser hinein, schwenkte es ein bißchen und trank die Tasse in einem Zug leer. Dabei fiel ihm ein Gespräch mit Mary Landon ein.

«So etwas habe ich noch nie gesehen», hatte sie gesagt.

«Was?»

«Daß jemand noch mal Wasser in die Tasse laufen läßt und es austrinkt.»

Obwohl sie mit Gesten nachahmte, was er getan hatte, brauchte er einen Augenblick, bis er verstand, was sie meinte.

«Ach so», sagte er dann, «ja, weißt du, wenn du damit groß wirst, dein Wasser von weither zu holen, gewöhnst du dir schnell an, es nicht einfach wegzuschütten. Es kommt dir wie Verschwendung vor.»

«Eine komische Angewohnheit», meinte sie. «Genau das, was mein alter Soziologielehrer ein ‹traditionell begründetes Fehlverhalten› genannt hat.»

Es war ihm damals merkwürdig vorgekommen, daß Mary Landon es komisch fand, wenn jemand kein Wasser verschwendete. Und es kam ihm auch jetzt noch merkwürdig vor.

Er stellte die Kaffeetasse ins Spülbecken. «Na, hast du heute keine Lust, draußen rumzustrolchen?» fragte er die Katze. Aber nicht mal, als er sich zu ihr hinunterbeugte, huschte sie, wie sonst gewöhnlich, durch die Klappe nach draußen. Im Gegenteil, sie drückte sich an ihm vorbei, duckte sich unter die Schlafpritsche und starrte zu ihm herauf.

Bruchteile von Sekunden, dann ahnte Chee, was das zu bedeuten hatte.

Irgend etwas mußte draußen los sein.

Er atmete tief durch, langte nach dem Pistolengürtel und zog die Waffe heraus. Draußen vor der Tür konnte er nichts entdecken, nur sein eigener Wagen stand da. Ein Blick durchs Fenster. Auch auf dem Hang – bis runter zum San Juan – war nichts. Auch keine hastige Bewegung, kein huschender Schatten. Mit der Pistole in der Hand sprang er aus dem Wohnwagen, rannte gebückt zum Auto, ging dahinter in Deckung.

Nichts. Die verkrampfte Anspannung löste sich. Aber irgend etwas mußte die Katze erschreckt haben. Er ging bis zu ihrem Bau, suchte den Boden ab und entdeckte da, wo der Boden weicher wurde, die ersten Spuren. Tatzen. Er ging in die Knie und sah genauer hin. Die Spur eines Kojoten.

Als er in den Wohnwagen zurückkam, hatte die Katze es sich auf dem Schlafsack bequem gemacht. Sie sah ihn an, er sah sie an, und dabei fiel ihm zum erstenmal auf, daß sie tragend war.

«Der Kojote ist hinter dir her, wie?»

Die Katze sah ihn aus großen Augen an.

«Die Trockenheit», sagte er, «kein Regen. Da sind die Wasserlöcher leer. Die Präriehunde und die Känguruhratten sterben weg. Da kommt der Kojote eben in die Städte und frißt die Katzen.»

Die Katze sprang vom Schlafsack und stiefelte durch den schmalen Gang. Lange trägt sie noch nicht, dachte Chee, man sieht kaum was. Im Gegenteil, sie kam ihm abgemagert vor. Und die Schramme neben der Schnauze sah auch frisch aus.

«Mal sehen, was ich für dich tun kann.» Aber was konnte er denn tun? Es war gar nicht so einfach, etwas für eine Katze zu tun, wenn ein hungriger Kojote hinter ihr her ist. Er sah im Kühlschrank nach. Orangensaft, zwei Dosen Tomatensaft, eine vertrocknete Sellerieknolle, eine angebrochene Ecke Kräuterkäse, zwei Gläser Sülze – alles keine Leckerbissen für eine Katze. Im Regal über dem Herd fand er schließlich eine Dose Bohnen mit Schweinefleisch. Er öffnete sie, breitete eine alte *Farmington Times* neben der Tür aus und kippte den Inhalt der Dose aufs Zeitungspapier. Unterwegs, nahm er sich vor, würde er noch mal darüber nachdenken, was er wegen des Kojoten tun konnte. Wenigstens so lange, bis ihn das andere Problem gefangennahm: wer Janet Pete angerufen hatte. Er stieg in den Wagen und fuhr los. Im Rückspiegel sah er, wie die Katze sich über das Gericht hermachte. Vielleicht sollte er mal Janet Pete wegen der Katze fragen? Frauen haben in solchen Dingen manchmal verblüffende Einfälle.

Aber in Shiprock traf er Janet Pete nicht an. Dem jungen Mann im DNA-Büro – ein Schlaks im weißen Hemd und mit Schlips um den Hals – schien es Spaß zu machen, Chee abblitzen zu lassen.

«Wann wird sie denn wieder da sein?» fragte Chee.

«Wer weiß?» fragte der Schlaks zurück.

«Heute nachmittag? Oder hat sie außerhalb der Stadt zu tun?»

«Vielleicht», sagte der Schlaks achselzuckend.

«Ich laß eine Nachricht für sie da.» Chee riß ein Blatt aus seinem Notizbuch und schrieb:

Für Miss Pete – Ich muß wissen, wer bei Ihnen angerufen und Sie gebeten hat, Roosevelt Bisties Haftentlassung zu betreiben. Es ist wichtig. Falls Sie mich nicht erreichen, hinterlassen Sie bitte eine Nachricht für mich. Er setzte sein Namenszeichen darunter und schrieb die Telefonnummer der Navajo Tribal Police daneben.

Als er nach draußen kam, sah er Janet Pete gerade auf den Parkplatz fahren. Ihr weißer Chevy war frisch gewaschen, auch das Wappen der Navajo-Nation auf der Autotür sah ziemlich neu aus. Sie blieb im Wagen sitzen und wartete auf ihn, ihre Miene verriet nicht, was sie von Chees Auftauchen hielt.

«*Ya-tah-hey*», grüßte er.

Sie nickte ihm zu.

«Wenn Sie eine Minute Zeit haben, hätte ich Sie gern gesprochen», sagte Chee.

«Weshalb?»

«Weil ich von Roosevelt Bisties Tochter gehört habe, daß sie nicht bei Ihnen angerufen hat. Ich muß unbedingt wissen, wer es war.»

Wie ich überhaupt endlich alles erfahren muß, was du über Roosevelt Bistie weißt, dachte Chee. Aber eins nach dem anderen.

Janet Petes Miene wurde eine Spur frostiger.

«Es spielt keine Rolle, wer bei mir angerufen hat», sagte sie. «Es ist durchaus nicht so, daß wir nur tätig werden dürfen, wenn Angehörige uns darum bitten. Jeder kann uns verständigen.» Sie stieß die

Wagentür auf und schwang die Beine heraus. «Wenn es darum geht, jemanden bei der Wahrnehmung seiner Rechte zu vertreten, müssen wir uns keine Fragen stellen lassen.»

Sie trug eine blaßblaue Bluse und einen Tweedrock. Die Beine, die sie mit Schwung auf den Boden setzte, waren ausgesprochen hübsch, und sie hatte bemerkt, daß es Chee aufgefallen war.

«Ich muß wissen, wer es war», sagte Chee hartnäckig. Er war überrascht, daß sie Schwierigkeiten machte. «Das ist doch nun wirklich nichts, was Sie vertraulich behandeln müßten. Wieso...»

«Meines Wissens gibt es einen neuen Mordfall, um den Sie sich zu kümmern haben. Warum lassen Sie Mr. Bistie nicht endlich in Ruhe? Er hat niemanden umgebracht. Und er ist ein kranker Mann, das müßte Ihnen eigentlich selber aufgefallen sein. Leberkrebs, soweit ich weiß. Im neuen Mordfall ist von einer Festnahme bisher nicht die Rede. Meinen Sie nicht, Sie sollten lieber da was unternehmen?» Janet Pete lehnte sich auf die Wagentür und lächelte. Aber Chee kam ihr Lächeln nicht sehr freundlich vor.

«Woher wissen Sie etwas von dem neuen Mordfall?»

Sie deutete in den Wagen. «Aus dem Radio», sagte sie spitz, «aus den Morgennachrichten vom KGAK Gallup, New Mexico.»

«Offensichtlich haben sie nicht gesagt, wer erschossen wurde.»

«Die Polizei hat sich zur Identität des Mordopfers nicht geäußert.» Das Lächeln verschwand. «Wer war's denn?»

«Roosevelt Bistie», sagte er.

«O nein!» Sie ließ sich auf den Fahrersitz sinken, schloß die Augen, ihre Miene verzerrte sich. «Der arme Mann.» Sie schlug die Hände vors Gesicht und stöhnte noch einmal: «Der arme Mann.»

«Jemand ist gestern abend zu ihm in den Hogan gekommen und hat ihn erschossen. Seine Tochter war nicht da.»

Sie ließ die Hände sinken und starrte Chee fassungslos an. «Aber warum denn nur? Können Sie mir das erklären? Er mußte doch sowieso sterben. Ich weiß es von ihm selbst. Der Arzt hat ihm gesagt, daß der Krebs ihn töten wird.»

«Wir wissen auch nicht warum. Darum wollte ich ja mit Ihnen reden. Wir versuchen rauszufinden, warum er ermordet wurde.»

Sie ließen Chees schmutzigen Geländewagen stehen und stiegen in Janet Petes frisch gewaschenen Chevy. An der *Turquoise-Kaffeebar* machten sie halt, Janet Pete bestellte einen Eistee, Chee eine Tasse Kaffee.

«Sie wollen wissen, wer mich angerufen hat. Das ist eine merkwürdige Sache. Der Anrufer hat mich belogen, ich habe das natürlich erst später herausgefunden. Er sagte, sein Namen wäre Curtis Atcitty. Mit A, nicht mit E. Ich hab ihn gebeten, den Namen zu buchstabieren.»

«Hat er sonst was über sich gesagt?»

«Ja, daß er ein Freund von Roosevelt Bistie wäre. Und daß Bistie grundlos und ohne stichhaltige Anklage in Haft gehalten würde. Und daß er krank wäre und keinen Anwalt hätte und Hilfe brauchte.» Sie schwieg einen Augenblick nachdenklich. «Und er hat behauptet, daß Bistie ihn gebeten hätte, beim DNA anzurufen. Aber das war gelogen. Bistie hat mir später gesagt, er habe niemanden darum gebeten und er kenne gar keinen Curtis Atcitty.»

Nur ein leiser Schnalzlaut verriet Chees Enttäuschung. Das war's also wieder mal.

«Ich hab gesehen, daß Sie damals vom Gefängnis aus in Richtung Farmington weggefahren sind. Wohin wollten Sie? Wann haben Sie Bistie zum letztenmal gesehen?»

«Wir sind zur Busstation gefahren. Bistie dachte, vielleicht wäre einer von seinen Verwandten dort und könnte ihn mitnehmen. Aber es war niemand da, darum habe ich ihn nach Shiprock mitgenommen. Dort hatte er dann Glück. Bei der Münzwäscherei stand der Kleinlaster von einem Bekannten, mit dem wollte Bistie nach Hause fahren. Ich hab ihn bei der Wäscherei abgesetzt.»

«Hat er Ihnen gesagt, warum er Endocheeney töten wollte?»

Janet Pete sah ihn abweisend an.

«Er ist tot, Sie sind Ihrem Mandanten nicht mehr zur Verschwiegenheit verpflichtet», sagte Chee. «Jetzt geht's darum, seinen Mörder zu finden.»

Janet Pete sah auf ihre Hände. Zierliche, gepflegte Hände mit schlanken Fingern, ohne Nagellack, es sei denn, sie benutzt dieses farblose Zeug, dachte Chee. Schöne frauliche Hände. Er mußte an Mary Landons Hände denken und daran, wie weich sie sich anfühlten, wenn sie ihre Hand auf seine legte und ihre Finger zwischen seine Finger schob... So wie Janet Pete gerade die rechte Hand auf die linke legte.

«Nicht daß Sie denken, ich wollte Zeit schinden», sagte sie nach einer Weile, «ich versuche mich zu erinnern, wie das war.»

Chee hatte auf der Zunge, ihr noch einmal klarzumachen, wie

wichtig die Frage war. Aber das mußte er ihr wohl nicht erst ausdrücklich sagen, schließlich war sie Juristin. Er schaute auf ihre Hände und dachte an Mary Landon. Dann hob er den Blick, sah in ihr Gesicht... Nicht Mary Landon, Janet Pete.

«Also, viel hat er sowieso nicht gesagt. Er war nicht sehr gesprächig», begann sie. «Zuerst wollte er wissen, ob er heimgehen könnte, das war unser erstes Thema. Ich habe ihn gefragt, ob er eigentlich genau wüßte, was ihm vorgeworfen wird, gegen welches Gesetz er verstoßen haben soll.» Sie streifte Chee mit einem Blick, dann wandte sie den Kopf zum Fenster und sah durch die schmutzige Scheibe, auf der in Spiegelschrift TURQUOISE CAFÉ stand, auf die Straße, wo der Wüstenwind mit ein paar losgerissenen dürren Zweigen spielte. «Er hätte auf jemanden geschossen, hat er gesagt, oben am Cañon, am San Juan. Und dann hat er vor sich hin gekichert und gemeint, wahrscheinlich hätte er dem Kerl bloß eine Schramme verpaßt. Aber nun war der Mann eben tot, und er saß im Gefängnis.» Sie dachte angestrengt nach, ihre rechte Hand hielt die linke jetzt umklammert. «Ich habe ihn gefragt, warum er denn geschossen hätte. Aber er hat nur so ganz allgemein geantwortet.»

«Ganz allgemein? Was heißt das?»

«Ich weiß nicht mehr. So wie ‹ich hatte schon meine Gründe›, oder ‹das war eben nötig›. So was in der Art.»

«Haben Sie nachgebohrt?»

«Na ja – ich hab gesagt, natürlich müssen Sie Ihre Gründe gehabt haben, wenn sie auf jemanden schießen. Aber er hat nur gelacht. Daran erinnere ich mich genau, es war so ein verbissenes Lachen. Dann habe ich noch einmal gefragt, ziemlich eindringlich, und da wurde er auf einmal stumm wie ein Fisch. Er hat überhaupt keine Antwort mehr gegeben.»

Chee nickte. «Bei uns war's leider genauso.»

Janet Pete trank einen Schluck Eistee. «Ich habe ihm gesagt, daß ich sein Rechtsbeistand bin und ihm helfen will. Daß alles, was er mir anvertraut, zwischen ihm und mir bleibt. Und daß er eine Menge Ärger mit den Behörden der Weißen kriegen kann, weil er auf jemanden geschossen hat, auch, wenn's daneben war. Und daß er klug daran täte, mir alles zu sagen, wenn es wirklich – wie er behauptete – nötig gewesen war. Vielleicht, hab ich gesagt, kann ich dafür sorgen, daß Sie nicht wieder ins Gefängnis müssen.»

Sie stellte das Teeglas ab und sah Chee direkt in die Augen. «Da hat er mir erzählt, daß er krank ist. Ich meine, man sah es ihm ja auch an. Leberkrebs, hat er gesagt. Und: Ich hab schon eine Menge Ärger, noch mehr kann der weiße Mann mir gar nicht machen.»

«Leberkrebs», bestätigte Chee, «das sagt seine Tochter auch.» Für «Krebs» hatten sie beide die Formulierung gebraucht, die bei den Navajos üblich war: «die Wunde, die niemals heilt».

Janet Petes Blick wanderte über Chees Gesicht, es war ein aufdringlicher, forschender Blick, einer von der Art, an die er sich immer noch nicht ganz gewöhnt hatte und die ihm unangenehm war. Auch wieder so etwas, woran er merkte, daß Mary Landon und er in unterschiedlichen Kulturkreisen aufgewachsen waren.

«In der Schule ist mir das aufgefallen», hatte sie mal zu ihm gesagt. «Ich hab den Kindern dauernd klarmachen wollen, daß sie mich anschauen müssen, wenn sie mit mir reden, aber sie wollten einfach nicht. Immer haben sie auf ihre Hände gesehen – oder auf die Tafel oder sonstwohin, bloß nicht mir ins Gesicht. Und dann hat mir mal ein anderer Lehrer erzählt, daß es etwas mit der traditionellen Navajo-Erziehung zu tun hat. Ich meine, so was hätten sie uns ja auch während unserer Ausbildung beibringen können. Ich finde es irgendwie komisch. Wenn mich jemand nicht ansieht, dann kommt mir das so vor, als hätte er was zu verbergen.»

Ihm käme es nicht komisch vor, hatte Chee geantwortet, und auch nicht so, als hätte der andere was zu verbergen. Für ihn wäre es einfach nur Höflichkeit. Nur Leute ohne Kinderstube sehen einem in die Augen, während man mit ihnen spricht. Mary Landon hatte ihn gefragt, wie sich das denn mit seiner Arbeit als Polizist vertrüge. Ja, hatte er zugegeben, das gehörte natürlich zu ihrer Ausbildung: den anderen im Auge behalten, nach Anzeichen suchen, daß er womöglich doch lügt oder Ausflüchte sucht oder um die Wahrheit herumredet. Aber, hatte er gesagt...

«Sie haben gesagt, Sie müßten unbedingt wissen, wer mich angerufen hat.» Janet Pete wirkte jetzt sehr nachdenklich. «Sie vermuten, daß der Anrufer Roosevelt Bisties Mörder ist, nicht wahr?» Immer noch sah sie ihm in die Augen.

Wie sie's einem auf der Polizeiakademie beibringen, ging Chee durch den Kopf. Das Gegenteil von dem, was die Navajo-Mütter ihre Kinder lehren. Eben die weiße Art. Dieses Ausschauhalten nach stummen Signalen. Er gab sich Mühe, eine undurchdringliche Miene aufzusetzen. Janet Pete sollte bei ihm keine stummen Signale entdecken.

«Man kann das nicht ganz ausschließen», sagte er.

«Nein, nein.» Janet Pete war jetzt sehr bestimmt. «Es ist genau das, was Sie vermuten. Der Mann hat mich benutzt. Benutzt, um Mr. Bistie aus dem Gefängnis rauszuholen und nach Hause zu schaffen, wo er dann...» Sie brach mitten im Satz ab.

Chee wich ihrem Blick aus, sah durchs Fenster nach draußen, sah, daß der Wind umgeschlagen war und nun die Blätter, Zweige und Papierschnitzel, die er vorher in die Maschen der Zäune geweht hatte, vor sich hertrieb, die Straße hinunter. Wenn der Wind umschlug, änderte sich gewöhnlich das Wetter. Vielleicht gab es endlich Regen.

Janet Petes Stimme riß ihn aus seinen Gedanken. «Er hat mich dazu benutzt, Bistie dahin zu bringen, wo er ihn ermorden konnte», hörte er sie sagen. Und er sah, daß sie auf sein Nicken wartete.

«Wir hätten ihn sowieso freigelassen», behauptete er. «Das FBI hat keine Anklage erhoben, und da wäre uns nichts anderes...»

«Aber der Mann, der bei mir angerufen hat, wollte Mr. Bistie draußen haben, bevor er irgendeine Aussage machen konnte. Stimmen Sie mir da zu?»

Genau das hatte Chee heute morgen auch gedacht. Darum war es ja so wichtig für ihn gewesen, mit Janet Pete zu sprechen.

«Das kann man so nicht sagen», wich er aus. «Vielleicht ist das alles zu weit hergeholt.»

Janet Pete schien eben doch stumme Signale in seiner Miene zu lesen. Wie die Leute ohne Kinderstube. Kein Wunder, daß so etwas bei den Navajos verpönt war. Es war, als würde einem ein Stück Seele bloßgelegt.

«Das kann man durchaus so sagen», widersprach sie. «Jetzt sind Sie's, der mich belügt.» Aber sie lächelte ihn dabei an. «Sie meinen es gut. Trotzdem, ich fühle mich verantwortlich.» Das Lächeln verschwand, ein grimmiger Zug erschien. «Ja, ich bin verantwortlich. Jemand hat meinen Mandanten umbringen wollen. Nur darum hat er mich angerufen. Und ich habe ihm meinen Mandanten ausgeliefert.» Sie hob ihr Glas, sah, daß es leer war, stellte es wieder hin.

«Dabei wollte Mr. Bistie gar nicht, daß ich ihn vertrete. Der Anrufer... der Mörder wollte es.»

«Sie dürfen sich das nicht einreden», sagte Chee. «Der Anrufer muß nicht der Mörder gewesen sein. Angerufen hat Sie vielleicht wirklich einer von Bisties Freunden. Umgebracht hat ihn irgendein Irrer.»

«Ich scheine allen nur Unglück zu bringen», murmelte Janet Pete. «So eine Art Pechmarie. Als ob's einen bösen Fluch gäbe.»

Chee sah sie verblüfft an. Aber Janet Pete machte keine Anstalten, ihr Gemurmel zu erklären. Sie ließ die Schultern hängen und blickte stumm auf ihre Hände.

«Wieso denn Pechmarie?»

Sie sah ihn nicht an. «Weil mir das jetzt schon zum zweitenmal passiert. Das erste Mal war's bei Irma. Irma Onesalt.»

«Die Frau, die bei Window Rock... Die haben Sie gekannt?»

Janet Pete lächelte dünn. «Sie war meine Mandantin.»

«Das möchte ich gern ein bißchen genauer erfahren», bat Chee. Leaphorn schien ja einen Zusammenhang zwischen dem Mord an der Onesalt und denen an Sam und Endocheeney zu vermuten, besonders wegen des Briefes vom Navajo Social Service an Endocheeney. Vielleicht hatten die Mordfälle wirklich etwas miteinander zu tun?

«Von Irma Onesalt habe ich zum erstenmal Ihren Namen gehört», erzählte ihm Janet Pete. «Sie hätten ihr einen Gefallen getan, hat sie gesagt. Allerdings hat sie auch gesagt, daß sie Sie nicht besonders gut leiden kann.»

«Ich versteh kein Wort», brummelte Chee. Er wußte tatsächlich nicht, was er davon halten sollte. Da war diese Geschichte mit dem falschen Begay gewesen, den er der Onesalt angeschleppt hatte. Aber sonst?

«Sie hätten einen Zeugen für sie aus der Klinik abholen sollen, hat sie mir erzählt. Sie brauchte den Mann für eine wichtige Aussage vor der Gemeindeversammlung. Aber Sie wären mit dem Falschen angekommen und hätten ihr alles vermasselt. Trotzdem müßte sie Ihnen dankbar sein, Sie hätten ihr einen Gefallen getan.»

«Was denn für einen Gefallen?»

«Das hat sie nicht gesagt. Ein Zufall... Sie hätten ihr weitergeholfen und wüßten es nicht mal. So hat sie's ausgedrückt.»

«Nein, davon habe ich wirklich nichts gewußt», sagte Chee.

«Und ich weiß auch jetzt noch nicht, was sie damit gemeint haben könnte.» Er gab dem jungen Mann am Tresen ein Zeichen, daß er Kaffee und Eistee nachschenken sollte. «Wieso war sie Ihre Mandantin?»

«Das weiß ich eigentlich selber nicht genau. Eines Tages hat sie mich angerufen und um einen Termin gebeten. Und als wir uns dann getroffen haben, hat sie fast die ganze Zeit nur Fragen gestellt.» Sie wartete, während der junge Mann ihr Tee einschenkte, dann gab sie zwei Löffel Zucker ins Glas.

Wie schaffte sie es bloß, so schlank zu bleiben? Es mußte an ihrer quirligen Unruhe liegen, vermutete Chee. Sie ließ sich einfach keine Zeit, dick zu werden. Bei Mary war es genauso. Immer in Bewegung.

«Ich glaube, sie hat mir nicht recht getraut», fuhr Janet Pete fort. «Sie wollte wissen, ob die Zusammenarbeit zwischen dem DNA und den Stammesbehörden und dem Bureau of Indian Affairs sehr eng wäre, und als ich sie in dem Punkt beruhigt hatte, habe ich gefragt, was ich denn für sie tun könnte. Es ging ihr um Rechenschaftsberichte. Abrechnungen über öffentliche Mittel. Was davon allgemein zugänglich wäre und was nicht. Und wie man da rankäme. Ich habe natürlich gefragt, worauf sie eigentlich aus wäre. Aber das wollte sie mir erst später sagen. Falls sich bei ihren Nachforschungen überhaupt etwas ergäbe, wollte sie anrufen.»

«Und? Hat sie angerufen?»

«Zehn Tage später war sie tot», sagte Janet Pete.

«Haben Sie die Polizei über Ihr Gespräch mit Irma Onesalt unterrichtet?»

«Ja, allerdings erst nach einiger Zeit, ich hielt es anfangs für belanglos. Dann habe ich mich erkundigt, wer für den Fall zuständig ist. Es war der FBI-Agent in Galup, ich glaube, Streib heißt er. Dem habe ich alles erzählt.»

«Dilly Streib», murmelte Chee. «Was hat er dazu gesagt?»

Sie verzog die Mundwinkel. «Sie kennen doch die Burschen vom FBI. Nichts hat er gesagt.»

«Und Sie? Haben Sie irgendeine Ahnung, worum es eigentlich ging?»

«Nicht direkt.» Sie trank einen Schluck Tee.

Chee schaute auf ihre schlanken Finger. Die Haut einer Navajo. Makellos, weich und glatt. Janet Pete würde nie einen Pickel haben.

Und sie mußte sehr alt werden, bevor auf ihrer Haut die ersten Fältchen erschienen.

«Nicht direkt», wiederholte sie. «Aber ich erinnere mich, daß sie etwas gesagt hat, was mich neugierig gemacht hat. Mal sehen, ob ich das noch zusammenbringe...» Nachdenklich schmiegte sie das Kinn in die Hand. «Ich wollte wissen, wonach sie eigentlich suchte. Nach Antworten auf bestimmte Fragen, hat sie gesagt. Was für Fragen? wollte ich wissen. Und sie hat geantwortet... Ja, sie hat geantwortet: Warum muß man Leute gesundpflegen, obwohl sie schon tot sind? Ich hab sie verwundert angeguckt und die Augenbrauen hochgezogen, aber sie hat nur gelächelt.»

«Warum man Leute gesundpflegen muß, obwohl sie schon tot sind?»

«Ja», bestätigte sie. «Vielleicht nicht genau wörtlich, aber sinngemäß. Sagt Ihnen das irgendwas?»

«Überhaupt nichts», antwortete er und begann, mit der Kaffeetasse zu spielen. Tief in Gedanken versunken merkte er gar nicht, daß ja inzwischen wieder eine volle Tasse vor ihm stand. Das heißt, er merkte es schon, aber erst, als er sich die Uniform mit Kaffee bekleckert hatte. Und das, fand er, war nun wirklich das letzte, was ihm in Janet Petes Gegenwart passieren durfte.

17

Endlich hatte McGinnis das Schild frisch gemalt – das war das erste, was Leaphorn auffiel, als er mit Emmas altem Chevy vor dem Handelsposten Short Mountain ankam. Das Schild stand schon dort, solange Leaphorn zurückdenken konnte. Schon ganz am Anfang seiner Dienstzeit bei der Navajo-Polizei, damals noch in Tuba City, als ihn irgendein längst vergessener Auftrag zum erstenmal in die Berge geführt hatte, war es ihm aufgefallen. Verwittert, mit großen Blockbuchstaben. Und schon damals hatte dasselbe auf dem Schild gestanden wie heute, nur, daß die Buchstaben eben jetzt frisch gemalt waren:

GRUNDSTÜCK UND ANWESEN ZU VERKAUFEN
NÄHERE AUSKUNFT IM HAUS

In der Gegend hieß es, ein Mormone hätte vor langer Zeit – das mußte schon vor dem Ersten Weltkrieg gewesen sein – den Laden am Rand des Short Mountain Wash eröffnet, weil ihm aufgefallen war, daß es weit und breit keine Konkurrenz gab. Leider hatte der gute Mann übersehen, daß in dieser dünn besiedelten Gegend auch die potentiellen Kunden knapp waren. Aber, erzählten die Leute weiter, der Mormone war felsenfest davon überzeugt, daß es hier verborgene Bodenschätze geben müßte. Gottes Gerechtigkeit, so glaubte er, segnet jeden Landstrich. Und weil er nur dürres Gras sehen konnte und ein paar armselige Bäume, die sich gegen die fortschreitende Erosion anstemmten, mußte der Segen eben unter dem kargen Boden liegen. Warum sollte das Ölfeld, das sie oben am Montezuma Creek entdeckt hatten, sich nicht nach Süden und Westen ausdehnen?

Im Anetholfeld wurde die Ausbeute immer geringer, und im gleichen Maße schrumpfte auch der Optimismus des Mormonen dahin. Als seine Kirche sich dann auch noch dagegen aussprach, einem Mann mehr als nur eine Frau zu erlauben, packte er seine Siebensachen, schloß sich einem Treck von Gleichgesinnten an und wanderte nach Mexiko aus. Niemand erinnerte sich persönlich an den Mormonen, dazu war alles schon viel zu lange her. Aber jeder hier oben bei Short Mountain Wash kannte die Geschichten, die über ihn erzählt wurden, und wer bei McGinnis kaufen mußte, war überzeugt, daß es bei dem Mormonen nur besser gewesen sein konnte.

Gerade in diesem Augenblick erschien McGinnis unter der Tür. Er verabschiedete sich von einer Kundin, einer großgewachsenen Navajo-Frau, die einen Sack Maismehl über der Schulter trug, und während er redete, starrte er auf den Chevy. Ein fremdes Auto hieß hier oben, daß ein Fremder gekommen war – etwas, was in der Einsamkeit rund um Short Mountain jeden neugierig machte, vor allem Old Man McGinnis, der sowieso alles, was sich ringsum tat, mit Argusaugen verfolgte. Seine ausgeprägte Neugier war einer der Gründe, weswegen Leaphorn mit ihm reden wollte. Der andere Grund ließ sich nicht so leicht erklären, er hatte etwas damit zu tun, daß sich McGinnis – allein, ohne Familie, ohne Frau und ohne Freund – hier oben durchschlug. Leaphorn hatte etwas übrig für Leute, die sich durchbissen.

Aber er nahm sich Zeit, er wollte erst mal abwarten, bis das Klopfen in seinem Arm aufhörte. «Bewegen Sie ihn nicht», hatte der Arzt gesagt, «sonst muß es ja weh tun.» Weil ihm das einleuchtete, hatte er für die Fahrt hierher Emmas Chevy mit dem automatischen Getriebe genommen.

Emma war sehr glücklich gewesen, als er aus dem Krankenhaus nach Hause kam. Sie hatte für ihn gesorgt und ihm dabei wegen seines Leichtsinns Vorwürfe gemacht, es war fast wie in alten Zeiten gewesen. Aber dann war doch wieder der Augenblick gekommen, vor dem Leaphorn sich so fürchtete. Ihre Miene erstarrte, ihre Augen wurden ausdruckslos. Sie redete auf einmal wirres Zeug, irgend etwas, was überhaupt nicht in ihr Gespräch paßte. Und dann drehte sie den Kopf zur Seite und starrte, wie er das in letzter Zeit häufig bei ihr beobachtete, rechts neben sich auf den Boden. Als sie ihm die Augen wieder zuwandte, war es, als sähe sie durch ihn hindurch. Ihre Verwirrung wurde immer größer, er kannte das schon, er wußte, daß sie sich mit jeder Sekunde mehr von ihm entfernte, irgendwohin ins Nichts. Zusammen mit Agnes hatte er sie ins Bett gebracht, sie hatte gemurmelt und gestammelt, es war ein verzweifelter Versuch, ihnen doch nahe zu bleiben, mit ihnen zu reden. Und dann hatte sie auf dem Bett gelegen und schrecklich verloren und hilflos ausgesehen. «Ich weiß es nicht mehr», hatte sie auf einmal gesagt, klar und deutlich, und im nächsten Augenblick war sie in tiefen Schlaf gefallen.

Morgen fuhr er mit ihr ins Krankenhaus nach Gallup, morgen war der Termin beim Arzt. Der würde ihm sagen, daß es die Alzheimersche Krankheit war und ihm erklären, was er sowieso schon wußte. Keine sichere Behandlungsmethode war bekannt, keine Erkenntnisse über die Ursache. Möglicherweise ein Virus. Oder der Anteil metallischer Spurenelemente im Blut war zu gering. Die Zellen der Großhirnrinde sterben ab, der Denkprozeß wird gestört, das Erinnerungsvermögen ausgelöscht, das Leben konzentriert sich auf aneinandergereihte Augenblicke, die Sekunden später vom Vergessen verdunkelt werden. Und irgendwann hören die Leitsignale auf, es gibt nichts mehr, was die Funktion der Lunge steuert, nichts mehr, was dem Herzen befiehlt zu schlagen.

Keine sichere Behandlungsmethode. Es fing schon an, das erlebte er ja fast täglich. Wo hatte sie die Schlüssel liegenlassen? Sie kam vom Kaufmann zurück, und der Wagen stand immer noch dort auf dem Parkplatz. Oder ein Nachbar mußte sie heimbringen, weil sie das Haus nicht mehr fand. Das Haus, in dem sie nun schon seit Jahren wohnten. Sie vergaß, was sie sagen wollte, mit wem sie sprach, mit wem sie verheiratet war. Er hatte es gelesen, er wußte, was nun bald kam, sehr bald. Sie verlor die Kommunikationsfähigkeit, konnte nicht mehr sprechen. Und nicht mehr gehen. Und sich nicht mehr allein anziehen. Wer ist dieser Fremde, der behauptet, er wäre mein Mann? Die Alzheimersche Krankheit, das war es, was der Arzt ihm morgen sagen würde. Das war die Wahrheit, mit der Leaphorn sich und Emma vertraut machen mußte. Damit sie durchstanden, was auf sie zukam.

Leaphorn schüttelte den Kopf. Er mußte jetzt damit aufhören. Er mußte an andere Dinge denken. An das, was seine Aufgabe war. Und seine Aufgabe war es, Menschen vor ihren Mördern zu schützen, dafür wurde er bezahlt.

Er hatte sich gegen das Lenkrad gelehnt, gewartet, bis der Schmerz verebbte, und inzwischen darüber nachgedacht, was er bei diesem Besuch herauszufinden hoffte. Es ging offenbar um Hexerei. So widerstrebend er es sich auch eingestand, vermutlich hatte er es wieder mal mit Skinwalkers zu tun. Ein Haufen Unsinn, nichts, was man wirklich packen konnte. Es mußte einen Zusammenhang geben zwischen den Morden an Roosevelt Bistie und Dugai Endocheeney und dem Anschlag auf Jim Chee. Die Knochenkügelchen deuteten darauf hin, und Billy Streibs letzter Anruf bestätigte den Verdacht.

«Die Gerüchte stimmen», hatte Streib gesagt, «in einer der Stichwunden wurde tatsächlich ein Stück Knochen gefunden. Wollfäden, Schmutz und die Knochenkugel. Ich hab sie mir geben lassen, weil ich feststellen will, ob es dasselbe Material ist wie bei der anderen.» Dann hatte er gefragt, was es mit diesen Knochenpartikeln eigentlich für eine Bewandtnis hätte, und Leaphorn hatte geantwortet, das wisse er beim besten Willen nicht.

Er wußte es tatsächlich nicht. Allenfalls, was es vielleicht bedeuten konnte: daß nämlich der Mörder glaubte, Endocheeney wäre ein Zauberer gewesen. Vielleicht hatte er gedacht, Endocheeney, der Skinwalker, hätte das Stückchen Knochen in ihn hineingeblasen und ihn so mit dem Übel des Bösen verseucht. Und dann mochte es ihm sicherer erschienen sein, selbst das Unheil von sich abzuwenden, statt auf Heilung durch einen rituellen Gesang – den des Sieges über die Feinde zum Beispiel – zu vertrauen. Darum hatte er einen

Weg gesucht und gefunden, das todbringende Knochenkügelchen im Körper des Zauberers unterzubringen. Aber es konnte genausogut sein, daß der Mörder sich in seinem Wahn selbst für einen Zauberer hielt und Endocheeney verhexen wollte, indem er ihm, während er mit dem Messer zustieß, die kleine Kugel mit in die Wunde schob. Zugegeben, das schien weit hergeholt zu sein, aber das war nach Leaphorns Meinung immer so, wenn es um Navajo-Magie ging. Übrigens gab es natürlich auch eine viel einfachere Erklärung: Der Mörder wollte nur den Anschein von Zauberei erwecken, um die Polizei zu verwirren. Wenn das seine Absicht gewesen war, hatte er Erfolg gehabt, Leaphorn fühlte sich jedenfalls verwirrt. Zu schade, daß es Chee nicht gelungen war, Bistie zum Reden zu bringen. So wußten sie immer noch nicht, was das Knochenkügelchen in seinem Portemonnaie bedeutete und was er damit vorgehabt hatte. Und auch nicht, warum er versucht hatte, Endocheeney zu töten.

Der Schmerz in Leaphorns Arm hatte nachgelassen. Er stieg aus und ging auf die Ladentür zu, vorbei an dem Schild, auf dem jeder lesen konnte, daß McGinnis das Leben bei Short Mountain Wash satt hatte und sich an ein schöneres Fleckchen Erde wünschte. Er trat durch die Tür, die Hitze und das gleißende Sonnenlicht blieben hinter ihm zurück, kühles Halbdunkel umfing ihn.

«Mann, ich hab mich schon gefragt, wem der Wagen da draußen gehört.» McGinnis' Stimme kam irgendwoher aus dem Dunkel. «Wer hat Ihnen die Karre angedreht?»

McGinnis saß auf einem Küchenstuhl vor dem Ladentisch, neben sich, in Reichweite, die alte gußeiserne Registrierkasse. In seinem blau und weiß gestreiften Overall und dem verwaschenen blauen Baumwollhemd sah er wie ein Sträfling aus, aber Leaphorn war nicht überrascht, er kannte das schon, McGinnis hatte nie etwas anderes angehabt.

«Es ist Emmas Wagen.»

«Wegen der Automatik», sagte McGinnis, «und weil Sie den Arm kaputt haben. Ist noch nicht lange her, da war Old John Manymules mit seinen Jungens hier und hat mir erzählt, daß 'n Cop angeschossen worden ist, oben in den Chuskas. Wußte nicht, daß Sie's sind.»

«Leider bin ich's.»

«So wie Manymules sagt, ist so 'n alter Bursche in seinem Hogan umgebracht worden, und wie die Polizei kommt und will sich alles angucken, zack, erwischt's einen von den Cops.»

«Nur in den Arm.» Leaphorn fand es erstaunlich, wie rasch jede Neuigkeit bei McGinnis ankam.

«Und wie kommt's, daß Sie sich hierher verirren? Mit 'm gebrochenen Arm bis hier raus in die Wildnis?»

«Ich wollte nur mal vorbeischauen», sagte Leaphorn.

McGinnis musterte ihn durch die dicken Brillengläser, sein Blick verriet, daß er kein Wort glaubte. Er rieb sich mit dem Handrücken über die grauen Bartstoppeln. Leaphorn hatte ihn ganz anders in Erinnerung, nicht besonders groß, aber mit breiten Schultern und einem mächtigen Brustkasten. Jetzt kam es ihm vor, als wäre McGinnis ein Stück geschrumpft, wie ein schmächtiges Kerlchen hing er in seinem Overall. Auch das Gesicht war nicht mehr so voll wie früher, und in den blauen Augen war, soweit Leaphorn das im Halbdunkel erkennen konnte, nicht viel vom harten Glanz übriggeblieben.

«Mann, das ist nett, wirklich», sagte McGinnis. «Da sollte ich mich wohl spendabel zeigen und Ihnen 'n Drink anbieten, wie? Das heißt, wenn meine Kunden so lange ohne mich auskommen.»

Es gab keine Kunden. Die großgewachsene Navajo-Frau war längst gegangen, und außer Emmas Chevy parkte draußen kein Wagen. McGinnis ging zur Tür, schloß zu und schob den Riegel vor. Leaphorn hatte den Eindruck, daß er stärker humpelte als früher und die Schritte schwerfälliger setzte. «Hab mir angewöhnt, alles zu verriegeln. Die verdammten Navajos klauen einem das Glas aus 'm Fenster, wenn sie gerade 'ne Scheibe brauchen.» McGinnis humpelte zum Wohnraum hinter dem Laden und winkte Leaphorn mitzukommen. «Aber nur, wenn sie eine brauchen. Nicht wie die Weißen, die klauen auf Deibel komm raus. Ich hab selber schon welche gesehen, die langen einfach zu und schmeißen das Zeug hinterher weg. Ihr Navajos, tja, wenn mir von euch einer 'n Sack Mehl klaut, dann weiß ich, daß jemand Hunger hat. Fehlt mir 'n Schraubenzieher, dann ist klar, daß einer 'ne Schraube festdrehen muß und seinen eigenen Schraubenzieher verloren hat. So ist das mit euch, Ihr Großvater war's, der hat mir das erklärt, als ich gerade hier draußen angekommen war und noch keine Ahnung hatte.»

«Ja», sagte Leaphorn, «ich glaube, das haben Sie mir schon mal erzählt.»

«Auch so was, ich erzähl neuerdings alles 'n paarmal», sagte McGinnis, aber es hörte sich nicht so an, als machte es ihm etwas aus. «Hosteen Klee haben sie ihn genannt, als es schon langsam mit ihm zu Ende ging. War der Vater von Ihrer Mutter, nicht? Ich kenn ihn noch aus der Zeit, als ihn alle nur Horse Kicker genannt haben.» Er öffnete den Kühlschrank. «Ich werd Ihnen lieber keinen Drink anbieten. Weil, Sie trinken ja keinen Whiskey, nicht? Haben jedenfalls nie welchen getrunken. Und ich hab nur Whiskey.» Er hatte den Kopf in den Kühlschrank gesteckt. «Oder wollen Sie 'n Schluck Wasser?»

«Nein, danke», sagte Leaphorn.

McGinnis tauchte mit einer Flasche Bourbon und einem Colaglas aus dem Kühlschrank auf, ging zum Schaukelstuhl und setzte sich. Er schenkte sich ein, hielt das Glas vor die Augen und goß bis zum Eichstrich Bourbon nach. Dann stellte er die Flasche neben sich auf den Boden und lud Leaphorn ein, ebenfalls Platz zu nehmen. Die einzige Sitzgelegenheit war ein mit grünem Plastik bezogenes Sofa. Als Leaphorn sich setzte, schmatzte der Bezug unter seinem Gewicht, ein Wölkchen Staub stieg auf.

«Sie sind dienstlich hier», stellte McGinnis fest.

Leaphorn nickte.

McGinnis nahm einen Schluck. «Und zwar, weil Sie denken, der alte McGinnis könnte was über Wilson Sam wissen. Sie denken, daß er's Ihnen erzählt, und dann mischen Sie's mit dem zusammen, was Sie schon wissen, und schon haben Sie den Mörder.»

Leaphorn nickte wieder.

«Pech gehabt», sagte McGinnis. «Ich hab den Burschen gekannt, solange er seine rote Haut hatte, aber ich weiß nichts über ihn, was Ihnen weiterhelfen kann.»

«Anscheinend haben Sie sich schon Gedanken darüber gemacht.»

«Klar hab ich das», sagte McGinnis. «Da wird einer umgebracht, den man kennt... Da macht man sich doch Gedanken, oder?» Er nahm noch einen Schluck. «Hab ja schließlich 'n Kunden verloren.»

Leaphorn griff das Stichwort auf. «Wie war er als Kunde? Ich meine, gab's irgendwas Besonderes? Ist er mit einem Haufen Geld hier aufgekreuzt, um seine Pfänder auszulösen? Hat er was Ausgefallenes gekauft? Oder war jemand hier und hat gefragt, wie er Sam finden könnte?»

«Nee, alles nicht», sagte McGinnis. «Er ist eben von Zeit zu Zeit hiergewesen, hat was gekauft, mir seine Wolle verkauft und die Post mitgenommen. Und im letzten Winter, fällt mir ein, hat er sich in die Hand geschnitten. Da ist er runter nach Badwater Wash gefahren, in die Klinik von diesem Sioux. Die haben ihm die Hand genäht und ihm 'ne Tetanusspritze verpaßt. Aber richtig krank war er nie. Hat nie 'n Gesang gebraucht. Ist auch nicht weggefahren. Außer vor 'n paar Monaten, da ist er mit seiner Tochter nach Farmington gefahren und hat sich Klamotten gekauft.» McGinnis nahm noch einen kräftigen Schluck. «Das Zeug, das er bei mir gekriegt hätte, war ihm wohl nicht fein genug. Heutzutage müssen sogar die Jeans nach der letzten Mode sein.»

«Und die Post? Haben Sie ihm die Briefe geschrieben? Und wenn er welche bekommen hat – war da was Besonderes dabei?»

«Er konnte selber lesen und schreiben. Aber dieses Jahr hat er keine Briefmarken gekauft, jedenfalls nicht bei mir. Und bei mir hat er auch keine Briefe abgegeben. Was für ihn gekommen ist – also, das war ganz normaler Kram. Außer, vor 'ner Weile hat er mal mitten im Monat 'n Brief gekriegt.» Er mußte nicht erst erklären, was daran außergewöhnlich war. Hier oben in den Bergen bekamen die Leute gewöhnlich nur am Monatsanfang einen Brief, und zwar in einem der braunen Umschläge, mit denen die Behörden in Window Rock Gutscheine für Lebensmittel verschickten. «Ist, wie gesagt, schon 'ne Weile her. Im Juni war's.»

«Im Juni?» Da hatte auch Endocheeney seinen Brief bekommen, den aus Irma Onesalts Büro. «Ungefähr in der zweiten Woche?»

«Sag ich doch», bestätigte McGinnis.

Leaphorn hatte endlich eine Sitzposition gefunden, in der es sich sogar auf dem Plastiksofa aushalten ließ. Und er hatte bei McGinnis eine erstaunliche Fähigkeit entdeckt. Der alte Gauner schaukelte die ganze Zeit sanft mit seinem Stuhl hin und her und brachte es trotzdem fertig, seinen Arm so im Takt mitzubewegen, daß kein Tropfen Whiskey überschwappte. Verblüffend. Aber noch verblüffender war, was McGinnis ihm eben über den Brief erzählt hatte. Leaphorn schob alle anderen Gedanken beiseite.

«Gucken Sie nicht so!» sagte McGinnis. «Denken Sie vielleicht, in dem Umschlag wär 'n Brief gewesen, in dem einer Wilson Sam schreibt, er soll sich noch 'ne Weile gedulden, aber er käm dann schon und brächt ihn um?» McGinnis lachte glucksend. «Machen

Sie sich bloß keine Hoffnungen. Das war nicht irgendein x-beliebiger Brief, der kam aus Window Rock.»

«Und was stand drin?»

McGinnis zog ein schiefes Gesicht. «Ich steck meine Nase nicht in fremde Briefe.»

«Schon gut. Wo kam er her?»

«Sag ich doch: aus Window Rock. Von 'ner Behörde.»

«Wissen Sie noch, von welcher?»

«Wie soll ich das denn wissen? Geht mich doch nichts an.»

Nur, weil du doch sonst alles weißt, was hier draußen vor sich geht, dachte Leaphorn. Und weil der Brief doch ein paar Tage bei dir im Laden gelegen hat, bevor einer kam, um ihn abzuholen, Sam oder ein Verwandter. Und weil du doch bestimmt jeden Tag drauf geguckt und dich gefragt hast, was das wohl für ein merkwürdiger Brief sein könnte, der mitten im Monat kommt.

Leaphorn hätte gute Lust gehabt, McGinnis zu sagen, daß es bestimmt ein Brief vom Social Service gewesen war. Aber er zuckte nur die Achseln und meinte: «Hätte ja sein können.»

«Vom Social Service», sagte McGinnis auf einmal.

Na also. Leaphorn wünschte sich, er hätte schon Zeit gehabt, der Sache nachzugehen. Denn wenn der Durchschlag nicht beim Social Service in den Akten war und sich niemand daran erinnerte, daß Briefe an Endocheeney und Sam geschickt worden waren, dann stand fest... so gut wie fest, daß es keine offiziellen Briefe gewesen waren. Und warum hätte das Amt an Endocheeney oder Sam schreiben sollen?

«Stand auf dem Absender ein Name? Oder war nur die Behördenadresse angegeben?»

«Ich denk gerade drüber nach.» McGinnis nahm noch mal einen Schluck. Der Blick, mit dem er prüfte, wieviel Whiskey noch im Glas wäre, schien nicht mehr ganz ungetrübt zu sein. «Tja, das könnte interessant für Sie sein», sagte er, ohne Leaphorn anzusehen, «denn da stand wirklich 'n Name. Und zwar der Name... Sie wissen schon, die Frau, die 'ne Weile später erschossen wurde. Der Name, der stand da als Absender.»

«Irma Onesalt?» fragte Leaphorn.

«So isses», bestätigte McGinnis grimmig, «Irma Onesalt.»

Der Kreis hatte sich also geschlossen. Die Knochenkügelchen bewiesen, daß es einen Zusammenhang gab zwischen den Fällen Wilson Sam, Dugai Endocheeney, Jim Chee und Roosevelt Bistie. Und nun gehörte auch die Onesalt in den Kreis, wegen der Briefe. Leaphorn wußte alles, was er wissen mußte, um das Rätsel zu lösen. Nur, wie er es lösen sollte, wußte er noch nicht. Aber er kannte sich, das würde ihm schon noch einfallen.

18

Chee hatte heute seinen freien Tag, es blieb ihm noch ein wenig Zeit, bis er losfahren mußte, um sich oben bei Hildegarde Goldtooth mit Alice Yazzie zu treffen. Rund neunzig Meilen Fahrt standen ihm bevor, teilweise auf sehr schlechten Straßen. Er durfte nicht zu spät aufbrechen, weil er einen Abstecher zur Badwater-Klinik machen wollte. Mal sehen, vielleicht konnte er dort etwas Neues erfahren. Und warten lassen durfte er Alice Yazzie auf keinen Fall, es lag ihm viel daran, den Gesang zur Beschwörung des Bösen zu zelebrieren.

Den Platz, an dem er sich im Augenblick aufhielt, hatte Largo spöttisch «Chees Arbeitszimmer» genannt und lachend gefragt: «Oder sollte man eher sagen, dein *open air*-Studio?» Tatsächlich wäre das die treffendere Bezeichnung gewesen, denn es handelte sich um nichts anderes als ein schattiges Fleckchen draußen vor dem Wohnwagen, knapp über dem Hang, da, wo der Boden noch eben und fest war, direkt unter den knorrigen Zweigen eines Baumwollbaums. Es war ein Viereck, ungefähr so groß wie der Innenraum eines Hogans. Chee hatte sich viel Mühe gegeben, den Boden glattzurechen und das Unkraut wegzuharken, weil er den Platz hauptsächlich dazu benutzte, sich in den farbigen Sandzeichnungen zu üben, die er bei zeremoniellen Gesängen brauchte.

Er saß in der Hocke am Rand des Vierecks und war mit den letzten Details einer Zeichnung beschäftigt. Das Bild, das er gerade mit buntem Sand auf den Boden malte, gehörte zur zweiten Nachtfeier während einer Beschwörung des Bösen: die Erschaffung der Sonne nach der Schöpfungsgeschichte der Navajos. Während er ein wenig blauen Sand auf den Boden rieseln ließ – nur gerade so viel, wie er brauchte, um die Federspitze am linken Horn der Sonne zu vollenden, murmelte er in leisem, melodischem Singsang die Verse vom Geschenk des Lichts vor sich hin.

Erschaffen wird nun die Sonne,
Und wir hören, so war es erdacht seit Anbeginn.
Erschaffen wird nun die Sonne,
Und wir hören, Er selbst hat alles erdacht.
Ihr Antlitz wird blau leuchten,
Und wir hören, Er selbst hat alles erdacht.
Strahlend gelb wird ihr Auge erscheinen,
Und wir hören, Er selbst hat alles erdacht.
Weiß wird ihre Stirn uns blenden,
Und wir hören, Er selbst hat alles erdacht.

Als er mit der Federspitze fertig war, richtete Chee sich halb auf. Er saß auf den Fersen, stäubte den Rest blauen Sand in die Kaffeebüchse zurück, wischte sich die Finger an den Jeans ab und betrachtete sein Werk. Es war ihm gut gelungen. Einen der drei nach Osten gerichteten Federbüsche hatte er weggelassen, sie gehörten zum Kopfschmuck eines Jünglings, der zu Vater Sonne aufschaut und um dessen Segen bittet, denn der Jüngling ist das Symbol des Blütenstaubes. So war das heilige Bild letztlich unvollendet geblieben, aber darauf kam es jetzt nicht an, Chee wollte ja nur ein wenig üben. Ansonsten sah die Zeichnung perfekt aus, die Felder aus schwarzem, blauem, gelbem, rotem und weißem Sand waren klar gegeneinander abgegrenzt, die Symbole kamen deutlich heraus. Der rote Sand war vielleicht noch ein bißchen grobkörnig, aber das ließ sich beheben, Chee brauchte ihn nur noch einmal durch die Kaffeemühle laufen zu lassen.

Diesen Teil aus dem Gesang zur Beschwörung des Bösen kannte Chee Wort für Wort auswendig, die Symbole, die zu den Sandzeichnungen gehörten, waren ihm bis ins letzte Detail vertraut, so also konnte der Gesang seine heilende Kraft entfalten. Chee kauerte sich tiefer, er freute sich an der Schönheit der Symbole, ging in Gedanken noch einmal alle Einzelheiten durch. Bald würde er dieses alte heilige Ritual tatsächlich zelebrieren, nicht nur still für sich und zur Übung, sondern so, wie es dem eigentlichen Sinn entsprach: um einem aus seinem Volk zu helfen, daß er zurückfände zu Reinheit und Harmonie. Er spürte, wie glücklich ihn der Gedanke jetzt schon machte. Aber er unterdrückte die aufkeimende Freude rasch, denn alles hat seine Zeit.

Die Katze saß auf einem Erdhuckel im Schatten eines Wacholderbuschs und äugte zu Chee herüber. Fast den ganzen Morgen hatte sie sich in Chees Nähe herumgetrieben, nur einmal war sie zum Flußufer hinuntergestrolcht, aber schon bald an ihr schattiges Plätzchen zurückgekehrt. Gestern abend hatte Chee ihr die Kiste in die Nähe ihres Baus gestellt – eine Versandkiste, richtiger gesagt ein Transportkäfig, weich ausgepolstert mit einer alten Baumwolljacke, die bisher in einer Ecke im Wohnwagen gelegen hatte und, sooft die Katze hereingehuscht kam, ihr bevorzugter Ruheplatz gewesen war. Als Köder hatte er eine Frikadelle dazugelegt, die von einem Hamburger-Sandwich stammte und schon seit ein paar Tagen im Kühlschrank lag. Chee wollte sie eigentlich für einen eiligen Lunch aufheben, aber sie sah nicht mehr sonderlich appetitlich aus. Der Katze hatte sie offensichtlich geschmeckt, jedenfalls war die Frikadelle heute morgen aus der Kiste verschwunden. Zum Schlafen hatte die Katze sich allem Anschein nach allerdings nicht darein gelegt. Nun gut, das brauchte seine Zeit, Chee war geduldig.

Die Sache mit dem Transportkäfig – der Chee übrigens vierzig Dollar gekostet hatte – war Janet Petes Idee gewesen. Er hatte ihr, als sie aus dem *Turquoise Café* kamen, von der Katze und dem Kojoten erzählt, eigentlich mehr, weil er noch ein bißchen länger mit ihr plaudern und den Augenblick hinauszögern wollte, in dem sie wieder in ihren blitzsauberen weißen Chevy stieg und er allein am Straßenrand zurückblieb.

«Mit Katzen kennen Sie sich nicht zufällig aus?» hatte Chee gefragt, und sie hatte gesagt: «Nicht besonders. Worum geht's denn?» Dann hatte er ihr vom herumstreunenden Kojoten erzählt, und sie hatte einen Augenblick nachgedacht, was ihm Gelegenheit gab, sie anzuschauen und dabei an Mary Landon zu denken. Janet Pete stand neben ihm, anmutig, an ihren Chevy gelehnt, nagte an der Unterlippe und dachte nach, sie nahm sein Problem ernst. Was hätte wohl Mary Landon jetzt getan? Zuerst einmal gefragt, wem denn die Katze gehörte, und dann vielleicht gesagt: «Meine Güte, stell dich nicht so dämlich an, hol die Katze in den Wohnwagen und behalt sie drin, bis der Kojote verschwunden ist.» Die richtige Lösung für eine *belacani*-Katze in der Welt der *belacani*. Bloß, für Jim Chee taugte sie nichts, denn sie paßte nicht zur Denkweise im Dine'Bike'yah, nach der – schon seit dem Tage, an dem das Heilige Volk die Erde betreten hat – auch das Rotkehlchen, der Dachs und sogar der Kornkäfer ihren angestammten Platz haben in einer Welt, die sie sich mit den Menschen teilen.

Janet Pete hatte ihn fragend angesehen. «Ich nehme an, drin im Wohnwagen wollen Sie die Katze nicht haben?»

Chee grinste nur.

«Können Sie draußen irgendwas basteln, damit er nicht mehr an die Katze rankann?»

«Sie wissen ja, wie Kojoten sind», sagte Chee.

Ein paar Sekunden lang sah Janet Petes Lächeln aus, als würde es gleich vergehen, dann hellte ihr Gesicht sich auf. «Kaufen Sie eine von diesen Frachtkisten. Sie wissen schon, wenn man Tiere mit dem Flugzeug verschicken will.» Ihre Hände malten einen Kasten in die Luft, ungefähr so groß, wie er für eine Katze sein mußte. «Die Dinger sind stabil, da kann der Kojote Ihrer Katze nichts tun.»

«Ich weiß nicht», sagte Chee zögernd, weil er Zweifel hatte, ob die Katze überhaupt in so einen Kasten hineinschlüpfen würde und ob sie darin vor dem Kojoten sicher wäre. «Ich hab so 'n Ding noch nie gesehen. Wo kriegt man die denn, auf dem Flugplatz?»

«Im Katzenladen», antwortete Janet Pete und war gleich mit ihm losgefahren. Der Transportkäfig, den Chee erstand, war aus Stahlblech und eigentlich für kleinere Hunde gedacht. Er sah so aus, als könnte eine Katze sich durchaus darin wohl fühlen, vor allem aber sah er so aus, als hätte ein hungriger Kojote keine Chance. Janet Pete war dann plötzlich eingefallen, daß sie einen Termin hätte, sie brachte ihn rasch zu seinem Geländewagen und verabschiedete sich.

Auf dem Heimweg nach Shiprock hatte Chee die Kiste neben sich auf den Beifahrersitz gestellt und von Zeit zu Zeit einen schrägen Blick darauf geworfen. Ob das wirklich ein guter Kauf gewesen war? Auf jeden Fall mußte er noch ein bißchen am Eingang herumbasteln, damit der Durchschlupf gerade groß genug für eine Katze, aber mit Sicherheit zu klein für einen Kojoten wurde. Kein Problem, das war mit Eisenblech und Lötdrahl schnell erledigt. Nur, ob die Katze kapierte, daß sie in dem Ding sicher war, mit anderen Worten, ob sie für den Stahlblechkasten das gewohnte Nachtlager in ihrem Bau aufgab, das war fraglich.

Und darüber dachte Chee auch jetzt wieder nach, während er mit den Federn an seinem *jish*-Bündel die Sandzeichnung auswischte, so wie Changing Woman es die Menschen gelehrt hatte. Von ihr hatten die vier Urclans die Kunst der heilenden Zeremonien erlernt. Sie hatte ihnen gezeigt, wie die Sandzeichnungen aussehen müssen. Mit mächtigem Atem hatte sie die Wolken verformt, bis am Himmel die Bilder erschienen. Und von ihr wußten die ersten Navajos, daß man den bunten Sand hinterher zusammenfegen und in den Wind streuen muß, damit der ihn forttragen kann – dahin, wo ihn niemand mehr findet. Chee wischte die letzten Spuren seiner Zeichnung weg und sammelte die Kaffeedosen ein, in denen er den bunten Sand aufbewahrte.

Es hatte jetzt keinen Sinn, über die Katze nachzudenken. Ob sie den Käfig annahm oder nicht, das würde sich mit der Zeit herausstellen. Vielleicht tat sie's, vielleicht auch nicht, dann mußte Chee sich eben etwas anderes einfallen lassen. Und es gab ja, wenn er schon an die Katze dachte, wichtigere Fragen. Zum Beispiel die, wie sie sich ernähren sollte, wenn es so weit war, daß sie Junge warf. Und wie die Jungen überlebten. Schlimm, daß sie kaum noch jagte, sondern sich immer mehr darauf verließ, daß er ihr etwas hinstellte. Das war genau das, was er nicht wollte und nicht auch noch fördern durfte. Wenn die Katze eben nicht länger nur das verhätschelte Eigentum von irgend jemandem sein, sondern zu einer geschickten Jägerin werden sollte, dann durfte sie sich nicht von der Hilfe eines Menschen abhängig machen. So schafften sie es nie. Die Katze wollte sich von ihren Abhängigkeiten befreien, das beobachtete er schon lange. Und Chee wollte sie dabei unterstützen. Sie sollte nicht länger eine *belacani*-Katze sein, sondern ein Tier, das natürlich lebte und sich durchschlagen konnte.

Chee schob die Dosen mit dem Sand in einen der Staukästen am Wohnwagen, dort verwahrte er auch die anderen Utensilien, die er für seine Arbeit als *yataalii* brauchte. Nur das *jish* wollte er mitnehmen – für den Fall, daß Alice Yazzie ihn um eine Segnungszeremonie bat. Ganz davon abgesehen, daß Chee mit seinem *jish*-Bündel und dessen Inhalt Eindruck machen konnte. Die Gebetsstäbe waren streng nach den traditionellen Regeln bemalt, mit einer Wachsschicht überzogen und poliert, der Federschmuck war genau da angebracht, wo er nach den Lehren der Alten sein sollte. In solchen Dingen war Chee ein Perfektionist. Das Säckchen für den Blütenstaub hatte er aus weichem Rehleder genäht. In einem kleinen Kasten bewahrte er beschriftete Fläschchen mit dem «natürlichen Schmuck der Erde» auf, Glimmersand, Versteinerungen, Muscheln und so weiter. Und in den vier winzigen Beuteln, die zu seinem Bündel von den Vier Heiligen Bergen gehörten, fehlte keines der vorgeschriebenen Kräuter und Mineralien. Er hatte sie eigenhändig auf den vier Bergen gesammelt, die sie «die heiligen» nannten, genau nach der Lehre des *yei*. Doch das *jish* wollte er mitnehmen, vielleicht ergab sich eine Gelegenheit, daß er es öffnen und den Inhalt ausbreiten konnte.

Er ging in den Wohnwagen, zog die schmutzigen Jeans aus und nahm ein Paar neue aus dem Schrank, die hatte er eigens für diesen Anlaß in Farmington gekauft. Er besaß auch ein Hemd für besondere Gelegenheiten, ein rot-weiß gestreiftes. Dazu zog er frisch geputzte «Sonntagsstiefel» an und stülpte sich den schwarzen Hut auf. Kritisch musterte er sich im Spiegel über dem Waschbecken. Er fand alles gut, nur wäre es eben besser gewesen, wenn er ein bißchen älter ausgesehen hätte. Im Dinee wollte man die *yataalii* alt und weise haben, Männer wie Frank Sam Nakai sollten es sein, Chees Onkel mütterlicherseits. «Mach dir deswegen keine Sorgen», hatte Frank Sam Nakai zu ihm gesagt. «Alle berühmten Sänger haben als junge Männer angefangen. Bei Hosteen Klah war es so, bei Frank Mitchell und auch bei mir. Schau ihnen zu und versuche, möglichst viel von ihnen zu lernen.» Nun war es endlich soweit, er war selbst ein Sänger und konnte praktizieren, was ihn Frank Sam Nakai durch die Jahre hindurch gelehrt hatte.

Als er losfuhr, fiel ihm auf, daß das Wolkengebirge über den Hügeln heute mächtiger war als sonst, dunkler, als sie es in diesem trockenen Sommer gewöhnt waren. Howard Morgan, der Meteorologe vom Kanal sieben, hatte heute für das Gebiet der Four Corners mit 30 Prozent Wahrscheinlichkeit Regen vorausgesagt, das war bis jetzt der beste Wert des ganzen Sommers. Er hatte auch prophezeit, daß nun endlich die Zeit der Monsunregen begänne. Regen – das wäre ein großartiges Omen gewesen. Und Morgan hatte mit seinen Voraussagen oft recht.

Als Chee auf der 504 nach Westen fuhr, sah es aus, als behielte Morgan auch diesmal recht. Über dem Carizzo-Gebiet türmten sich die Vorboten eines Gewitters, eine blauschwarze Wolkenwand, die sich weit nach Westen, bis hinüber nach Arizona, erstreckte und so hoch hinaufreichte, daß die Eiskristalle von den Höhenwinden in tiefere, wärmere Schichten getragen werden konnten. Ab Dennehotso fuhr er nach Süden, über die Greasewood Flats, im Schatten der Wolken. Hier war schon etwas vom kühlen Hauch zu spüren, Böen kamen auf und trieben Windhexen vor sich her. Aber Chee hatte zu lange in der Wüste gelebt, um sich allzu früh Hoffnungen zu machen, die dann doch nur enttäuscht wurden. Natürlich war es schön, vom Regen zu träumen, von der wohltuenden Kühle, die er brachte, vom Wasser, das die Wüste zum Leben erweckte. Aber man durfte nicht fest damit rechnen. Und er mußte sich jetzt sowieso auf andere Dinge konzentrieren, denn hinter dem nächsten Hügelkamm lag schon die Badwater-Klinik.

Er fuhr auf den unbefestigten Parkplatz, hielt an und wollte gerade die Tür öffnen, da kam wieder eine Bö auf, im Nu hing eine Staubglocke über dem Platz, dürres Gras, abgerissene Zweige und vom Wind zu Knäueln geballte Kräuter wirbelten durchs Grau. Chee blieb lieber einen Augenblick sitzen und wartete, bis der Spuk aufhörte.

Die Klinik war erst vor fünf oder sechs Jahren gebaut worden – ein einstöckiges Rechteck mit einem Flachdach, ringsum verstreut lagen die Wohnhäuser fürs Personal. Hinter dem Hauptgebäude befand sich ein häßlicher viereckiger Betonkasten, das Wasserwerk der Klinik, und darüber ragte der – ursprünglich mal weiß gestrichene – Wassertank auf. Genauso häßlich ging es dahinter weiter, das Bureau of Indian Affairs hatte ein paar von seinen Einheitsbauten in die Landschaft gestellt, Fertigkhäuser aus braun verputzten Platten, wie sie überall in den Reservationen zu Tausenden zu finden waren, von Point Barrow bis hinauf zur Pagago-Reservation. Vom ehemals weißen Verputz der Klinik war nicht viel übriggeblieben, Sandstürme hatten große Placken herausgerissen. So neu die ganze Anlage auch war, die Spuren einer langsamen, aber offenbar unaufhaltsamen Zerstörung waren unübersehbar. Von der Gewalt der Wüste mit ihren bitter kalten Wintern, ihren Regenstürmen und den langen trockenen Sommern blieb in diesem Landstrich nichts verschont, was nicht über Jahrhunderte oder Jahrtausende natürlich gewachsen war.

Aber das alles nahm Chee gar nicht wahr. Gebäude, das war nur etwas, was Menschen errichteten und auf die Dauer sowieso keinen Bestand haben konnte. Er war ein Navajo, ihn faszinierte die Lage der Klinik, die Landschaft, in die sie eingebettet war, und die war einfach wunderschön. Der Blick reichte weit ins Tal hinunter, bis zu den Felswänden am Chilchinbito Canyon und über der Long Flat

Wash, überragt von der Black Mesa, deren dunkles Grün aus der Ferne und unter den tiefhängenden Wolken einen Schimmer Blau annahm. Ein Ausblick, bei dem sich Chee leicht und beschwingt fühlte. Er empfand eine Fröhlichkeit, die ihm in den letzten Tagen, seitdem er Mary Landons Brief gelesen hatte, abhanden gekommen war. Er ging auf den Eingang der Klinik zu und dachte, daß es ein guter Tag wäre, ein Tag, der ihnen vielleicht Regen brachte – und ihm persönlich bestimmt Glück.

Daß er Glück hatte, sah er gleich, als er hereinkam. Die Frau am Informationsschalter war eine Navajo aus dem Yoo'l Dinee, vom Clan der Bead People. Und weil Chee ein ausgezeichnetes Gedächtnis hatte, fiel ihm ihr Name sofort wieder ein: Eleanor Billie. Sie hatte auch damals an jenem unfreundlichen Tag im späten Frühjahr Dienst gehabt, als er hier gewesen war und den falschen Begay für die Onesalt geholt hatte. Ihr Gedächtnis schien genausogut zu sein wie das von Chee.

«Ah, der Herr von der Polizei!» begrüßte sie ihn mit einem Lächeln, das nicht viel mehr als eine Andeutung war. «Was kann ich heute für dich tun? Soll's wieder ein Begay sein?»

«Du kannst mir dabei helfen, ein paar Dinge zu verstehen, an denen ich herumrätsle», sagte Chee. «Es hat was mit dieser alten Geschichte zu tun.»

Eleanor Billie sah ihn schweigend an. Ihr Lächeln kam Chee ein wenig kalt vor. Vielleicht war es doch nicht so weit her mit dem Tag, der ihm Glück bringen sollte?

«Erinnerst du dich an die Frau aus Window Rock, für die ich damals diesen Begay abholen sollte?» fragte Chee. «Hat sie wegen dieser Sache noch mal von sich hören lassen? Geschrieben? Oder angerufen? Wer könnte mir da Auskunft geben?»

Eleanor hob die Augenbrauen, ihr Kichern klang gekünstelt. «Einen fürchterlichen Wirbel hat sie gemacht. Gleich am nächsten Tag war sie da, und wie sie sich aufgeführt hat, also, das war unglaublich. Sie wollte unbedingt Dr. Yellowhorse sprechen. Wie sie sich bei ihm benommen hat, weiß ich nicht, aber bei mir war's schlimm.»

«Ach, sie war hier?» Chee lachte. «Das hätte ich mir denken können. Sie hatte ja eine Mordswut.» Sein Lachen schien ansteckend zu wirken, Eleanors Lächeln wurde eine Spur breiter und sah auch nicht mehr so frostig aus.

«Ich hab nie ganz mitgekriegt, was da eigentlich passiert ist und warum die alte Hexe so in Fahrt war», sagte sie.

«Nun, das will ich dir erzählen. Ich hab den Begay zum Gemeindehaus in Lukachukai gebracht. Die hatten da eine Versammlung, bei der es um Landrechte ging: ob eine Familie aus dem Weaver Clan oder eine aus dem Many Hogans Dinee die älteren Rechte hätte. Irma Onesalt hatte irgendwie rausgekriegt, daß Old Man Begay schon wer weiß wie lange da oben lebte, und so hoffte sie, er könnte der Ratsversammlung klarmachen, daß eben die Many Hogans seit altersher das Weide- und das Wasserrecht hätten. Ich war ja nicht mit drin im Gemeindehaus, ich hab nur gehört, wie der alte Mann aufgerufen wurde. Tja, und dann fing er an, langatmig und umständlich zu erklären, daß er im Coyote Pass People und für das Monster People geboren wäre und nie da oben gelebt hätte, sondern mitsamt seiner Familie in der Checkerboard-Reservation wohnt, weit drüben im Osten.»

Chee mußte grinsen, als er sich daran erinnerte, wie Irma Onesalt aus dem Gemeindehaus gestürmt und auf ihn losgegangen war. «Du hättest mal hören sollen, was die mir um die Ohren gehauen hat!» sagte er. Auf die wörtliche Wiedergabe verzichtete er lieber. «Du blöder Hammelschwanz, warum schleppst du mir den falschen Begay an?» war noch die harmloseste Formulierung gewesen.

Eleanor Billies Gesicht zerfloß in die Breite, sie zeigte zwei Reihen bemerkenswert weißer Zähne. «Da hätte ich gern mal Mäuschen gespielt!» Offenbar akzeptierte sie Chee jetzt als Leidensgenossen. «Und du hättest hören sollen, wie sie sich bei mir aufgeführt hat! Dabei habe ich nur zu ihr gesagt, daß sie vielleicht nicht ganz unschuldig an der bedauerlichen Verwechslung wäre. Sie hatte nämlich hier angerufen und gesagt, sie brauche einen gewissen Frank Begay für eine Anhörung bei der Ratsversammlung. Wir haben dir den einzigen Begay mitgegeben, den wir hatten, Franklin Begay. Ich meine, das ist doch wirklich zum Verwechseln ähnlich, oder?»

«Ja, wirklich», gab ihr Chee recht.

«Einen anderen Begay hatten wir nicht», beteuerte sie, «und haben wir auch jetzt nicht.»

«Wieso konnte es dann überhaupt zu so einer Verwechslung kommen?»

«Oh, früher hatten wir mal einen Frank Begay. Er war zuckerkrank, ein schwerer Fall, es gab eine Menge Komplikationen. Im Winter ist er gestorben – nein, noch früher, im Oktober war's. Das war der Begay aus Lukachukai.»

«Trotzdem, ich kann mir nicht vorstellen, daß die Onesalt da was durcheinandergebracht hat», meinte Chee, «das sieht ihr gar nicht ähnlich.»

Sie nickte nachdenklich. «Sie behauptete, daß unsere Belegmeldungen nicht stimmen könnten, Frank Begay stünde mit drauf. Nein, hab ich gesagt, der steht nicht drauf. Doch, verdammt noch mal, hat sie mich angeblafft, vielleicht nicht auf der neuesten Liste, aber vor ein paar Wochen hätte sie den Namen selber gelesen.» Eleanor Billie schien sich jetzt noch über Irma Onesalts Auftritt zu amüsieren, sie zeigte wieder ihre makellosen Zähne. «Daher weiß ich auch so genau, wann Frank Begay gestorben ist. Am dritten Oktober. Ich hab's damals in den Akten gefunden.»

Chee konnte sich gut vorstellen, wie Eleanor Billie triumphiert hatte, als sie der Onesalt das unter die Nase reiben konnte. Er wußte nur zu gut, wie arrogant die Onesalt gewesen war. Damals, vor dem Gemeindehaus in Lukachukai, hatte sie ihn ganz schön abgekanzelt. Er fragte sich, ob Dilly Streib oder die anderen vom FBI schon mal darüber nachgedacht hätten, daß Irma Onesalts aufbrausendes Wesen möglicherweise etwas mit dem Motiv ihres Mörders zu tun hatte. Vielleicht war einfach mal jemandem der Kragen geplatzt.

«Und wie ging das mit der Onesalt weiter?» fragte er.

«Sie wollte den Doktor sprechen und ihm die Meinung sagen.»

«Yellowhorse?»

«Ja, Yellowhorse. Na ja, da hab ich sie reingeschickt.»

Yellowhorse und die Onesalt. Zwei Kojoten, die ihre Krallen zu gebrauchen wußten. Chee mochte beide nicht, aber Yellowhorse nötigte ihm immerhin Respekt ab. Wenn sie sich stritten, dann lag es daran, daß Chee ein gläubiger Navajo war, Yellowhorse dagegen ein kühler Agnostiker, für den der Navajo-Glaube nur ein Mittel zum Zweck war. Und die Onesalt – die war eben nur kleinkariert und besserwisserisch gewesen. «Das hätte ich gern mit angehört», sagte er. «Wie ist es denn ausgegangen?»

Sie zuckte die Achseln. «Sie ist reingegangen, und fünf Minuten später war sie wieder draußen.» Das Telefon unterbrach sie, sie nahm den Hörer ab. «Badwater-Klinik. Wie bitte? Aha. Gut, ich sag's ihm.» Sie hatte den Faden nicht verloren, als sie den Hörer auflegte. «Also, da war sie dann erst richtig in Fahrt. Gekocht hat sie! Der Doktor kann ziemlich grob werden, wenn ihn jemand auf die Palme bringt.»

Janet Petes Bemerkung fiel Chee wieder ein: daß Irma Onesalt gesagt hätte, diese Geschichte mit dem falschen Begay wäre letzten Endes ganz nützlich für sie gewesen. Chee hatte das bis jetzt für ebenso rätselhaft wie belanglos gehalten. Aber vielleicht war es gar nicht belanglos?

«Hat die Onesalt sonst noch was gesagt?»

«Nein, eigentlich nicht», antwortete Eleanor Billie. «Das heißt, als sie schon an der Tür war, kam sie noch mal zurück und wollte wissen, wann Frank Begay gestorben wäre.»

«Da hast du ihr gesagt, am dritten Oktober», vermutete Chee.

«Nein, da hatte ich ja die Akten noch nicht durchgesehen. Ich glaub, ich hab gesagt, im Herbst. Und sie hat gefragt, ob sie eine Liste mit den Namen aller Patienten bekommen könnte.» Eleanors Mundwinkel zitterten jetzt noch vor Empörung. «Stell dir das mal vor, so eine Frechheit! Da müßte sie sich schon an den Doktor wenden, hab ich gesagt, und sie hat mich angezischt: zum Teufel mit dem Doktor, sie käme auch so ran.» Das Zittern um die Mundwinkel wurde stärker. «Also, sie hat das noch ein bißchen unverschämter gesagt. Ein richtiges Schandmaul, diese Frau!»

«War das alles? Hat sie sonst nichts mehr gesagt?»

«Nein, dann ist sie gegangen.»

«Mit der Drohung, sie käme schon irgendwie an die Patientenliste ran?»

«Mhm, und das kann auch nicht schwierig gewesen sein. Wir müssen ja die Anträge auf Kostenerstattung stellen, da stehen alle Namen drauf. Entweder zahlt die Kasse, oder wir kriegen das Geld von Medicair oder Medicaid, weil die meisten Patienten gar nicht in der Krankenkasse sind.»

«Dann muß man also nur in den Anträgen auf Kostenerstattung nachsehen?»

«Ich sag ja, das ist bestimmt nicht schwierig für sie gewesen. Sie hat doch für eine Behörde in Window Rock gearbeitet, da mußte sie nur den finden, bei dem die Anträge über den Schreibtisch gehen, und der hat sie reingucken lassen oder ihr eine Kopie gemacht.»

Die Liste, dachte Chee. Die Liste, die Leaphorn für so wichtig gehalten hatte. Chee nicht. Damals nicht. Jetzt dachte er anders darüber. Wahrscheinlich war sie sogar ungeheuer wichtig.

«Tja, ich kenne leider niemanden bei den zuständigen Behörden in Window Rock», sagte Chee. «Gibt's nicht irgendeine andere Möglichkeit? Ich meine, ich müßte ja nur wissen, wer damals als Patient in der Klinik war.»

«Da mußt du dich an Dr. Yellowhorse wenden.»

«Gut, kann ich ihn gleich sprechen?»

«Er ist nicht da», sagte sie.

Chee zog eine Grimasse, er hoffte, daß Eleanor Billie ihm die Enttäuschung deutlich genug anmerkte.

«Na ja», meinte sie zögernd, «du bist von der Polizei... Ich könnte ja sagen, daß es um was Dienstliches gegangen ist.»

«Es geht um was Dienstliches», versicherte Chee.

Sie stand auf. «Es dauert 'n Augenblick. Paß solange aufs Telefon auf, ja?»

Nach ungefähr zehn Minuten kam sie zurück. «Ich hab dir die Liste kopiert. Hoffentlich kannst du meine Handschrift lesen.»

Eleanor Billie hatte eine schöne Schrift, jeder einzelne Buchstabe wie gemalt. Damit konnte sie einen Schönschreibewettbewerb gewinnen, falls es so etwas überhaupt noch gab. Chee überflog die Namen.

Ethelmary Largewhiskers
Addison Etcitty
Wilson Sam

Das war die Liste, von der Leaphorn gesprochen hatte. Die Namen, zu denen Irma Onesalt die Sterbedaten gesucht hatte. Der dritte Name war Wilson Sam. Und der vorletzte Dugai Endocheeney.

«Danke», sagte Chee, faltete das Blatt und steckte es in die Brieftasche. Damals, als die Onesalt unbedingt herausbringen wollte, wann die Patienten gestorben waren, hatten Sam und Endocheeney noch gelebt. Endocheeney war wegen des gebrochenen Beines in der Klinik gewesen und Sam... na, egal, auch wegen irgendwas. Jedenfalls hatten beide noch gelebt. War die Onesalt etwa draufgekommen, daß...?

Im stillen wußte er die Antwort längst. Jetzt war ihm klar,

warum die Onesalt sterben mußte. Und auch sonst blieb kaum eine Frage offen. Nur noch die, warum jemand versucht hatte, ihn umzubringen. Er sah auf die Uhr. Er hatte länger gebraucht, als er gedacht hatte.

«Ich muß mal telefonieren», sagte er.

Er wollte Leaphorn anrufen und ihm mitteilen, was er herausgefunden hatte. Danach mußte er sich beeilen. Irgendwo donnerte es schon, und das Grollen schien näher zu kommen. Er mußte bald losfahren, bei Gewitterregen wurden die Straßen in den Bergen schnell schlammig. Später, wenn er sich mit Alice Yazzie einig geworden war, hatte er genug Zeit, über eine Frage nachzudenken, die er jetzt verdrängte. Über die Frage, warum jemand unbedingt erreichen wollte, daß sein Geist ruhelos wandern mußte wie die *chindis* von Irma Onesalt, Wilson Sam und Dugai Endocheeney.

19

Leaphorn hörte gerade noch das Telefon läuten, als er ins Büro kam. «Ein paar Sekunden zu spät», sagte der Mann aus der Vermittlung bedauernd, «ich habe die Nachricht für Sie notiert.»

«Ja, in Ordnung.» Leaphorn war müde. Er wollte nur schnell noch auf dem Schreibtisch Ordnung schaffen, dann nach Hause gehen, sich unter die Dusche stellen, einen Augenblick abschalten und anschließend nach Gallup fahren. Sie hatten Emma über Nacht dort behalten, um sie gründlich zu untersuchen. Warum eigentlich? Leaphorn verstand nicht, was das noch bringen sollte. Aber er hatte auch keine Erklärung verlangt, obwohl er gewöhnlich nicht jede ärztliche Entscheidung einfach so hinnahm. Nur, Emmas Krankheit machte eben alles anders, er fühlte sich hilflos wie nie zuvor. Da kam etwas auf sie zu, was ihr ganzes Leben veränderte – nein, zerstörte, und sie konnten sich nicht einmal dagegen wehren. Er fühlte sich ausgeliefert, ungefähr wie jemand, der plötzlich ein Erdbeben erlebt und feststellt, daß der Boden, der ihn eben noch sicher getragen hat, auf einmal zu schwanken beginnt und unter seinen Füßen aufreißt.

Er schaute schnell die Sofort-Zettel durch, fand aber nichts, was wirklich sofort erledigt werden mußte. Die einzigen Dinge, die wirklich eilig waren, betrafen zwei Vorkommnisse beim Rodeo.

Da war eine Schwarzbrennerin aufgetaucht, eine Frau in einem blauen 250er Ford Pickup, die, wenn die Anzeigen berechtigt waren, mehr oder weniger offen Alkoholika verkauft hatte, aber nicht festgenommen worden war. Und zweitens hatte es da, wo Autofahrer sich vom Rodeofeld in den Verkehrsstrom auf der Navajo Route 3 einfädeln mußten, wiederholt Stauungen gegeben. Also gut, darum mußte Leaphorn sich kümmern.

Das mit den Verkehrsstauungen war nicht weiter schwierig, er notierte ein paar Anweisungen. Über die Sache mit der Schwarzbrennerin mußte er erst nachdenken. Wer mochte das sein? Er ging in Gedanken die Namen durch, die sich ihm im Laufe der Jahre eingeprägt hatten, warf auch kurz einen Blick auf seine Karte. Fünf, sechs Typen, die sich eine Gelegenheit wie das Rodeo bestimmt nicht entgehen ließen, fielen ihm auf Anhieb ein, darunter zwei, drei Frauen. Eine von denen war sehr krank, das wußte Leaphorn, vielleicht lag sie sogar im Krankenhaus. Dann gab's noch eine unten in Wide Ruins, die fuhr einen Pickup, einen ziemlich großen. Und nach einigem Grübeln fiel ihm auch wieder ein, daß sie im Towering House Clan und für das Rock Gap People geboren war. Gut, nun mußte er nur noch in der Dienstliste nachsehen, aus welchen Clans die Polizisten stammten, die unten beim Rodeo eingeteilt waren. Der Rest lag auf der Hand, denn es war eine schlichte Erfahrungstatsache, daß kein Polizist jemanden aus seinem eigenen Clan festnahm, wenn es sich irgendwie vermeiden ließ. Er wurde schnell fündig, der Sergeant vom Ordnungsdienst gehörte zu den Leuten vom Towering House.

Leaphorn zerriß die Anweisung, die er wegen der Verkehrsstauungen geschrieben hatte und schrieb eine neue, die darauf hinauslief, daß der Sergeant sich ab sofort um die Verkehrsprobleme zu kümmern hatte und der bisher dort eingesetzte Corporal den Ordnungsdienst übernahm.

So, jetzt zu dem Anruf, den er verpaßt hatte... Eine Meldung von Jim Chee.

*Lieutenant Leaphorn,
einen Tag, nachdem ich Franklin Begay für Irma Onesalt abgeholt habe, ist sie noch mal zur Badwater-Klinik gefahren. Sie war ziemlich wütend. Sie hat herausgefunden, daß Frank Begay – der, den sie eigentlich in Lukachukai gebraucht hätte – schon im Oktober letzten*

Jahres gestorben ist. Sie bat um eine Liste der Krankenhauspatienten, wurde deswegen an Dr. Yellowhorse verwiesen, der sie aber abschlägig beschied. Sie drohte an, sie werde sich die Liste anderswo besorgen. Ich habe inzwischen eine solche Liste, und zwar von dem Tag, an dem Irma Onesalt danach gefragt hat. Auf der Liste stehen sowohl Endocheeney wie auch Wilson Sam. Ungefähr zu dieser Zeit muß Endocheeney meines Wissens mit einem gebrochenen Bein in der Badwater-Klinik gelegen haben.

Als Anlage zur Meldung folgte eine Liste mit den Namen aller Patienten, die damals im April in der Badwater-Klinik zur Behandlung gewesen waren. Leaphorn erkannte die Namen wieder, die Dr. Jenks so spaßig gefunden hatte.

Er las die Meldung noch mal, dann ließ er das Blatt auf den Schreibtisch fallen und griff zum Telefon.

«Rufen Sie Shiprock an, verbinden Sie mich mit Chee.»

«Ich fürchte, das wird nicht möglich sein», sagte der Mann in der Vermittlung. «Vorhin hat er aus der Badwater-Klinik angerufen. Er wollte gleich anschließend losfahren, Richtung Dinebito Wash. Da oben werden wir ihn kaum an die Strippe bekommen.»

«Dinebito Wash?» fragte Leaphorn. Was, zum Teufel, machte er denn da? Die Einöde an den nördlichen Ausläufern der Black Mesa war nun wirklich die einsamste Ecke in der ohnehin weltvergessenen Reservation. Er bat den Mann in der Vermittlung, ihn mit Captain Largo zu verbinden.

Leaphorn stand am Fenster und wartete. Statt der Wolkengebirge bedeckte jetzt, so weit das Auge reichte, drohendes Schwarz den Himmel, ein Sturm kam auf. Menschen, deren Leben weitgehend vom Wetter bestimmt wird und die viel draußen zu tun haben, kennen sich gut mit den Vorzeichen einer Wetteränderung aus, Leaphorn ging es genauso. Und diesmal waren die Zeichen am Himmel leicht zu lesen. Heute sahen sie anders aus als sonst in diesem Sommer, dieser Sturm würde nicht weiterziehen. Da oben hing geballte Kraft – und eine Menge Wasser. Oben in den Hopi Mesas, bei Ganado und im Grasland bei Klagetoh, Cross Canyons und Burntwater regnete es wahrscheinlich schon. Morgen lagen dann die Meldungen über Flutschäden am Wide Ruins Wash, am Lone Tule und am Scattered Willow Draw auf seinem Schreibtisch. Sobald der große Regen kam, verwandelten sich die trockenen Wasserläufe im ausgedörrten Wüstenland in reißende Ströme. Dann hatten die 120 Frauen und Männer der Navajo Tribal Police alle Hände voll zu tun.

Leaphorn starrte zu den zuckenden Blitzen hinauf, er sah, wie die ersten kalten Regentropfen auf der Fensterscheibe zerplatzten. Er konnte jetzt nicht an Emma denken, die in ihrem Krankenhauszimmer schlief, statt dessen versuchte er, die Fäden aus Chees Meldung miteinander zu verknüpfen. Was hatte die Onesalt bewegt, sich um die Patientenliste zu bemühen? Reine Bosheit, so war das ja immer bei ihr gewesen. Er wußte, daß er mit solchen Gedanken nur seine Zeit verschwendete, es brachte ihn auch nicht weiter. Aber es war immer noch besser, als an Emma zu denken und daran, was der Arzt ihm morgen sagen würde, wenn das Ergebnis der Untersuchung vorlag.

Das Telefon läutete.

«Ich hab Captain Largo dran», hörte Leaphorn den Mann aus der Vermittlung sagen und im Hintergrund schon Largos nörgelnde Stimme, er solle gefälligst aus der Leitung gehen und sie nicht aufhalten.

«Hier Leaphorn. Wissen Sie, wo Chee heute hingefahren ist?»

«Chee?» Largo lachte auf. «Allerdings weiß ich das. Er hat endlich einen Gesang in Aussicht. War mächtig aufgeregt. Ist unterwegs, um alles klarzumachen.»

«Ich muß ihn unbedingt sprechen», sagte Leaphorn. «Hat er morgen Dienst? Können Sie mal im Büro anrufen und das feststellen?»

«Ich bin im Büro», antwortete Largo, «mir geht's wie Ihnen, ich komm auch nicht früher weg. Augenblick mal.»

Leaphorn wartete, er hörte Largo schnaufen, Papier raschelte. «Regnet's eigentlich bei Ihnen schon?» wollte Largo zwischendurch wissen. «Es sieht so aus, als könnten wir hier oben auch was abkriegen.»

«Es fängt gerade an», sagte Leaphorn. Er trommelte ungeduldig mit den Fingerspitzen auf die Schreibtischplatte. Durch die Regenschlieren auf der Fensterscheibe zuckte das grelle Licht eines dreifach verästelten Blitzschlags.

«Morgen...» wiederholte Largo murmelnd. «Nein, da hat er noch frei.»

«Tja...» machte Leaphorn.

«Warten Sie mal. Er soll immer mit der Dienststelle in Verbindung bleiben, falls noch mal was passiert. Ich hab ihm das ausdrücklich gesagt. Und manchmal tut er ja auch, was man ihm sagt. Mal sehen, ob er was hinterlassen hat.»

Es raschelte wieder, Leaphorn wartete.

«Teufel, er hat sich wirklich dran gehalten.» Largo las ihm vor, was Chee aufgeschrieben hatte. «Ich fahre heute zum Hogan von Hildegarde Goldtooth in der Nähe von Dinebito Wash, um mich dort mit ihr und Alice Yazzie zu treffen. Es geht um den Gesang, den ich abhalten soll.» Noch ein Rascheln, Largo hatte das Blatt Papier beiseite gelegt. «Letzte Woche hat er einen Brief bekommen, daß man ihn als Sänger haben will. War mächtig stolz deswegen. Ist überall rumgegangen und hat den Schrieb jedem unter die Nase gehalten.»

«Wann er zurück sein will, steht nicht auf seiner Notiz?»

«Meine Güte, das erwarten Sie doch nicht allen Ernstes? Ausgerechnet von Chee!»

«Ich bin seit meiner Zeit in Tuba City nicht mehr in der Ecke gewesen», versuchte sich Leaphorn zu erinnern. «Muß er da nicht über Piñon kommen?»

«Wenn er nicht zu Fuß geht, ja», sagte Largo. «Die einzige Straße da oben führt über Piñon.»

«Gut, danke. Ich ruf unseren Mann in Piñon an, der soll Chee entweder auf dem Hin- oder auf dem Rückweg abfangen.»

Der Polizist oben in Piñon hieß Leonard Skeet, er stammte aus dem Sleep Rock Dinee. Leaphorn kannte ihn aus seiner Zeit in Tuba City als zuverlässigen, mitunter ein wenig gemächlichen Mann. Am Telefon meldete sich Mrs. Skeet. Leaphorn nannte seinen Namen.

«Oh, Sie wollen sicher Lenny sprechen? Tut mir leid, er ist drüben in Rough Rock.»

«Wann erwarten Sie ihn zurück?»

«Keine Ahnung. Er ist eben Polizist, wissen Sie?» Sie lachte leise, Leaphorn kam nicht dahinter, ob sie es fröhlich oder ironisch meinte. Die Verbindung war miserabel, vielleicht lag es am Sturm, vielleicht auch an der weiten Entfernung und der schlecht isolierten Leitung.

«Ich möchte gern eine Nachricht für ihn hinterlassen. Richten Sie ihm bitte aus, daß Officer Jim Chee irgendwann in Piñon durch-

kommt, Ihr Mann soll dafür sorgen, daß er sofort bei mir anruft.»
Er gab Mrs. Skeet seine private Telefonnummer. Es war wohl am besten, wenn er zu Hause wartete, bis es Zeit wurde, nach Gallup zu fahren.

«Wann wird er denn hier durchkommen?» fragte Mrs. Skeet. «Das will Lenny bestimmt wissen.»

«Tja, da muß ich raten», sagte Leaphorn. «Er wollte irgendwo in die Gegend von Dinebito Wash, zu einer gewissen Hildegarde Goldtooth. Ich weiß nicht, wie weit das ist.»

Leises Knacken und Knistern in der Leitung, sonst nichts.

«Hallo, sind Sie noch dran?» fragte Leaphorn.

«Ja», sagte Mrs. Skeet. «Sie war die Schwester meines Bruders. Sie ist tot. Letzten Monat ist sie gestorben.»

Diesmal blieb es auf Leaphorns Seite der Leitung lange still. «Und wer wohnt jetzt dort?» fragte er schließlich.

«Niemand. Wissen Sie, die haben kein gutes Wasser dort. Alkalisch, sagen sie. Als sie gestorben ist, waren nur ihre Tochter und ihr Schwiegersohn da, und die sind weggezogen.»

«Dann steht der Hogan also leer?»

«Ganz recht. Wenn jemand eingezogen wär, hätt ich's gehört.»

«Können Sie mir den genauen Weg von Piñon aus beschreiben?»

Mrs. Skeet beschrieb ihm den Weg. Und während Leaphorn sich Notizen machte, überlegte er, von welchem Polizeiposten man schneller nach Piñon käme als von Window Rock. Many Farms lag näher. Auch Kayenta. Aber wer war dort um diese Zeit noch im Büro? Und was hätte er den Männern sagen sollen? Es gab nichts Konkretes, nur so ein dumpfes Gefühl drohender Gefahr.

Zwei Stunden, rechnete er in Gedanken, vielleicht auch weniger. Chee finden und so rechtzeitig zurück sein, daß er ungefähr um Mitternacht in Gallup ankommen konnte. Emma würde sowieso schlafen. Und es gab gar keine andere Möglichkeit.

«Gehen Sie jetzt nach Hause?» fragte der Officer vom Nachtdienst, als Leaphorn die Treppe herunterkam.

«Nein, ich fahre nach Piñon», antwortete Leaphorn.

Howard Morgan war gerade dabei, im KOAT-TV-Studio in Albuquerque genau zu erklären, wie sich nach den neuesten Meldungen die Wetterlage veränderte. Wäre Chee daheim im Wohnwagen gewesen, hätte er auf dem Bildschirm sehen können, wie Morgan vor dem Satellitenfoto stand und zeigte, was sich über ihren Köpfen zusammenbraute. Starker Höhenwind hatte feuchte Kaltluftmassen nach Süden getrieben. Dort waren sie auf eine breite Front feuchter Meeresluft gestoßen, die der Hurrican Evelyne aus Südkalifornien über die Wüstengebiete von New Mexico nach Norden schob. «Das ist die Ursache für die starken Regenfälle», faßte Morgan zusammen. «Gut für Sie, wenn Sie zufällig Rhabarber anbauen. Schlecht, wenn Sie ein Picknick geplant hatten. Und bitte denken Sie daran: Überschwemmungen sind heute nacht vor allem für die südlichen und westlichen Landesteile von Colorado zu befürchten, morgen auch im gesamten Nordteil von New Mexico.»

Aber Chee saß nicht zu Hause vor dem Fernseher, er kämpfte gerade gegen die Sturmfront an. Zwielicht herrschte unter dem dunklen Himmel, Chee mußte die Scheinwerfer einschalten. Gleich hinter Piñon war er genau in den Regen hineingefahren, kirschkerngroße Tropfen zerplatzten auf der staubigen Straße, winzige Schmutzfontänen spritzten hoch und klatschten gegen die Windschutzscheibe. Kurz darauf setzte Schneegestöber ein, im Nu war die Straße verhängt, der dichte weiße Schleier reflektierte das Scheinwerferlicht, als träfe der Strahl auf eine Mauer aus blendend weißen Kieselsteinen. Nur hundert Meter weit dauerte der Spuk, dann war wieder alles trocken, aber im grauschwarzen Himmel hing schon der nächste Regenguß. Da oben lauerte er, über der Black Mesa, auf den Nordosthängen schienen Himmel und Erde zu verschmelzen. Blitze zuckten wie eine Flammenwand auf, der Schwefelgeruch drang bis in den Wagen. Chee liebte den Geruch, er verhieß saftiges Weideland, Wasser, wo sonst nur Dürre herrschte, und große Pinienzapfen für die Feuer an den langen Winterabenden. Es war ein Geruch, der gute Tage versprach, Vater Himmel segnete Mutter Erde.

Chee hatte vor sich auf dem Schoß die Skizze liegen, die ihm Alice Yazzie auf die Rückseite ihres Briefes gezeichnet hatte. Die Vulkanfelsen, die wie vier riesige gespreizte Finger vor ihm aufragten – das mußte die Stelle sein, an der er sich links halten sollte. Richtig, gleich hinter den Steinfingern bogen zwei Fahrspuren von der Straße ab.

Chee war früh dran. Er hielt an, stieg aus und reckte sich. Es machte ihm Freude, in der Einsamkeit unter diesem endlosen Himmel zu stehen und die gewaltige Kraft der Natur zu spüren. Mit einem Blick überzeugte er sich, daß der Fahrweg erst kürzlich benutzt worden war. Die tief eingegrabenen Furchen verrieten, daß früher auch schwere Fahrzeuge hier unterwegs gewesen waren, doch das mußte lange her sein, denn inzwischen waren Gras und Kräuter über die ausgefahrenen Spuren gewachsen. Aber heute war wieder jemand hier langgefahren, vor ein paar Stunden. Ein Wagen mit abgefahrenen Reifen, das Profil hatte sich nicht tief eingedrückt. Ein greller Blitz – noch einer und dann eine ganze Serie, der Donner war scharf wie ein Kanonenknall, das Grollen hallte lange von den Felswänden wider. Sogar die Druckwelle des Donnerknalls konnte Chee spüren, es roch nach Ozon, nach Salbei und Piniennadeln. Dann hörte er den Regen rauschen, wie eine graue Wand kam es auf ihn zu. Eiskalt spürte er den ersten Tropfen auf dem Handrücken, er stieg rasch wieder ins Fahrzeug.

Noch knapp zweieinhalb Meilen, las er von Alice Yazzies Skizze ab. Während er fuhr, jagten die Scheibenwischer unermüdlich über die Windschutzscheibe, Regentropfen trommelten aufs Wagendach. Die Fahrspuren führten ihn durchs Tal, stiegen dann zum Hochland der Black Mesa auf, wurden immer steiniger. Anfangs hatte Chee befürchtet, wenn es so weiterregnete, könnte er irgendwo steckenbleiben, aber jetzt, auf dem steinigen Hang, war die Gefahr nicht mehr groß. Urplötzlich riß der Himmel auf, es regnete nicht mehr, er fuhr ins Helle. Eine der unvermuteten Atempausen, die der Sturm im Hochland oft einlegt. Die beiden Fahrspuren kletterten einen Berghang hoch, rechts und links von großen Granitfelsen gesäumt, dann führte der Weg auf einmal steil bergab, unten sah Chee Hildegarde Goldtooths Hogan liegen.

Es war ein Rundbau aus Steinen mit einer hohen Dachhaube, umgeben von kleineren Gebäuden, einem Fachwerkbau mit spitzem Satteldach, einem Vorratsschuppen und einer nach vorn offenen, an die Felsen gelehnten Heuscheune in einem Schafspferch. Blauer Rauch kräuselte sich über dem Hogan, die feuchte Luft drückte ihn nieder, ein paar Schwaden zogen träge auf die kleine

Schlucht zu, an deren Eingang ein zweiter Hogan errichtet war, wahrscheinlich der von Hildegarde Goldtooths Tochter. Neben dem Fachwerkbau stand ein alter Wagen mit offener Ladefläche, hinter dem Hogan war gerade noch das Heck von einem Ford zu sehen. Aus einem Seitenfenster im Hogan drang schwacher Lichtschein, wohl von einer Kerosinlampe. Merkwürdig, trotz des Lichts und des kräuselnden Rauchs kam ihm der Ort irgendwie verlassen vor.

Chee parkte seinen Wagen in einiger Entfernung vom Haus und blieb eine Weile sitzen, die Scheinwerfer ließ er brennen. Die Vordertür des Hogans wurde geöffnet, im Lichtschimmer erschien eine Gestalt, eine Frau im langen, weit schwingenden Rock mit einer lose darüber hängenden Bluse, der traditionellen Kleidung der Navajo-Frauen. Auch die Geste, mit der sie ihm ein Willkommensgruß entbot, entsprach den überlieferten Bräuchen. Sie winkte ihm, näher zu treten, dann verschwand sie im Haus.

Chee schaltete die Scheinwerfer aus, stieß die Tür auf und stieg aus. Er ging im Bogen hinter dem geparkten Kleinlaster aufs Haus zu. Erst jetzt sah er, daß am Ford die Vorderräder fehlten. Es nieselte noch ein bißchen, die kühle Luft war vollgesogen mit tausenden Düften. Aber irgend etwas fehlte trotzdem: der scharfe Geruch vom Schafsdung, wenn gerade erst der Regen über einem Pferch niedergegangen ist. Wieso roch es nicht nach Schafsmist? Es war bei Chee wie bei anderen auch, er hatte seine Stärken – zum Beispiel sein ausgezeichnetes Gedächtnis, aber auch seine Schwächen, zu denen besonders die Neigung gehörte, sich mitunter in einen Gedanken zu verbohren. Eine seiner ausgeprägtesten Stärken bestand darin, daß er in Sekundenschnelle eine neue Wahrnehmung mit irgendeiner schon gespeicherten Information verknüpfen und daraus intuitiv den richtigen Schluß ziehen konnte. So ging es ihm auch jetzt. Der Ort war ihm verlassen vorgekommen, er hatte das mehr unbewußt empfunden. Und jetzt fehlte dieser spezifische Geruch. Keine Tiere. Alles sah unbewohnt aus, nirgendwo stand etwas herum. Rasch klopfte er in Gedanken alle möglichen Erklärungen ab, die ihm dafür einfielen. Trotzdem, es blieb ein ungutes Gefühl. Eben noch war er unbekümmert auf das Haus zugegangen, jemand, der zu einer seit langem getroffenen Verabredung kam. Und auf einmal war wieder ein Hauch von den alten Ängsten da, eine Erinnerung an die nächtlichen Schüsse auf seinen Wohnwagen.

Und noch etwas kam dazu, in diesem Augenblick. Er bemerkte die Ölspur.

Im diffusen Licht fiel ihm der blaugrüne Schimmer auf einer Pfütze unter dem Kleinlaster auf, eine Ölschicht, die auf der Regenlache schwamm. Er blieb stehen, starrte auf den Ölfleck, dann aufs Haus. Die Tür stand ein paar Zentimeter offen. Er spürte ein kaltes Prickeln unter der Haut. Irgend etwas stimmte da nicht. Er wehrte sich dagegen, versuchte sich einzureden, daß das nichts bedeuten mußte, daß es ein Zufall sein könnte. Es gab viele solche uralte Pickups in der Reservation, und fast alle verloren Öl. Aber war er nicht schon einmal zu sorglos gewesen? Er drehte sich um und ging los, erst langsam, dann begann er zu laufen. Er wollte um den kleinen Lastwagen herumgehen, am Hogan vorbei, zurück zu seinem Wagen. Im Handschuhfach lag die Pistole.

Im gleichen Augenblick, in dem er den Schuß hörte, traf ihn auch schon der Schlag. Er stolperte, wankte auf den Hogan zu, hielt sich an der Tür fest. Da traf ihn die zweite Schrotladung. Diesmal höher. Wie mit reißenden Krallen grub es sich in seinen Rücken, in die Schultern und in den Nacken. Es riß ihn von den Beinen, er lag auf den Knien, suchte mit den Händen Halt im schlammigen Boden. Drei Schüsse, rechnete er in Gedanken – mit einer automatischen Flinte konnte man drei Schrotpatronen verschießen, ehe man nachladen mußte. Drei Löcher waren es in der Wohnwagenwand gewesen. Also fehlte noch ein Schuß. Er raffte sich auf und warf sich gegen die Hogantür. Als er schon halb drin war und sich auf den Boden fallen ließ, hörte er den dritten Schuß.

Er drückte die Tür von innen zu, lehnte sich dagegen, versuchte, den Schock zu überwinden, wehrte sich gegen die Panik, die in ihm aufstieg. Der Hogan war leer, vollkommen ausgeräumt. Auf dem festgestampften Boden glomm ein Feuer aus Holzkohlen, das war der Lichtschein, den er bemerkt hatte. In seinen Ohren dröhnte es noch von den Schüssen, aber er hörte das Patschen, jemand rannte durch den Regen über den Hof. Seine rechte Seite fühlte sich wie gelähmt an. Mit der linken Hand tastete er nach dem hölzernen Riegel, schob ihn vor die Tür.

Irgend etwas lehnte sich von außen gegen die Tür, jemand versuchte vorsichtig, sie aufzuschieben.

Er stemmte sich mit der linken Schulter dagegen. «Wenn Sie reinkommen, schieße ich!» rief er.

Stille.

«Ich bin Polizist. Warum haben Sie auf mich geschossen?»

Wieder blieb alles still. Das Dröhnen in Chees Ohren ließ nach. Er nahm ein leises trommelndes Geräusch wahr. Regentropfen, die auf das Blech über dem Rauchfang fielen. Dann hastig tapsende Schritte auf dem aufgeweichten Boden draußen auf dem Hof. Und metallisches Klicken. Er lauschte. Die Schrotflinte wurde nachgeladen. Seltsam, dachte er. Der Kerl, der aus dem Dunkel auf ihn geschossen hatte, war gar nicht auf die Idee gekommen, erst wieder nachzuladen, bevor er auf den Hogan zurannte. Wahrscheinlich hatte er gesehen, daß Chee zusammengebrochen war. Er mußte wohl gedacht haben, Chee wäre tot. Oder jedenfalls so schwer verletzt, daß er sich nicht mehr wehren konnte.

Die Schmerzen nahmen zu, vor allem der Nacken und der Hinterkopf brannten höllisch. Chee tastete vorsichtig nach oben, er fühlte das Blut. Auch rechts rann es ihm warm über die Haut, von der Schulter über die Rippen herunter. Chee drehte die Hand so, daß der Feuerschein darauf fiel. Frisches Blut, im schwach flackernden Licht sah es fast schwarz aus. Zuviel Blut, das würde er nicht überleben. Er mußte sterben, nicht sofort, aber viel Zeit blieb ihm nicht mehr. Und er wollte wenigstens wissen warum. Als er zum zweitenmal fragte, war es wie ein verzweifelter Schrei.

«Warum haben Sie auf mich geschossen?»

Stille. Chee überlegte, wie er den Kerl dazu bringen könnte, endlich zu antworten, wenigstens irgend etwas zu sagen. Er versuchte, den rechten Arm zu bewegen, es ging. Am schlimmsten waren die Schmerzen im Hinterkopf, es fühlte sich an, als hätten sich zwei Dutzend Schrotkugeln in die Schädeldecke gebohrt. Und über den wütend stechenden Punkten lag ein grelles Wundgefühl, so ungefähr mußte es sein, wenn einem der Skalp abgezogen wurde. Es war nicht einfach, sich bei diesen Schmerzen etwas einfallen zu lassen. Aber ihm mußte etwas einfallen. Sonst war er schon so gut wie tot.

Und dann hörte er die Stimme. Eine Frau. «Skinwalker, warum tötest du mein Baby?»

«Ich töte es nicht», sagte Chee laut und deutlich.

Keine Antwort. Chee suchte nach einem Ausweg. Nicht mehr lange, und er war verblutet. Oder er wurde ohnmächtig, und dann kam diese Wahnsinnige herein und brachte ihn mit der nächsten Schrotladung um.

«Du denkst, daß ich ein Zauberer bin? Wie kommst du darauf?» fragte er durch die Tür.

«Weil du ein *adan'ti* bist», rief sie zurück. «Du hast einen Knochensplitter in mich geblasen, als das Baby noch nicht geboren war. Oder du hast ihn später in das Baby geblasen. Und jetzt stirbt es.»

Ein erster Anhaltspunkt. Der Geisterglaube spielte bei den Navajos eine beherrschende Rolle, ihr ganzes Leben war darauf ausgerichtet, den Umgang mit Zauberern zu meiden, ihren Fluch von sich abzuwenden, sich durch einen Gesang von ihm heilen zu lassen. Und so kannten sie natürlich viele Worte für Zauberei, für jede ihrer Erscheinungsformen ein anderes. Wenn die Frau also von *adan'ti* sprach, dann glaubte sie, er besäße die Fähigkeit, sich in ein Tier zu verwandeln, zu fliegen, sich vielleicht sogar unsichtbar zu machen. Eine ziemlich ausgefallene Idee. Wie kam sie darauf?

«Du glaubst, wenn ich eingestehe, daß ich ein Zauberer bin, dann wird dein Baby gesund, und ich muß sterben. Ist es so? Denkst du, es genügt schon, mich zu töten, um den Zauber zu brechen?»

«Gestehe, daß du ein Zauberer bist!» rief die Frau. «Gib es zu, sonst töte ich dich!»

Sie durfte nicht weggehen. Er mußte weiter auf sie einreden, so lange, bis ihm etwas eingefallen war. Bis er sie dazu gebracht hatte, irgend etwas zu sagen, was ihm das Leben retten konnte. Vielleicht klammerte er sich an eine Hoffnung, die trügerisch war. Vielleicht wartete er vergeblich auf eine Idee, die ihm das Leben rettete. Vielleicht war es schon zu spät. Vielleicht hatte das Sterben schon begonnen, der Lebensatem entwich, verflüchtigte sich, strömte hinaus in den trüben, regnerischen Tag. Sein Gesicht verzerrte sich vor Anstrengung, er versuchte, nicht auf den Schmerz zu achten und nicht darauf, daß ihm das Blut an den Hüften herunterrann, sondern nur noch nachzudenken. Er durfte sie nicht fortgehen lassen, er mußte auf sie einreden.

«Mein Geständnis würde deinem Baby nichts helfen, ich bin nicht der Zauberer. Wer hat dir denn gesagt, daß ich es bin?»

Sie schwieg.

«Wenn ich es wäre... Wenn ich mich verwandeln könnte – weißt du nicht, was ich dann tun könnte?»

Die Antwort kam zögernd. «Doch, ich weiß es.»

«Ich könnte eine andere Gestalt annehmen. Mich in eine Höhleneule verwandeln und durch den Rauchfang davonfliegen.»

Sie schwieg.

«Aber ich bin kein Zauberer. Ich bin ein Mensch. Ein Sänger. Ein *yataalii*. Ich bin keiner, der die Zauberei beherrscht, sondern einer, der die Gesänge kennt, mit denen wir uns vor dem Zauber schützen können. Nein, ich bin kein Zauberer.»

«Aber man hat mir gesagt, daß du einer bist.»

«Wer ist ‹man›? Wer hat das gesagt?» Er ahnte, wer es gewesen war.

Sie schwieg.

Chees Hinterkopf brannte wie Feuer, und in diesem flammenden Schmerz spürte er wie tiefe Nadelstiche einzelne Punkte, in denen sich der Schmerz konzentrierte. Das mußte dort sein, wo ihn die Schrotkugeln getroffen hatten. Er durfte jetzt nicht darauf achten, er mußte nachdenken. So wie irgend jemand Endocheeney in Roosevelt Bisties Augen zum Sündenbock gestempelt hatte, so hatte jemand dieser Frau eingeredet, von ihm ginge der Zauber aus, an dem ihr Kind sterben müßte. Ihr Baby, für dessen Leben sie alles wagte. Chee begann zu ahnen, daß es vielleicht doch einen Ausweg gäbe.

«Wo wurde dein Baby geboren?» fragte er. «Und als es krank wurde, hast du's da in die Badwater-Klinik gebracht?»

«Ja.» Sie hatte ihm keine Antwort geben wollen, aber nun war es heraus.

«Und Dr. Yellowhorse hat behauptet, er könnte aus einer Kristallkugel lesen und dir sagen, warum dein Baby krank ist, nicht wahr? Und er hat dir gesagt, daß ich es war, der dein Kind verhext hat.»

Er mußte nicht mehr fragen, er wußte, daß er recht hatte. Und er glaubte jetzt zu wissen, wie er am Leben bleiben konnte. Wie er die Frau dazu überreden konnte, die Schrotflinte wegzulegen, hereinzukommen, gemeinsam mit ihm zu versuchen, die Blutung zu stillen und ihn dann wegzubringen, nach Piñon – oder irgendwohin, wo man ihm helfen konnte. Er mußte alle Kraft, die ihm noch blieb, auf dieses Ziel ausrichten. Er mußte ihr sagen, wer in Wirklichkeit der Zauberer war.

Chee glaubte an Zauberei – aber mehr in einer abstrakten Weise. Zauberei, das war das Böse. Ob es wirklich die Skinwalkers gab, die Tiergestalt annehmen, fliegen, sich schneller als der Wind bewegen konnten, ob es sie gab, die bösen Geister aus den alten Legenden, von denen sie abends in den Hogans der Navajos raunten, das wußte er nicht, und er glaubte nicht, daß es je einen Beweis dafür geben könnte. Aber er wußte, daß es einen anderen Fluch gab, unter dem das Dinee litt: das Böse in einer sehr viel alltäglicheren Form. Es war die Abwendung vom Weg der Klarheit und Schönheit, das freiwillige Ja zum Bösen. Er sah es doch jeden Tag. Er sah es, sooft einer Whiskey an Kinder verkaufte. Er sah es bei den Messerstechereien in Gallup, er sah es bei denen, die ihre Frauen schlugen und ihre Kinder verkommen ließen. Es fing schon mit denen an, die sich lieber einen Videorecorder kauften, als ihren hungernden Verwandten zu helfen.

«Ich werde dir sagen, wer der Zauberer ist», begann er. «Aber zuerst werde ich dir meine Autoschlüssel hinauswerfen. Du kannst damit das Handschuhfach in meinem Wagen aufschließen, dort liegt meine Pistole. Vorhin habe ich so getan, als hätte ich sie hier bei mir. Das war nur, weil ich Angst hatte. Jetzt habe ich keine Angst mehr. Geh hin und sieh nach, dann wirst du feststellen, daß ich nicht bewaffnet bin. Und danach komm rein zu mir. Ich will nicht, daß du draußen im Regen stehst. Komm rein, hier ist es warm, hier kannst du mir ins Gesicht sehen, während ich rede. Dann wirst du dir selbst ein Bild machen können, ob ich die Wahrheit sage. Ich werde dir erklären, wieso ich nicht der Zauberer sein kann, der deinem Kind Schaden zufügt. Aber nicht nur das, ich werde dir auch sagen, wer der Mann ist, von dem dieser Fluch ausgeht.»

Sie schwieg. Der Regen rauschte. Ein metallisches Klicken, es mußte von der Schrotflinte kommen.

Chees rechter Arm fühlte sich jetzt wieder taub und steif an. Mit der Linken zog er die Autoschlüssel aus der Tasche, schob den Riegel hoch und zog die Tür einen Spalt weit auf. Er war auf den nächsten Schuß gefaßt. Aber die Schrotflinte wurde nicht abgefeuert. Auch nicht, als er sich vorbeugte und die Schlüssel nach draußen warf. Er hörte, wie die Frau über die aufgeweichten Boden davonging.

Chee atmete tief durch. Jetzt durfte er nicht an den Schmerz denken, er mußte sich zusammennehmen, er durfte nicht schlappmachen, noch nicht. Jetzt kam es auf jedes Wort an.

Officer Leonard Skeet aus dem Ears Sticking Up Clan war der Mann, der im dünnbesiedelten, zerklüfteten Bergland rund um Piñon das Gesetz vertrat. Die Polizeistation war in einem überlangen Wohnwagen untergebracht, der Skeet und seiner Frau Aileen Beno zugleich als Bleibe diente. Skeet hatte den Standplatz auf dem kleinen Erdwall über der Wepo Wash geschickt gewählt, von hier aus konnte man sowohl die Navajo Route 4 überblicken wie auch die Straße, die nach Nordwesten führte, zum Gemeindehaus am Forest Lake und in die Gegend, in der der Goldtooth-Hogan stand.

Leaphorn kam die Navajo Route 4 herauf, er lenkte Emmas Chevy auf den schlammigen Platz vor dem Wohnwagen, stiefelte durch den Morast und klopfte Skeet heraus. Nein, sagte der Officer, von Chees Wagen habe er nichts gesehen. «Wahrscheinlich war er schon durch, als ich nach Hause kam. Aber zurück ist er bestimmt noch nicht, da hätte ich ihn ja gesehen.»

Den Chevy musterte er skeptisch. «Der taugt nichts für den Matsch da oben», meinte er. «Überhaupt wär's vielleicht besser, wenn ich fahre. Da oben ist alles aufgeweicht. Jetzt am Steuer – das tut Ihrem Arm nicht gut.»

Der Arm schmerzte, unter dem Gipsverband pochte es vom Ellbogen bis zum Handgelenk. Leaphorn stand im Regen und lauschte in sich hinein. Die eine Stimme, die er in sich hörte, plädierte für Selbstbeherrschung und Durchhalten um jeden Preis, die andere schien das zu vertreten, was man gemeinhin den gesunden Menschenverstand nennt, und der setzte sich durch. Skeets Geländewagen stand direkt vor dem Wohnwagen, es waren nur ein paar Schritte.

Sie fuhren los, Piñon – nicht mehr als eine Ansammlung armseliger Gebäude – verschwand hinter ihnen, aus dem Asphaltband wurde bald eine Schotterstraße und schließlich eine unbefestigte Strecke, die sich im Dauerregen in einen Schlammweg verwandelt hatte. Aber Skeet kannte sich aus, er fuhr die Wege jeden Tag und wußte, wie tückisch sie bei solchem Wetter werden konnten. Leaphorn merkte, daß er mit seinen Gedanken schon wieder bei Emma war, er riß sich davon los und überlegte, wieweit er Skeet einweihen sollte. Der Officer hatte bis jetzt keine Fragen gestellt, und der Lieutenant hielt sich gewöhnlich daran, keinem mehr zu erzählen, als er unbedingt wissen mußte. Aber ein bißchen was mußte Skeet eben doch wissen.

«Vielleicht ist es reine Zeitverschwendung», begann er. Von dem Anschlag auf Chee mußte er Skeet nichts erzählen, die Sache hatte längst in der NTP die Runde gemacht, und bestimmt hatte jeder Officer seine eigene Theorie darüber entwickelt, was dahinterstecken könnte. Also sagte er nur, daß es um eine Absprache für einen rituellen Gesang ginge und daß Chee sich zu einem Treffen im Hogan der Hildegarde Goldtooth verabredet hätte.

«Uuuh», machte Skeet. «Möcht mal wissen, wieso.» Er mußte sich einen Augenblick aufs Fahren konzentrieren, die Hinterräder waren im Schlamm weggerutscht. «Hat wohl nicht gewußt, daß da keiner wohnt? Na ja, woher auch? Also, wenn hinter mir schon mal einer mit 'ner Schrotflinte her gewesen wäre...» Er ließ offen, was er dann getan oder bestimmt nicht getan hätte.

Leaphorn saß hinten, wo er es bequemer hatte und den Gipsarm auf die Mittellehne betten konnte, aber er merkte trotzdem jeden Schlag und jeden Stoß bis in den zerschmetterten Knochen. Ihm war nicht nach Reden zumute, und Chees Entscheidung zu verteidigen, dazu hatte er erst recht keine Lust. «Kann ja sein, daß ich zu schwarz sehe», sagte er. «Er wird schon seine Gründe gehabt haben, dort hinzufahren.»

«Mhm, möglich», murmelte Skeet, es klang nicht sehr überzeugt.

Er kurvte um einen Basaltbrocken herum, der vom Regen freigewaschen war. «Wenn ich mich recht erinnere, müssen wir hier abbiegen.»

«Wollen uns das erst mal ansehen.» Leaphorn schob den Gipsverband vor sich her und zwängte sich ins Freie.

An einem klaren Tag hätte um diese Zeit noch das letzte Abendlicht über der Landschaft gelegen, aber heute, unter dem regenverhangenen Himmel, war es stockdunkel. Sie mußten ihre Taschenlampen einschalten.

«Da ist jemand gefahren», stellte Skeet fest, «die eine Spur ist noch ganz frisch.»

Der Regen hatte die Reifenspuren nicht weggewaschen, im Gegenteil, sie waren mit Wasser vollgelaufen. Eine der Spuren war tiefer in den Boden gegraben. Das ließ darauf schließen, daß hier ein Fahrzeug langgekommen war, nachdem es schon eine Weile geregnet hatte und das Erdreich aufgeweicht war. Den Lenkspuren nach mußte der Wagen zur Straße zurückgefahren sein.

«Also ist er wahrscheinlich reingefahren und wieder raus», meinte Skeet, aber während er es noch sagte, kamen ihm schon Zweifel. Unter der frischen Spur lagen ältere, und zwar Spuren von unterschiedlichen Reifenprofilen. Also mußten mindestens zwei Wagen hier langgekommen sein.

Sie fuhren weiter. Zuerst erfaßten die Scheinwerfer den Wagen, das Blech schimmerte regennaß, dann spiegelten sie sich in den Fensterscheiben des Fachwerkbaus. Alles schien dunkel zu sein. Ungefährt fünfzig Meter vor dem Gebäude hielt Skeet an. «Was meinen Sie, soll ich die Scheinwerfer anlassen?»

«Ausmachen», entschied Leaphorn. «Wir wollen erst mal sehen, ob das Chees Wagen ist. Und wer sich sonst noch hier rumtreibt.»

Sie fanden eine Menge Fußspuren, die meisten waren vom Regen fast weggewaschen. Aber es sah nicht so aus, als hielte sich jemand hier draußen auf. «Nehmen Sie sich den Wagen vor», sagte Leaphorn, «ich schau mich im Haus um.»

Leaphorn hielt die Taschenlampe so weit wie möglich vom Körper entfernt, als er den Lichtstrahl auf den Fachwerkbau richtete. «Nach dem ersten Tritt wird jeder vorsichtig», hätte seine Mutter gesagt. Und hier ging es nicht um Tritte, sondern um Schrotladungen. Einen Teleskoparm müßte man haben, dachte er grimmig, wie dieser komische Polizeiinspektor in der Zeichentrickserie im Fernsehen.

Die Tür stand offen. Der Lichtstrahl der Taschenlampe tastete sich ins Innere. Vor der Tür lag etwas Rundes auf dem Boden, Leaphorn hob es auf, eine leere rote Schrothülse. Er knipste die Taschenlampe aus, schnupperte an der Hülse, roch das verbrannte Schießpulver und murmelte leise: «Scheiße, verdammte.» Kalter Regen rann ihm den Rücken herunter, er fror und kam sich vor wie einer, der schon verloren hat.

Hinter ihm kam Skeet durch den Regen gepatscht.

«Der Wagen ist offen», berichtete er, «auch das Handschuhfach. Und das da, das lag auf dem Sitz.» Er hielt Leaphorn eine Achtunddreißiger hin. «Ist das seine?»

«Wahrscheinlich», sagte der Lieutenant. Er roch am Lauf, mit der Waffe war nicht geschossen worden. Sie war gesichert und nicht durchgeladen. Mit einem müden Kopfschütteln zeigte er Skeet die leere Schrothülse. Sie mußten darauf gefaßt sein, irgendwo Jim Chees Leiche zu finden. Noch ein Mord. Obwohl es vielleicht angebrachter war, von einer Art Selbstmord zu sprechen. Oder mußte man das etwa nicht so nennen, wenn jemand blindlings in den Tod gerannt war?

Der Fachwerkbau war leer. Sogar von der Einrichtung war nichts übriggeblieben, nur ein paar Abfälle lagen noch herum. Sie fanden Fußspuren in der Nähe der Tür, Spuren von kleinen Schuhen, die feucht, aber nicht schlammig gewesen waren. Jemand mußte also hier herumgelaufen sein, bevor es zu regnen begonnen hatte. Die Spuren führten nach draußen und nicht wieder zurück.

Leaphorn richtete den Lichtstrahl der Taschenlampe auf die Tür des Hogans, sie stand halb offen.

«Ich seh mal nach», schlug Skeet vor.

«Wir beide sehen nach», entschied Leaphorn.

Sie fanden Jim Chee gleich hinter der Tür, er lag auf dem Boden, den Rücken gegen die Wand gelehnt. Der Oberkörper war ein wenig verkrümmt, halb nach Süden gedreht. Wie es sich für einen guten Navajo gehört, dachte Leaphorn grimmig, denn der Brauch wollte es, daß man sich in einem fremden Hogan bewegt, wie die Sonne ihre Bahn am Himmel zieht: von Osten nach Süden – und weiter nach Westen, aber so weit war Chee nicht gekommen. Das Licht aus zwei Taschenlampen fiel auf die zusammengesunkene Gestalt. Am Hinterkopf klebte geronnenes Blut, auch auf der rechten Seite, von der Schulter abwärts.

Skeet starrte erschrocken hin, sein Gesicht sah auf einmal alt und eingefallen aus. Vor Kummer? Oder weil ihm klargeworden war, daß er in einem Totenhogan stand, in dem er sich mit dem *chindi* des Officers Jim Chee anstecken konnte? Leaphorn war dieser Geisterglaube schon lange fremd. Er versuchte, in Skeets Gesicht zu lesen. War das, was er dort sah, Bestürzung oder mehr Angst?

«Ich glaube, er ist noch am Leben», sagte Skeet.

22

Die Nacht vertrieb den Sturm, so ist das gewöhnlich im Hochland von Colorado. Auf ihrem Weg nach Nordosten verloren die feuchten Luftmassen viel von der aufgestauten Wärme, am Schluß war vom Wolkengebirge nichts mehr übrig, nur noch klare kalte Luft hing über den Cañons von Utah und den Bergen im Norden von New Mexico. Ehe es Mitternacht wurde, hatte das Donnergrollen aufgehört, der Regen fiel wie in dichten, feinen Schnüren – ein Landregen, der dem ausgedörrten Boden von der Painted Desert bis zum Sleeping Ute Mountain guttat.

Joe Leaphorn war ins Krankenhaus des Indian Health Service in Gallup gefahren, er stand an einem der Fenster im fünften Stock und schaute in den tiefblauen Morgenhimmel. Wie frisch gewaschen sah er aus, wolkenlos klar, nur über den Zuni Mountains im Südosten und über den roten Felsklippen, die sich bis zum Borego-Paß erstreckten, hing noch lockerer Dunst. Wenn jedoch vom Pazifik weiter feuchte Meeresluft hergetrieben wurde, war das Blau bis zum Nachmittag wieder von hoch aufgetürmten Wolkengebirgen verdeckt, das nächste Unwetter mit Blitzen, Wind und Regen stand ihnen bevor. Jetzt aber war es draußen strahlend schön und fast windstill, ein herrlicher Tag.

Leaphorn nahm das allerdings kaum wahr. Ihm ging durch den Kopf, was die Neurologin, eine Ärztin namens Vigil, ihm gerade gesagt hatte. Doch nicht die Alzheimersche Krankheit. Sondern ein Tumor, der vorn rechts auf den äußeren Gehirnlappen drückte. Sie hatte ihm das mit vielen Worten erklärt, aber im Kern lagen die Dinge ganz einfach. War der Tumor bösartig, mußte Emma sterben, und zwar schon bald. Stellte sich aber nach der Operation heraus, daß es eine gutartige Wucherung war, dann war Emma nach dem Eingriff geheilt. «Wie groß ist das Risiko?» hatte Leaphorn wissen wollen, aber Dr. Vigil mochte sich nicht auf Mutmaßungen einlassen. Heute nachmittag würde sie einen Kollegen in Baltimore anrufen, den sie aus der Studienzeit kannte. Er war auf solche Fälle spezialisiert, er konnte Leaphorns Frage beantworten.

«Ich möchte den Fall mit ihm besprechen, bevor ich mich dazu äußere», hatte die Ärztin gesagt. Sie war noch jung, Anfang Dreißig, schätzte Leaphorn. Eine von denen, die staatliche Stipendien im Indian Health Service abarbeiteten. Sie war aufgestanden, hatte die Hände auf die Schreibtischplatte gestützt und Leaphorn zu verstehen gegeben, daß es im Augenblick nichts mehr zu sagen gäbe. «Sobald ich etwas weiß ... Wo kann ich Sie erreichen?»

«Rufen Sie gleich dort an», hatte Leaphorn gedrängt, «ich muß wissen, wie es steht.»

«Vormittags kann ich ihn nicht erreichen, da ist er im Operationssaal.»

«Versuchen können Sie's doch! Versuchen Sie's einfach!»

«Tja», hatte sie gemacht und dann nach einem Blick in Leaphorns Augen zögernd nachgegeben. «Gut, versuchen kann ich's.»

Nun stand er draußen auf dem Flur, genau vor Dr. Vigils Tür, und wartete. Er starrte in den blauen Himmel, aber seine Gedanken kreisten um das, was die Neurologin gesagt hatte. Keine schlechte Neuigkeit, wahrhaftig nicht. Trotzdem brachte sie ihn irgendwie aus dem inneren Gleichgewicht. Auf einmal war wieder ein Funke Hoffnung da. Und zu hoffen, das war etwas, was er sich schon seit Wochen nicht mehr erlaubt hatte. Seit damals, als er zum erstenmal die Broschüren über die Alzheimersche Krankheit gelesen und begriffen hatte, daß da schwarz auf weiß beschrieben stand, was er bei Emma beobachtete. Ein furchtbarer Augenblick, er wollte das alles nicht noch mal durchmachen. Darum zögerte er, durch die Tür zu gehen, die Dr. Vigil ihm mit ihren Worten geöffnet hatte, die Tür, hinter der er den Hoffnungsschimmer sah. Vielleicht wurde Emma gesund, vielleicht. Hätte er da nicht vor Freude aufschreien müssen? Vielleicht hätte er wirklich wie ein übermütiges Kind zu tanzen begonnen. Wenn nur die Angst nicht gewesen wäre.

So stand er da und wartete, und um sich eben nicht doch vom Hoffnungsschimmer verleiten zu lassen, versuchte er, an etwas anderes zu denken. An Chee. Daran, was Chee gemurmelt hatte, als sie ihn drüben an der Badwater-Klinik aus dem Rettungswagen trugen. Nur fünf Worte. Und trotzdem konnte es eine wichtige Information sein, wenn Leaphorn sie nur zu deuten verstand.

«Eine Frau.» Chees Stimme war so schwach gewesen, daß Leaphorn ihn nur verstand, weil er sich dicht über ihn beugte. Eine Frau. Leaphorn hatte ihn gefragt, ob er wisse, wer auf ihn geschossen hätte. Und nachdem er zuerst kaum merklich den Kopf geschüttelt hatte, war das schließlich seine Antwort gewesen: «Eine Frau.»

«Eine Frau? Was für eine Frau? Alt oder jung?»

Leaphorn hatte keine Antwort bekommen und grimmig gesagt: «Gut, wir werden sie finden.»

Und da hatte Chee noch einmal alle Kraft zusammengenommen und leise, aber deutlich gesagt: «Ihr Baby stirbt.» Murmelnd, fast schon tonlos hatte er die Worte in Navajo wiederholt.

Nach allem, was sie wußten, war es also eine Frau, die oben am Hogan auf ihn geschossen hatte, eine Frau, deren Kind sterbenskrank war. Wahrscheinlich hatte sie auch die drei Schüsse auf seinen Wohnwagen abgegeben. Sobald Chee die Operation hinter sich hatte, konnte es nicht schwierig sein, die Frau zu finden. Er konnte ihnen das Fahrzeug beschreiben, und wenn er rechtzeitig genug mißtrauisch geworden war, wußte er vielleicht auch das Kennzeichen. Er mußte mit ihr gesprochen haben, sonst hätte er das mit dem kranken Kind nicht wissen können. Wer weiß, vielleicht konnte er die Frau sogar beschreiben. Aber auch wenn Chee nicht durchkam, würden sie die Frau finden. Eine junge Frau mit einem schwerkranken Baby, die sich in Hildegarde Goldtooths Hogan ausgekannt und gewußt hatte, daß er leer stand. So groß war der Kreis derer, die da in Frage kamen, bestimmt nicht.

Doch, sie würden die Frau finden. Und sie würde ihnen sagen müssen, warum sie Chee töten wollte. Und dann war das Rätsel um all diese wahnsinnigen Morde gelöst.

Ein Schwarm Krähen flog über Gallup, ihr heiseres Krächzen wurde durch die Fensterscheiben gedämpft. Drüben auf den Bahngleisen rollte ein Güterzug, eine endlose Kette von Tankwagen.

Vielleicht fanden sie die Frau auch nicht. Oder zu spät, weil sie tot war. Oder sie sagte nichts, schwieg, wie Bistie geschwiegen hatte. Dann kamen sie eben doch keinen Schritt weiter.

Der Krähenschwarm verschwand aus Leaphorns Blickfeld. Der Güterzug rollte nach Osten, es sah irgendwie unausweichlich aus. Leaphorn überlegte, warum ihm die fünf Worte nicht aus dem Sinn gingen. Es kam ihm so vor, als hätte Chee ihm den Schlüssel in die Hand gedrückt, er mußte ihn nur noch ins Schloß stecken und aufschließen.

Eine Frau. Eine, die Chee offenbar nicht kannte. Unter den Mordopfern war nur eine Frau gewesen, Irma Onesalt. Und sie war mit einem Gewehr erschossen worden, nicht mit einer Schrotflinte. Wo sollte der Schlüssel da passen? Ihr Baby starb. Wahrscheinlich hatte sie das Chee erzählt. Warum?

«Mr. Leaphorn?» Eine Schwester stand neben ihm. «Dr. Vigil möchte Sie sprechen.»

Die Neurologin kam ihm bis unter die Tür entgegen. «Ich habe jetzt die statistischen Daten», sagte sie, ihr Lächeln sah sehr flüchtig aus. «Eine Erfolgsaussicht von nahezu neunundneunzig Prozent für die Operation. Und was die Beschaffenheit des Tumors betrifft: in dreiundzwanzig Prozent aller Fälle sind die Wucherungen bösartig, mit sechsundsiebzigprozentiger Wahrscheinlichkeit gutartig.»

Da war er wieder, der Hoffnungsschimmer. Leaphorn ging in das Krankenzimmer, in dem Emma lag, fand sie aber schlafend und schrieb einen Zettel für sie. Er schrieb auf, was Dr. Vigil ihm gesagt hatte. Und er schrieb, daß er sie liebte. Und daß er zurückkäme, sobald er könnte.

Dann fuhr er los, es war weit bis zur Badwater-Klinik, und er wollte dort sein, wenn Chee aus der Narkose aufwachte. Außerdem hatte er vor, sich mit Yellowhorse über Irma Onesalts Liste zu unterhalten, er wollte wissen, wie sie Yellowhorse ihr Interesse an den Namen und besonders an den Todesdaten erklärt hatte – das heißt, an Todesdaten von Leuten, die noch gar nicht gestorben waren. Als Chee eingeliefert wurde, hatte ein kambodschanischer Arzt Notdienst gehabt. Yellowhorse sei in Flagstaff, hatte er gesagt, er käme heute noch zurück, am frühen Nachmittag.

In Ganado hielt er bei einer Tankstelle, und während der Tankwart sich um den Wagen kümmerte, rief Leaphorn in der Klinik an. Ja, Chee habe alles gut überstanden, sagte man ihm, er liege noch auf der Intensivstation. Nein, Dr. Yellowhorse sei noch nicht zurück, aber er habe angerufen, man erwarte ihn bald.

Es kostete ihn Mühe, jetzt über die Mordfälle nachzudenken. Er war innerlich zu sehr aufgewühlt, seit langem hatte er sich nicht mehr so befreit und glücklich gefühlt. Emma, die schon verloren schien, war ihm wiedergeschenkt. Sie würde leben und wieder so sein wie früher. Er sah noch, wie Dr. Vigil ihn angeschaut hatte, als sie ihm berichtete, wieviel Hoffnung der Arzt in Baltimore ihr gemacht hatte. Ärzte sehen das wohl oft, wie ein Mensch von seinen Gefühlen überwältigt wird, häufiger noch als Polizisten. Ein schöner Beruf, bei dem man Zeuge wird, wie sehr ein Mensch von der Liebe zu einem anderen Menschen bewegt werden kann. So würde Dr. Vigil sicher auch begreifen, daß der langsame, unaufhaltsame Tod eines Kindes das Motiv für einen Mord sein konnte. Vielleicht jetzt noch nicht, aber wenn sie älter war, würde sie es verstehen.

Das war es, was Leaphorn durch den Kopf ging, als er zum Blue Gap abbog. Und wie sah es mit seinen eigenen Gefühlen aus? Eine Zeitlang war durch Emmas Schicksal alles andere bedeutungslos für ihn geworden. Er hätte alles getan, alles auf sich genommen. Aber es sah ja damals so aus, als könnte er nichts tun.

Die Abzweigung zur Whippoorwill School... Auf einmal war wieder die Frage da, über die er vorhin schon nachgedacht hatte. Warum hatte die Frau Chee erzählt, daß ihr Baby sterben müsse? Und jetzt ahnte er auch die Antwort. Um ihm zu erklären, warum sie ihn töten wollte. Natürlich. Sein Tod sollte den Fluch eines bösen Zaubers von ihrem Kind abwenden. Warum war er darauf nicht schon früher gekommen?

Plötzlich verstand er, wie alles zusammenhing. Die Nadeln auf seiner Karte – er konnte sie alle herausziehen und dahin stecken, wo die Badwater-Klinik lag. Viereinhalb Morde verschmolzen zu einem Verbrechen, zu einem Motiv. Das Heck seines Wagens wäre fast ausgebrochen, so heftig trat er das Gaspedal durch. Wenn er nicht vor Dr. Yellowhorse bei der Klinik ankam, wurden aus den viereinhalb Morden fünf.

23

Für Chee war alles wie mit Nebelschleiern verhangen. Die Schwester, die sein Bett aus der Intensivstation den Flur hinunterschob, zeigte ihm einen Pappbecher mit einer Handvoll Schrotkugeln. «Dr. Wu hat das Zeug rausgepfriemelt, aus Ihrem Rücken, aus dem Nacken und ein paar von den Dingern aus Ihrem Hinterkopf», sagte sie. «Er meint, Sie würden sie vielleicht gern behalten.»

Chee, noch ganz benommen, verstand nicht, was sie meinte. Er hob fragend die Augenbrauen.

«Als Souvenir, sozusagen», erklärte ihm die Schwester, «dann vergessen Sie nicht so schnell, was passiert ist.» Sie redete und redete... Dr. Wu sei Chinese, das heißt, eigentlich komme er aus Indochina... Was, zum Teufel, hatte das mit den Schrotkugeln und irgendeinem verdammten Souvenir zu tun?

«Mhm», machte Chee unwillig.

Die Schwester sah ihn verdutzt an. «Sie müssen ja nicht. Nur, wenn Sie wollen», versuchte sie Chee zu beruhigen.

Sie redete weiter auf ihn ein, er erinnerte sich hinterher kaum noch, worum es gegangen war. Daß er sie unbedingt fragen wollte, wo er denn eigentlich wäre und wer ihn hergebracht hätte, fiel ihm wieder ein. Und auch, daß er dann doch nicht gefragt hatte, weil er sich einfach nicht dazu aufraffen konnte. Die Wirkung der schmerzstillenden Mittel ließ allmählich nach, er versuchte abzuzählen, wie viele Punkte es waren, in denen sich das stechende Brennen im Hinterkopf konzentrierte, ungefähr sieben Stellen, schätzte er. Dabei fiel ihm wieder ein, wie ihn einmal vor vielen Jahren ein Einjähriger, dem sie das Brandzeichen aufdrücken wollten, genau vors Schienbein getreten hatte. Wenn's an die Knochen ging, reagierte das Nervensystem offenbar besonders empfindlich. Ein ganz eigentümlicher Schmerz.

Immerhin, er lebte. Ein Grund, dankbar zu sein. Und ein wenig linderte es sogar den Schmerz. Verblüffend genug, daß er davongekommen war. Er erinnerte sich noch schwach, wie die Frau schließlich zögernd in den Hogan gekommen war, den Lauf der Schrotflinte auf ihn gerichtet. Auch an die ersten Sekunden erinnerte er sich, er hatte geglaubt, sie würde einfach noch mal abdrücken, und das wäre dann das Ende. Vielleicht war das anfangs tatsächlich ihre Absicht gewesen, aber dann hatte sie ihm Gelegenheit gegeben, auf sie einzureden. Und er wußte noch, wie er sich angestrengt hatte, ein Gefühl der Verbundenheit entstehen zu lassen. Auch das lag jetzt alles hinter dem Nebelschleier, es gab Einzelheiten, an die er sich überhaupt nicht mehr erinnerte. Die Ärzte sprachen vom Trauma nach einer Amnesie. Chee wußte, wie das war, er hatte ähnliches oft bei den Opfern einer Messerstecherei oder eines Verkehrsunfalls beobachtet. Jedenfalls hatte die Frau ihm offenbar geglaubt, denn es sah ja aus, als hätte sie ihn zu ihrem Wagen geschleppt und hierher gebracht. Er konnte sich nicht daran erinnern, aber es mußte wohl so gewesen sein. Obwohl er sich andererseits fragte, wie sie das geschafft hatte.

Er hatte auf sie eingeredet und ihr auf den Kopf zugesagt, was passiert war. Es fiel ihm nicht schwer, ihr die Szene anschaulich zu schildern, denn er wußte noch, wie man ihn als Kind selbst zu einem Hellseher gebracht hatte. Er sah noch die Kristallkugel vor sich und dahinter die Augen des alten Mannes, riesig groß und unheimlich verzerrt. Augen, die durch das Kristall in seine Augen blickten und ihm schreckliche Angst einjagten.

«Ich glaube, ich weiß, was geschehen ist», hatte Chee zu ihr gesagt. «Dr. Yellowhorse behauptet, er wäre ein Hellseher. Du hast dein krankes Baby zu ihm in die Badwater-Klinik gebracht, nicht wahr? Und Yellowhorse hat die Kristallkugel rausgeholt und dir weisgemacht, er wäre ein Schamane. Und dann hat er dir erzählt, dein Kind wäre verhext. Und er hat einen rituellen Schnitt angebracht und die Lippen auf die Brust deines Kindes gelegt, und auf einmal hatte er eine kleine Knochenkugel auf der Zunge, war's nicht so?» Er erinnerte sich, daß ungefähr da der Schwächeanfall begonnen hatte. Das Flimmern vor den Augen. Und die Atemnot. So schlimm, daß er kaum noch genug Luft gekriegt hatte, um die gutturalen Laute der Navajo-Sprache zu formen. Aber er hatte weiter auf sie eingeredet. «Dann hat er dir erzählt, ich wäre der Skinwalker, ich hätte dein Baby verhext. Und es gäbe nur eine Rettung für dein Kind. Du müßtest mich töten. Er hat dir die Knochenkugel gegeben und dir aufgetragen, sie unter die Schrotladung zu mischen und damit auf mich zu schießen.»

Die Frau saß einfach nur da und starrte ihn an. Chees Blick war nicht mehr klar genug, er konnte nicht feststellen, ob sie ihm überhaupt zuhörte.

«Er will meinen Tod, weil ich den Leuten gesagt habe, daß er gar kein Schamane ist. Daß er nicht über magische Kräfte verfügt. Er hat vielleicht auch noch andere Gründe, aber das spielt jetzt keine Rolle. Ich bin kein Skinwalker, das ist alles, was du im Augenblick wissen mußt. Yellowhorse ist der Skinwalker, er hat dich verhext. Er hat dich so weit getrieben, daß du zur Mörderin werden wolltest.»

Er hatte noch mehr gesagt. Er glaubte es jedenfalls. Aber das gehörte vielleicht schon zu den Träumen, die ihn umfangen hatten, als er eingeschlafen war. Wirklichkeit und Traum – er konnte das nicht mehr auseinanderhalten.

Die Schwester kam ins Zimmer, sie stellte ein Tablett mit weißen Tüchern, einer Spritze und ein paar Medikamenten auf den Nachttisch neben seinem Bett. «So, das brauchen wir jetzt», sagte sie mit einem Blick auf die Uhr.

Chee schielte unwillig auf die Medikamente. «Was ich vor allem brauche, sind ein paar Auskünfte. Ist übrigens jemand von der Polizei da?»

«Das glaube ich nicht. So früh am Morgen...»

«Dann muß ich telefonieren.»

Die Schwester hantierte weiter, sie sah gar nicht auf. «Das wollen wir mal lieber schön bleiben lassen.»

«Gut, dann muß eben jemand anders für mich telefonieren, Sie. Rufen Sie bei der Polizei in Window Rock an. Sie müssen dort eine Nachricht für Lieutenant Leaphorn hinterlassen.»

«Leaphorn?» wiederholte sie. «Der war doch dabei, als Sie eingeliefert wurden. Also, wenn Sie ihm etwa sagen wollen, wer auf Sie geschossen hat... Wissen Sie, das hat ja nun wirklich Zeit, bis es Ihnen wieder ein bißchen besser geht.»

«Ist Yellowhorse hier? Dr. Yellowhorse?»

«Nein, der ist in Flag. Die haben da eine Ärztebesprechung im dortigen Krankenhaus.»

Chee fühlte sich schwindlig, es war ihm auch ein bißchen übel, aber vor allem fühlte er sich erleichtert. Er wußte nicht, warum Yellowhorse ihn töten wollte, nicht genau. Aber daß er in diesem Krankenhaus keine Medikamente schlucken und einschlafen wollte, solange Yellowhorse da war, das wußte er.

«Hören Sie!» Er versuchte, einen amtlichen Ton anzuschlagen, merkte allerdings, daß das gar nicht so einfach ist, wenn man flach auf dem Rücken liegt und über und über mit Mullbinden eingewickelt ist. «Die Sache ist wichtig. Wenn ich Leaphorn nicht sofort einige Informationen gebe, entwischt uns ein Mörder. Und er plant vielleicht schon den nächsten Mord.»

Sie sah ihn mißtrauisch an. «Meinen Sie das ernst?»

«Todernst.»

«Wie ist die Telefonnummer?»

Chee gab ihr die Nummer der Dienststelle in Window Rock. «Wenn er dort nicht zu erreichen ist, rufen Sie in Piñon an. Sagen Sie dort Bescheid, daß sofort ein Polizist herkommen muß.» Er versuchte, sich zu erinnern, wer in Piñon Dienst tat. Der Name war weg, er wußte überhaupt nichts mehr. Er spürte nur, daß die Augen immer stärker brannten und daß der Schmerz im Hinterkopf schlimmer wurde.

«Und wie ist dort die Nummer?» wollte die Schwester wissen.

Er schüttelte nur hilflos den Kopf.

Sie ließ das Tablett auf dem Nachttisch stehen, wandte sich zur Tür, und als sie schon draußen auf dem Flur war, hörte er sie sagen: «Na also, da kommt er ja!»

Leaphorn. Das paßt großartig, dachte Chee.

Dr. Yellowhorse kam ins Zimmer, er schien es eilig zu haben.

Chee öffnete den Mund zu einem Schrei, aber bevor noch ein

Laut über seine Lippen kam, hatte ihm Yellowhorse schon die Hand auf den Mund gepreßt.

«Bleiben Sie ruhig liegen», sagte Yellowhorse. Mit der freien Hand drückte er irgend etwas gegen Chees Kehle. Es fühlte sich scharf an und schmerzte auf der Haut.

«Eine Bewegung, und ich schneide Ihnen die Kehle durch», drohte Yellowhorse.

Chee versuchte, sich zu entspannen, es gelang ihm nicht.

Yellowhorse nahm die Hand von Chees Mund, langte zum Nachttisch und hantierte mit den Sachen, die auf dem Tablett lagen.

«Ich hab nicht vor, Sie umzubringen», sagte er. «Ich werde Ihnen nur eine Spritze verpassen, das hilft Ihnen beim Einschlafen. Und denken Sie daran: einen Laut, und Sie haben einen tiefen Schlitz in der Kehle.»

Chees Gedanken rasten. Das scharfe Ding, das ihm an der Kehle saß, ließ es wirklich nicht ratsam erscheinen, um Hilfe zu rufen. Und im nächsten Augenblick spürte er schon den Einstich im Oberarm. Schon wieder ein scharfer Schmerz. Einer, der zur Qual der anderen Schmerzen dazukam. Dann lag Yellowhorses Hand wieder auf seinem Mund.

«Ich tu das nicht gern», sagte Yellowhorse, und seiner bekümmerten Miene nach meinte er das sogar ehrlich. «Die verdammte Onesalt ist an allem schuld. Aber nun wird doch alles ein gutes Ende nehmen.»

Chee sah ihn zweifelnd an.

«Ich meine, für die Klinik wird sich alles zum Guten wenden.» Er redete jetzt mit einem Eifer, als läge ihm etwas daran, Chee zu überzeugen. «Gut, es hat vier Menschenleben gekostet, das gebe ich zu. Aber sie waren alle schon über ihre besten Jahre raus, einer von ihnen wäre sowieso bald gestorben. Und auf der anderen Seite haben wir ein Dutzend Menschenleben retten können, da bin ich absolut sicher. Und wir werden noch mehr retten können. Wir können etwas tun gegen Geburtsfehler, wir können uns rechtzeitig um die Diabetiker kümmern.» Er schien in Chees Augen ein Zeichen der Zustimmung zu suchen.

«Wenn ich nur an den grünen Star denke», fuhr er fort. «Wieder mindestens ein Dutzend Fälle, bei denen wir das Augenlicht noch retten können. Und die verdammte Onesalt war drauf und dran, mir alles kaputtzumachen.»

Chee sagte nichts. Selbst wenn er gewollt hätte, er konnte nicht reden, solange Yellowhorses Pranke auf seinem Mund lag.

«Fühlen Sie sich schon schläfrig? Es müßte eigentlich soweit sein.»

Chee fühlte sich tatsächlich unendlich müde, obwohl er sich mit aller Willenskraft dagegen wehrte. Für ihn stand jetzt fest, daß Yellowhorse ihn töten wollte, sonst hätte er nicht all diese Rechtfertigungsgründe aneinandergereiht und damit letzten Endes ein Geständnis abgelegt. Chee versuchte, die Muskeln anzuspannen. Vielleicht, wenn er schnell genug war... vielleicht gelang es ihm, das Messer an seiner Kehle wegzudrücken. Aber er merkte schon, daß er es nicht schaffen konnte, er war zu schwach.

Yellowhorse war der kaum merkliche Ruck nicht entgangen. «Lassen Sie das», sagte er scharf. «Sie schaffen es nicht.»

Nein, er konnte es nicht schaffen, sah Chee ein. Wenn es überhaupt noch eine Rettung gab, dann mußte er auf Zeit spielen. Er murmelte etwas unter Yellowhorses Hand, es klang wie eine Frage. Und er wußte auch, was er fragen wollte, wenn er Gelegenheit dazu bekam: Warum hatte Irma Onesalt sterben müssen? Und warum all die anderen? Es ging offenbar darum, irgend etwas zu vertuschen, etwas, was mit der Klinik zusammenhing. Aber was?

Yellowhorse lockerte den Griff seiner Hand. «Was ist? Sprechen Sie leise.»

«Was hat die Onesalt gewußt?» fragte Chee.

Die Hand packte wieder zu und verschloß ihm den Mund. «Ich dachte, das hätten Sie längst rausgekriegt?» wunderte sich Yellowhorse. «Als Sie den falschen Begay hier abgeholt haben, ist der Onesalt zum erstenmal ein Licht aufgegangen. Und ich dachte, Ihnen auch. Oder die Onesalt hätte Ihnen alles erzählt.»

Chee murmelte wieder unter Yellowhorses Hand, und als er Luft bekam, sagte er: «Sie haben uns den falschen Begay gegeben, und ich hab mich natürlich gefragt, was mit dem richtigen los ist. Aber daß Sie ihn noch auf der Patientenliste hatten, hab ich nicht gewußt.»

«So? Dann hab ich Sie überschätzt. Trotzdem, früher oder später wären sie mißtrauisch geworden, und dann hätte es nicht lange gedauert, bis Ihnen alles klargewesen wäre.»

«Sie haben Rechnungsbelege gefälscht?» fragte Chee. «Und Geld kassiert für Patienten, die es gar nicht gab. Oder nicht mehr gab.»

«Ich hab mir nur bei der Regierung geholt, was sie uns schuldig ist», sagte Yellowhorse heftig. «Haben Sie mal gelesen, was im Vertrag von Fort Sumner steht? Lauter leere Versprechungen. Schulklassen mit höchstens dreißig Kindern. Und genug Lehrer. Und was weiß ich, was noch alles! Aber nicht ein Versprechen, das die Regierung auch gehalten hätte.»

«Geld für Patienten, die schon tot waren?» murmelte Chee. Er konnte die Augen nicht länger offenhalten. Aber er wußte, sobald sie ihm zufielen, würde Yellowhorse ihn töten. Vielleicht nicht auf der Stelle, aber bald. Er ließ ihn einfach eine Weile schlafen, und dann fand er schon einen Weg, Chees Tod ganz normal und unverdächtig aussehen zu lassen. Chee mußte wach bleiben, er durfte nicht einschlafen.

Yellowhorse beugte sich über ihn. Seine Stimme klang väterlich. «Na, fühlen Sie sich jetzt schläfrig?»

Chee fielen die Augen zu. Er schlief ein. Es war ein unruhiger Schlaf, Träume verfolgten ihn. Er träumte von Schmerzen. Irgend jemand schlug auf seinen Hinterkopf ein.

24

Daß es ein Behinderten-Parkplatz war, kümmerte Leaphorn in diesem Augenblick wenig, jetzt zählte nur, daß er direkt neben dem Eingang lag. Aus alter Gewohnheit hatte er sich, bevor er auf die Tür zurannte, rasch noch umgesehen. Ungefähr ein Dutzend Fahrzeuge auf dem Parkplatz vor der Klinik, darunter auch ein Oldsmobile mit der Arztplakette an der Windschutzscheibe, vielleicht Yellowhorses Wagen. Und drei alte Pickups, einer mochte der Frau gehören, die versucht hatte, Chee umzubringen. Leaphorn stürmte in die Eingangshalle. Er hörte den schrillen Schrei, den die Frau am Empfangsschalter in diesem Augenblick ausstieß. Und er sah die weit aufgerissenen, erschrockenen Augen einer Schwester, die wohl gerade in die Halle gekommen war. Er folgte ihrem Blick – nach rechts, zum Flur mit den Patientenzimmern.

Irgend etwas mußte dort los sein, Leaphorn rannte hin.

«Um Gottes willen, sie hat ein Gewehr!» rief die Frau am Empfangsschalter hinter ihm her.

Und da sah er sie auch schon auf dem Flur stehen, vor der Tür zu einem Patientenzimmer. Die Tür stand offen. Und die Frau war tatsächlich bewaffnet. Leaphorn sah sie nur von hinten. Eine dunkelblaue Samtbluse, ein weit schwingender, knöchellanger Rock, das dunkle, im Nacken zu einem Knoten verschlungene Haar – und der Schaft der Waffe, die sie unter dem Arm hielt. Eine Schrotflinte.

«Keine Bewegung!» rief er, während er mit der linken Hand nach der Pistole griff.

Die Schrotflinte war durch die offene Tür ins Krankenzimmer gerichtet. Ein Schuß – nicht so laut, wie Leaphorn erwartet hätte, es mußte wohl daran liegen, daß die Wände den Knall dämpften. Ein Schrei. Ein polterndes Geräusch. Dann splitterndes Glas. Die Frau rannte ins Zimmer. Nur Sekunden, bis Leaphorn mit gezogener Pistole hinter ihr stand.

«Der Skinwalker ist tot», sagte die Frau. Yellowhorse lag am Boden, sie stand über ihm. Der rechte Arm, mit dem sie die Schrotflinte hielt, hing kraftlos herunter. «Diesmal habe ich's geschafft.»

«Leg die Waffe weg!» sagte Leaphorn. Die Frau beachtete ihn gar nicht. Sie starrte auf den Arzt, der neben Chees Bett zusammengebrochen war. Chee schien in tiefem Schlaf zu liegen.

Leaphorn schob die Pistole zwischen die Finger der rechten Hand. Sinnlos, er hätte mit den Fingerstummeln, die kraftlos aus dem Gipsverband schauten, die Waffe sowieso nicht bedienen können. Aber die Frau machte keine Schwierigkeiten, sie ließ sich die Schrotflinte abnehmen. Yellowhorse atmete noch, es klang wie ein schwaches Röcheln. Der kambodschanische Arzt, der bei Chees Einlieferung Dienst getan hatte, tauchte an der Tür auf. Hastig murmelte er etwas in seiner Muttersprache, Leaphorn verstand nicht, was er sagte, aber es hörte sich wie eine Anklage an.

«Warum haben Sie ihn erschossen?» fragte er, diesmal auf englisch.

«Ich habe nicht geschossen», sagte Leaphorn. «Sehen Sie zu, ob Sie was für ihn tun können.»

Der Arzt kniete sich neben Yellowhorse, fühlte den Puls, betrachtete besorgt die breite Wundfläche in Yellowhorses Nacken. Es war, als hätte jemand auf der Zielscheibe ins Schwarze getroffen. Der Kambodschaner sah auf und schüttelte den Kopf.

«Ist er tot?» fragte die Frau. «Ist der Skinwalker endlich tot? Dann werde ich jetzt mein Baby reinholen. Vielleicht ist es wieder lebendig geworden.»

Leaphorn brachte es nicht fertig, ihr zu sagen, wie sinnlos ihr Aberglaube, wie trügerisch ihre Hoffnung war.

Vier Stunden dauerte es, bis Chee erwachte. Irgend etwas in ihm schien sich dagegen zu wehren, wieder in die reale Welt zurückzukehren. Vielleicht war es eine unbewußte Angst vor dem, was ihn erwartete.

Er war allein im Zimmer, die Sonne schien durchs Fenster, genau auf sein Bett. In seinem Hinterkopf wühlte immer noch der Schmerz, auch die rechte Seite und die Schulter taten ihm weh. Aber er lebte, er fühlte, daß es in ihm warm und lebendig war. Er zog die linke Hand unter der Bettdecke vor, bewegte die Finger – ja, es war alles in Ordnung, eine kräftige, gesunde Hand. Er bewegte die Zehen, die Füße, zog die Knie an. Keine Schwierigkeiten. Nur in der rechten Seite, wo alles vom Ellbogen bis zur Schulter in einen dicken Verband gehüllt war, hatte er kein Gefühl.

Wo war Yellowhorse? Anscheinend hatte Chee sich geirrt, als er annahm, der Arzt werde ihn töten. Es war ihm so zwangsläufig vorgekommen. Aber Yellowhorse hatte ihn nicht umgebracht. Vielleicht war er geflohen. Oder er hatte sein Gewissen entdeckt und saß inzwischen bei einem Rechtsanwalt im Büro. Zum Teufel, irgend etwas hatte er eben getan, jedenfalls war er nicht da. Daß er jetzt noch mal zurückkäme, um Chee doch zu töten, war nicht sehr wahrscheinlich. Aber wer weiß, vielleicht tat er es doch? Er würde Chee nicht mehr hier vorfinden. Aufstehen, irgendwie in die Kleider kommen und verschwinden, das war jetzt das wichtigste. Und dann Leaphorn anrufen. Ihm alles berichten.

Merkwürdig, daß ihm gerade in diesem Augenblick einfiel, wie er das Problem mit der Katze und dem Kojoten lösen konnte. Er würde die Katze in den Transportkäfig packen, nach Farmington zum Flugplatz schaffen und an Mary Landon schicken. Natürlich mußte er ihr alles in einem Brief erklären. Ihr sagen, daß diese *belacani*-Katze einfach keine Chance hatte, als Navajo-Katze durchzukommen. Daß sie verhungern mußte oder vom Kojoten gefressen wurde oder weiß der Himmel, was ihr sonst zustoßen mochte. Mary war ein kluges Mädchen. Sie würde das gut verstehen. Vielleicht besser als Chee.

Langsam und vorsichtig drehte er sich auf die linke Seite, schwang die Beine aus dem Bett und stützte sich hoch. Fast hoch. Als er es beinahe schon geschafft hatte, wurde ihm schwindlig, ein neuer Schwächeanfall warf ihn um. Er lag wieder auf dem Bett, im Hinterkopf nagte der Schmerz, irgend etwas klirrte, er hatte eine kleine Metallschale von der Bettkante gestoßen.

«Ah. Sie sind aufgewacht», sagte eine Frauenstimme. Und dann zu jemandem, den Chee nicht sehen konnte: «Verständigen Sie den Lieutenant, daß Officer Chee wieder bei Bewußtsein ist.»

Leaphorn kam ins Zimmer. Sein Gesicht drückte... Ja, was drückte es denn aus? Gar nichts, fand Chee, überhaupt nichts. Er setzte sich zu Chee aufs Bett, den Gipsverband behutsam aufs Laken gestützt.

«Diese Frau, die auf Sie geschossen hat – wissen Sie, wie sie heißt?»

«Keine Ahnung», antwortete Chee. «Wo ist sie denn? Und wo ist Yellowhorse?»

«Sie hat Yellowhorse erschossen», sagte Leaphorn. «Genau hier neben dem Bett. Diesmal hat sie besser gezielt als bei Ihnen. Wir haben sie festgenommen. Aber sie will ihren Namen nicht sagen. Und auch sonst nichts. Sie redet dauernd nur von ihrem Baby.»

«Was ist mit dem Kind?»

«Es ist tot. Ein kleiner Junge. Die Ärzte sagen, er sei schon vor ein paar Tagen gestorben.» Leaphorn hob den Arm mit dem Gipsverband, bettete ihn um. Der Gips sah schmutzig aus, an der Unterseite war er mit Schlamm bespritzt.

«Sie hat geglaubt, das Kind wäre verhext», sagte Chee. «Deshalb wollte sie mich umbringen. Sie hielt mich für den Zauberer, und durch meinen Tod wollte sie den Fluch von ihrem Baby abwenden und auf mich zurücklenken.»

Leaphorn machte ein abweisendes Gesicht. «Das Kind war unheilbar krank. Die Werdning-Hoffmannsche Krankheit nennt man das, glaube ich. Angeboren. Das Gehirn hätte sich nie voll entwickelt. Und auch die Muskeln nicht. Kinder, die damit geboren werden, leben nur ein paar Tage.»

Chee nickte. «Ja, aber das konnte sie eben nicht begreifen.»

«Man kann die Krankheit nicht heilen», sagte Leaphorn. «Nicht mal, indem man einen Skinwalker tötet. So einen wie Sie.»

«Wissen Sie, warum Yellowhorse das alles getan hat?» fragte Chee. «Mir hat er gesagt, er wollte einen Teil des Geldes eintreiben, das die Regierung uns schuldet. Und die Onesalt ist ihm dahintergekommen. Oder sie war drauf und dran. Und er dachte, ich wüßte schon zuviel, ich käme bestimmt auch noch dahinter.» Chee atmete tief durch. So viel zu reden, strengte ihn noch sehr an. «Ich glaube, er hat mich überschätzt. Bei seinen Anträgen auf Kostenerstattung waren auch die Pflegekosten aufgeführt für Patienten, die längst gestorben waren. Und er dachte, ich könnte das eines Tages rausfinden. Aber ich hab gar nichts geahnt. Ich meine, jetzt ist mir natürlich klar, warum die Onesalt so hinter den Sterbedaten her war.»

«So ungefähr war's», bestätigte Leaphorn. «Er hat nicht nur für die Toten abgerechnet, sondern auch für Patienten, die schon lange wieder aus dem Krankenhaus entlassen waren. Dilly Streib sitzt gerade über den Akten, er geht alle Abrechnungen durch.»

«Daß da was faul war, wurde mir langsam klar. Aber ich habe nicht verstanden, wieso er das macht. Hat er nicht die Klinik mit seinem eigenen Geld aufgebaut?»

«Ja, hauptsächlich mit seinem eigenen Geld», sagte Leaphorn. «Durch eine Stiftung. Er wurde auch von anderen Stiftungen unterstützt. Und von Medicare und Medicaid. Ich nehme an, es hat einfach nicht gelangt. Obwohl er sich die Ärzte schon aus dem Ausland geholt hat.»

«Und die Morde an Endocheeney und Wilson Sam? Ich meine, ich weiß, wie er's gemacht hat. Aber warum?»

«Streib vermutet, daß er immer noch Geld für sie kassiert hat, obwohl sie schon monatelang aus dem Krankenhaus entlassen waren. Und ich denke, die beiden waren nicht die einzigen, bei denen er die Abrechnungen gefälscht hat. Aber Endocheeneys und Sams Namen standen nun mal auf der Liste, die sich die Onesalt besorgt hatte. Also mußte er die Frau umbringen, das war das erste. Danach konnte er hoffen, eine Weile Ruhe zu haben. Aber eben nur eine Weile. Er nahm an, daß Sie mit der Onesalt zusammenarbeiten und entweder schon damals wußten oder wenig später erfahren hätten, was hier gespielt wurde. Oder jemand anders wäre ihm auf die Schliche gekommen. Darum wollte er Endocheeney und Sam loswerden. Lästige Zeugen, sozusagen. Und Sie auch.»

«Er hat geglaubt, daß er es für eine gerechte Sache tut», erinnerte sich Chee. «Die Onesalt war dabei, sein Lebenswerk zu zerstören, so hat er es gesehen. Und er hat die Toten gegen die Lebenden aufgerechnet. Vier Morde, aber viele Menschenleben, die er retten konnte.»

Leaphorn ging nicht darauf ein. Er hob den Gipsverband, zog

eine schmerzverzerrte Grimasse, legte den Arm wieder aufs Bett. Dann sah er Chee lange an und sagte nur ein Wort. Das Wort, das die Navajos flüstern, wenn sie über Zauberei reden. *«Anti'll.»*

Chee nickte stumm.

«Schlau ausgedacht», sagte Leaphorn. «Er hatte ja Zeit, sich die Leute sorgfältig auszusuchen. Am liebsten hat er sich welche aus abgelegenen Gegenden in die Klinik geholt. So wie Bistie, der ohnehin sterben mußte. Oder die Frau, die er Ihnen auf den Hals gehetzt hat. Lauter Leute, die bestimmt den Mund hielten, weil es ja um Zauberei ging. Also mußte er kaum befürchten, daß jemand die Spur entdeckte, die zur Badwater-Klinik führte.»

«Ich glaube, bei Endocheeney hat er's zweimal versucht. Zuerst sollte Bistie ihn umbringen. Aber Yellowhorse hat wohl befürchtet, der alte Mann schafft es nicht.»

«Anscheinend», sagte Leaphorn. «Und dann hat er erfahren, daß wir Bistie festgenommen hatten. Da mußte er ihn umbringen, ehe wir ihn womöglich doch zum Reden bringen konnten.»

«Aber wen hat er dann wirklich zu den Morden an Endocheeney und Wilson Sam angestiftet?» überlegte Chee halblaut. «Es muß da noch jemanden geben, auf dessen Namen wir bisher nicht gestoßen sind. Jetzt müssen wir nur die alten Patientenlisten durchsehen und uns vorstellen, wer der richtige Mann für Yellowhorse gewesen wäre. Das müßten wir doch eigentlich schaffen.»

«Ja. Theoretisch schon.»

Chee wußte, was Leaphorn meinte. Das Ganze war eine Sache, die nur die Bundespolizei etwas anging.

«Glauben Sie, Streib macht sich ähnliche Gedanken?»

«Kaum.» Leaphorns Lachen klang bitter. «Mir sagt man nach, daß ich Zauberei verabscheue. Aber Streib schüttelt sich schon, wenn er nur daran denkt.»

«Auch egal», sagte Chee nach einer Weile, «es ist ja vorbei.»

Jerry Oster

Jerry Oster arbeitete viele Jahre als Journalist und Filmkritiker in New York, bevor er begann, Bücher zu schreiben. Die *New York Times* bezeichnet ihn als den besten Krimiautor der letzten Jahre.

Death Story
(thriller 43011)
Herzschuß. Der Mittelfinger ist abgetrennt und steckt im Mund der Leiche. An der Wand prangt kryptisch das Graffiti: Raleigh... Kein leichter Job für Joe Cullen, denn er muß gegen Kollegen ermitteln.

Wenn die Nacht kommt
(thriller 43155)
«Brillante Dialoge, seine Großstadt pulst und keucht.»
Stuttgarter Zeitung

Dirty Cops
(thriller 43108)
Joe Cullen ermittelt gegen einen unbarmherzigen Cop-Killer und gerät dabei in einen brodelnden Sumpf aus Gewalt...

Dschungelkampf
(thriller 43316)
Carlos Pabon stirbt mit einem Loch in der Stirn. Abgefeuert aus einer 22er Smith & Wesson. Den Mörder bezeichnen die Medien perfide als «Samariter-Killer», das Opfer war ein mieser «Streetfighter», der von der Angst der Schwächeren lebte.
«Rasant, absolut überzeugend und nichts für Sensibelchen.» *Gisbert Haefs*

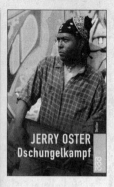

Sturz ins Dunkel
(thriller 43303)
«In Jerry Osters grotesken Kriminalromanen ist New York ein Alptraum mit Klimaanlage.»
Männer Vogue

True Love
(thriller 43235)
Ein Model und ein Galeriebesitzer sterben im Kugelhagel, Tatmotiv: Eifersucht. Der Ex-Ehemann scheint überführt. Eine andere Spur führt jedoch direkt zum organisierten Verbrechen im Spielerparadies Atlantic City.

rororo thriller

rororo thriller werden herausgegeben von Bernd Jost. Ein Gesamtverzeichnis der Reihe finden Sie in der *Rowohlt Revue*. Vierteljährlich neu. Kostenlos in Ihrer Buchhandlung.
Rowohlt im Internet:
www.rowohlt.de

Robert B. Parker

Robert B. Parker, 1932 in Springfield, Massachusetts, geboren, studierte an der Boston University, wo er 1957 den M. A. machte und 1971 zum Ph. D. promovierte. Bis 1979 unterrichtete er als Professor für Literatur in Boston. Sein "Private Eye Spenser" ist mittlerweile in über zwanzig Romanen ermittlerisch tätig und avancierte auch in Deutschland zum TV-Serien-Star. Robert B. Parker lebt mit seiner Frau in Boston.

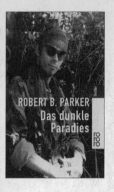

Robert B. Parker
Brutale Wahrheit *Ein Fall für Spenser*
(thriller 43233)
Der Bostoner Polizist Frank Belson beauftragt seinen Freund Spenser, seine Ehefrau Lisa zu suchen, die spurlos verschwunden ist. Kurz darauf wird Belson angeschossen und schwer verletzt ...

Letzte Chance in Las Vegas *Ein Fall für Spenser*
(thriller 43280)
«Witzig-ironisch mit ernstem Hintergrund.»
Frankfurter Rundschau

Der graue Mann *Ein Fall für Spenser*
(thriller 43289)
Ellis Alves ist mehrfach wegen Vergewaltigung vorbestraft. Und er ist schwarz. Als man nach dem Mörder eines weißen College-Girls sucht, ist Alves deshalb der ideale Kandidat ...

Auf eigene Rechnung *Ein Fall für Spenser*
(thriller 43311)
Als sich Privatdetektiv Spenser weigert, den Aufenthaltsort der von einer Midlife-Crisis gebeutelten Frau des Immobilienmaklers preiszugeben, feuert dieser ihn kurzerhand. Aber das ist nur der harmlose Auftakt zu einer Geschichte, in der es bald nicht mehr nur um Ehestreitigkeiten geht ...

Das dunkle Paradies
(thriller 43318)
Der Cop Jesse Stone macht Schluß mit seinem kaputten Leben in L. A. und versucht als Chief of Police in dem Kaff Paradise bei Boston einen neuen Anfang. Er merkt zu spät, daß es sich bei der verschlafen-biederen Kleinstadt um eine wahre Schlangengrube handelt, die schon seinen Vorgänger das Leben gekostet hat ...-